武媚传

千古绝代女皇武则天

冬雪心境 / 著

当代世界出版社
THE CONTEMPORARY WORLD PRESS

图书在版编目（CIP）数据

武媚传：千古绝代女皇武则天 / 冬雪心境著 . --北京：当代世界出版社，2016.5
ISBN 978-7-5090-1099-0

Ⅰ . ①武… Ⅱ . ①冬… Ⅲ . ①长篇小说－中国－当代 Ⅳ . ① I247.5

中国版本图书馆 CIP 数据核字 (2016) 第 083553 号

书　　名：	武媚传：千古绝代女皇武则天
出版发行：	当代世界出版社
地　　址：	北京市复兴路 4 号（100860）
网　　址：	http://www.worldpress.org.cn
编务电话：	（010）83907332
发行电话：	（010）83908409
	（010）83908455
	（010）83908377
	（010）83908423（邮购）
	（010）83908410（传真）
经　　销：	全国新华书店
印　　刷：	北京凯达印务有限公司
开　　本：	710 毫米 ×1000 毫米　1/16
印　　张：	19.25
字　　数：	266 千字
版　　次：	2016 年 9 月第 1 版
印　　次：	2016 年 9 月第 1 次
书　　号：	978-7-5090-1099-0
定　　价：	39.80 元

如发现印装质量问题，请与承印厂联系调换。
版权所有，翻印必究；未经许可，不得转载！

目 录

第一章　重回后宫
感业寺的孤独岁月 /003

再遇郎君 /005

我回来了 /009

将计就计 /011

形势变化 /014

不择手段 /019

始料不及 /024

暗流涌动 /028

第二章　我才是唯一
幕后的事 /035

冲破孤立 /038

进入决战 /043

逆袭 /048

行动开始 /052

最后一个大佬 /058

第三章　皇帝的背后就是我

我的错误 /067

废后风波 /072

血缘层面的挑战 /078

白鱼杀机 /084

贺兰敏之 /091

建言十二事 /101

北门学士 /106

矛盾心理 /108

心态的改变 /114

章怀之黜 /120

艰难的决定 /129

第四章　扬州，我铁腕儿的开始

怀疑一切者 /137

走出幕后 /143

爱与恨的边缘 /148

裴炎之死 /152

警告 /157

第五章　拦腰斩断你，大唐！

　　酷吏们的春天 /167
　　皇族大反叛 /171
　　短命的匡复 /176
　　血腥清洗 /179
　　君临天下 /188

第六章　酷吏们只是我的狗

　　摆脱危机 /199
　　请君入瓮 /203
　　致命黑手 /208
　　"反来联盟" /214

第七章　女皇的意义

　　放手招贤 /223
　　言路畅达 /227

第八章　我们需要这些男人

　　他们的名字叫面首 /233
　　华丽蜕变 /234
　　从天堂到地狱 /237
　　兄弟面首 /243

第九章　儿子？侄子？
　　彷徨 /249
　　狄仁杰的策略 /253
　　决定性的人物 /258
　　落差 /263

第十章　让这一切都随风而逝
　　担心 /271
　　硬骨头魏元忠 /276
　　朝堂对峙 /280
　　斗争依然继续 /285
　　迎仙宫政变 /292
　　尾声 /298

后　记 /299

WU MEI ZHUAN

武媚传

第一章 | 重回后宫

感业寺的孤独岁月

马儿的阵阵嘶鸣声,让我从梦中惊醒。我掀开车窗帘极目望去,但闻远近一片喧嚣热闹。自从十四岁进宫到现在,我已经整整十三年没有踏出皇宫一步,实在没有想到长安城的热闹更胜从前。车水马龙、人潮来往中,我的心却有些落寞与孤寂。

虽然现在很多宫娥嫔妃和我一样,在皇帝驾崩之后,要前往感业寺削发为尼,但我依然觉得我应该和徐充容一样,得到个贤才人的称号并留守宫中,何况我还是……

不知道当下他坐在那个宝座上是不是还能想起对我的承诺,我知道他身边有很多女人,希望他还能回想起我们曾经的缠绵,还能忆起曾经的美好吧。想想真好笑,儿子居然喜欢上了父亲的才人,那么一个盖世英雄的皇帝居然不知道。如果他地下有知,不知会作何感想。

既然我做不到徐充容那样光荣地死去,那就只能认命走另一条道吧。也许二十七岁的我,在这人生的阳春季节,注定要过一段酷寒的严冬。我知道前方的道路是我极不愿走的,因为那是一种毫无生气的日子。

能持续多久呢?我会不会像可怜的小动物一样孤独地死去呢?

"阿奴,你一定要早点儿来接我啊!"

……

感业寺是一座不大的寺庙。当我走进大殿时,感受到一丝清冷与迷茫,这里与欢宴无度的宫廷是无法相比的。孤独、枯燥、单调,没有援助,没有照应，更没有温暖。

太多太多的恐惧感莫名地袭上心头。

我们在不知不觉中，跟随老尼姑的脚步来到了一座供奉着我不认识的佛像前，又在浑浑噩噩间感受到了那剃度刀在我头皮上剐蹭的声音。我虽然一动没动，但心中早已经在滴血。

与昨天告别吧！

我不再是那个用眼神和媚意去诱惑男人而引以为自豪的武媚娘了。妩媚、柔顺、娇艳，这是我曾经争宠的武器，但在今天看起来，却显得那么苍白无力。

有什么用呢？命运依然没有垂青于我，与其这样消沉不如让我涅槃重生，用另一种方式去面对未来，即使有百分之一的希望，也要去做百分之百的努力。

"阿奴！如果你给我机会，让我重新回到你身边，我会用我特有的方式让你感受一个不同的武才人。"

……

时间证明了我的判断。感业寺中那青灯与古佛的落寞世界让我很不适应，在苦度光阴的日子里，我感到无限悲哀。日子一天天过着，我日日夜夜盼望的人始终没有出现。作为出家人，此刻我应该断绝红尘之念；但作为女人，权欲之火真的炙烤着我受伤的心灵。

无数个夜里，我的思绪飞出这熬人的感业寺，重新飞回宫廷，飞到那个曾经与我山盟海誓如今已为天下之主的君王身边，盼他降下手谕，拯救我离开这里，重返宫廷。

但是每当这希望之光从心底升起的时候，就会很快地被罩上阴影。

日月频迁，韶华易逝啊！

三十岁，鲜花即将凋谢！

"阿奴，这么长时间了，拥有云宫粉黛、可餐天下美色的你，还能否记起这抛落在尼庵中的情思？"

> 看珠成碧思纷纷,
>
> 憔悴支离为忆君。
>
> 不信比来长下泪,
>
> 开箱验取石榴裙。

当每天念经祷告之后,回到禅房的我只能用这样孤苦悲凉的诗句打发着内心的寂寥。我想,爱而不见的痛苦一定也在折磨着阿奴。这么长时间阿奴没有来过一次感业寺,一定是他新临皇位,繁忙的国事让他无暇顾及我。

想到这些我的心又有些释然,不过听说晋州地震了,很多人已经丧生,阿奴,你的性格那么柔弱,还没有任何治国经验的你,能够挺过这关吗?九岁失去母亲的你,在听到地震的消息后,那柔弱的心能禁受得住这风浪的拍打吗?

愿佛祖保佑吧!

阿弥陀佛。

再遇郎君

永徽二年(651年)五月二十六日。

今天是个特殊的日子,时间过得真快,距离太宗皇帝驾崩已经整整两年了,而我在这毫无生气的感业寺里居然熬过了两个年头。真是应了那句话:人只有享不了的福,没有受不了的罪!

清晨,我依然像往常一样,和众多姐妹们诵经祷告,不过听说今天庵里要来大人物,所以诵经的早课提前结束,除了师父和几个管事的师太留守大殿之外,其余的人全都回到自己的禅房,听候召唤。

当然,我也不例外。

不知为何,回到禅房之后,我的心开始莫名地七上八下。这几天所有的人都在谈论庵里要来大人物的事情，据说这位大人物很有可能是朝廷的大官，是专程来感业寺进香的。

自从我到感业寺之后，这两年从朝廷来的大人物也不少，但每次我们都会事先知道是谁，至少知道是什么官职，可是这一次朝廷只告诉我们要来大人物，其余的一概保密。

这葫芦里究竟卖的什么药呢？

"难道……"刹那间，我想到了他，两年的时间并没有让我的相思之情有任何的淡化，相反我却一天天强烈地感受到距离阿奴接我离开这里的时间变得越来越近。

"听说今天来的人可能是当今圣上。"坐在禅房内，我依稀听到隔壁禅房内的说话声。

"当今圣上？"我猛然间站起身来，将耳朵紧贴在墙壁之上，如果我没听错的话，难道今天要来的人真的是阿奴？

"有可能！你想想为什么那些事先通知咱们的官儿不告诉咱们是谁呢？看那神秘兮兮的，我想一定是皇上要来。"隔壁的说话声开始逐渐清晰起来。

"嗯！有道理，之所以不告诉咱们是谁，是不想让咱们这些人知道皇上的行踪。"说完后，隔壁又恢复一片寂静。

但是墙壁这边的我，内心却激动无比。一定是阿奴，一定是他，看来我就要见到他，就要离开这里了。

我兴奋地在禅房内踱来踱去，心脏几乎快要蹦出胸口。说实话，两年了，我从没有如此兴奋过，虽然这只是隔壁禅房内姐妹们的一种猜测，但是在我看来她们所说的真像就要发生一样。

或许是心有感应吧，当我想逐渐控制自己的情绪，从刚才的无限遐想渐渐回到现实中时，大殿方向传来了嘈杂的脚步声。

从声音上判断，这是一群人来到大殿，而且是一支庞大的队伍！

我好奇地在窗户上掀开一丝缝隙，透过缝隙我看到了威严的皇家仪仗队！

太熟悉了！即使在梦中我也不会看错的，曾经无数次看到这些人在我的身边走来走去，可是这一次更具亲切感。

因为我清楚地知道，这群人中肯定有我日夜思念的人！

我恨不得立刻打开禅房门跑出去，冲破仪仗队，与我整整相思两年的阿奴紧紧相拥，但此刻我更知道，这样做等于将阿奴推向万劫不复之地。

此刻，幸福就像隔着一层厚厚的透明玻璃，伸手即可触碰到，却又有些遥不可及。

等待！必须等待！

阿奴既然来到这里，就一定会见我，只是他现在还没有找到合适的时机。

我怀着忐忑不安的心情眼看着这支庞大的队伍进了大殿。我明白，今天是太宗先帝的祭日，阿奴之所以选择今天来，是因为他想借着给太宗先帝进香的机会与我见面。

忽然之间，我笑了。

我一直在窗边透过缝隙注视着大殿的一切，生怕错过我日夜思念的阿奴。约半个时辰过后，管事的师太从大殿内走出来，向着我们禅房走来。我清楚地知道，我就要与我心爱的阿奴见面了。

我赶忙对着铜镜再整整身上的衣服，虽然此刻我不可能再像从前那样，让诸多宫女为我梳妆打扮，以最亮丽的身姿出现，但我还是希望尽最大可能地以完美的形象出现在阿奴面前。

"你们都出来吧，排好队伍，皇上要召见你们！"师太在外边喊道。

她的话还没有说完，我已经打开房门，第一时间出现在她面前。显然，师太并没有对我的举止感觉有什么反常。

在师太的带领下，我走进了大殿。虽然这两年我在这里无数次地进进出出，但今天我却带着欣喜、悲凄……各种情绪涌上心头。虽然还有很多人和我一同进来，但我相信，阿奴其实只是为了见我一个人。

进入大殿后，我便一眼看见了阿奴，两年的时间阿奴成熟了不少，曾经柔弱的他，似乎坚韧了很多，当我和他眼神对视时，阿奴似乎感到一丝诧异。

是啊！我现在一身青衣布袍，完全没有施脂粉，曾经满头的秀发已经完全不见，阿奴出现诧异的表情并不奇怪。

这一点，我理解。

"贫尼参见陛下！"我们一同向阿奴施礼。

阿奴缓缓地走到我的身旁，刹那间，我的泪水夺眶而出。我努力控制着自己的情绪，尽力将头往下低，一来是不想让其他人看见，二来我怕阿奴受我影响，控制不住他自己。要知道此刻是最微妙的，一旦让人发现，那后果将是不可想象的。

在场的所有人都不知道我和阿奴的秘密，除了王皇后。

"朕今天来为太宗先帝祈祷，同时也来看看你们这些曾经在先皇身边的嫔妃们。你们要知道，朕没有忘记你们！"阿奴高声说道。

我知道，阿奴是在暗示我，这两年他真的没有忘记我！

"如果有机会，朕还是会让你们回宫里再安度余生！"阿奴说这句话的时候，我有直觉他定是在看着我。

这分明算是阿奴的暗示，有机会他一定会让我回宫的！

"万岁圣明！"我跟着诸多人一同跪了下去。

阿奴在一众人的护卫下，威武堂皇地离开了感业寺。他临走的时候，我并没有抬头看他，并不是不想看，而是不敢看。

重逢的喜悦固然使我振奋，但未卜的前途却又让我觉得忐忑不安。

感业寺的钟声又一次响起，这使人心烦意乱的钟声啊！

我回来了

我要回宫了，真的！

阿奴上次来感业寺的半年后，一个白雪皑皑的冬日里，阿奴亲自派使者来寺里向我宣读了诏书。

在此之前，半年多，我回宫的事没有丝毫的征兆！

我坐在妆台前，端详着铜镜中的自己，说实话这是我来感业寺第一次认真地坐在妆台前看着镜中的自己。那仍具魅力的面容和仍带有一丝媚意的眼神，让我露出了得意的笑容。

这是胜利者的微笑，是黑夜尽头复见光明的喜悦！

黄卷青灯旁难挨的日子啊，终于结束了。这感业寺的钟声将不再给人以凄苦，它将伴随着岁月的流逝而永远消逝。

当然，喜悦之情并没有冲昏我的头脑。突然传来回宫的消息，让我在喜悦的同时也有一丝不安，重回后宫固然是我朝思暮想的，但我并没有料到会这样快。这两年的尼庵生活让我体验到了人生之路的险象环生，而且那讳深莫测的宫内时刻充满着尔虞我诈。突然之间让我回宫，莫非……

这其中肯定隐藏着不为人知的秘密！

回宫，这只是个开始，我知道前方等待我的将不会是一片坦途……

皇城厚厚的大门打开了，我坐在马车之上，思绪连绵。

多么熟悉的道路。两年前，很多凄怨之躯从这里离开。两年后，只有我——一个侍奉过先皇、和现任皇帝有私情的女人，回到了这里。

我自认为不是一个遵从礼法的人，但是两年前的那些人里，现在看来只有我成功了。深宫之处很多人已经对后宫生活厌倦不已，却只有我向往那里。

只因为一样东西——权力！

那是我挥之不去的神的印记！

在我回宫的当天，阿奴让人置办了一桌丰盛的御宴为我接风。我和阿奴从来不曾面对面地把盏言欢，今天是第一次。我坚信未来他的心只会属于我，因为我已经定下目标——

让那些三宫六院的胭脂俗粉，全都见鬼去吧！

当然，也包括王皇后和萧淑妃！

没有人知道我内心深处的想法。一个是母仪天下的皇后，一个是最受阿奴宠爱的贵妃，而我一个前宫旧人居然想将她们踩在脚下。武才人，你不会是异想天开吧？

仅仅凭借阿奴对我的痴情吗？

武才人啊！你一个已过三十岁的妇人，还有多少可焕发的魅力来拴住阿奴的心？要知道男人们都是喜新厌旧的，何况还是可餐天下秀色的君王。

不！我要证明给所有人看，拴住皇帝的心绝不仅仅依靠姣好的容貌和婀娜多姿的体态，还有更能打动他的。我自认为现在宫内之人只有我具备那样东西。

不过，刚刚重返宫廷的我，现在最重要的就是要在敌手如林中站稳脚跟。

不可否认，现在我的周围不乏白眼和非议，很多人对我抱着一种轻视和鄙薄的态度，当然，在深宫之处，在女人堆里，还有嫉妒。我知道很多人都不理解为什么一个比皇上大四岁的前宫旧人会得到皇上的青睐，难道六宫粉黛全都不如这个当了两年尼姑的女人吗？

呵呵，让她们去猜好了，尼庵的生活已使我变得如男人般刚强，我期待着更多的非议，因为对我来讲，那都是转化动力的源泉。

在这个尔虞我诈的深宫之中，我是深知强则存、弱则亡的道理的，我会以高傲的姿态迎对那些不怀好意的目光。

总有一天，我会让所有人在我面前顶礼膜拜！

将计就计

自从我回到宫中,虽然周围不乏白眼和非议,但王皇后却对我格外热情,可谓是照顾有加,经常派人过问我的饮食起居是否习惯,还会经常赏赐我一些宝物。这在对我一片非议的环境下,显得格格不入。

王皇后的热情并没有让我对她感恩戴德,反而引起了我的警觉,无论从哪个角度来讲,王皇后都不可能对一个前宫旧人有如此高的热情,而且女人天生的嫉妒心理只会让她心生醋意,因为我有可能夺走他男人的心。

据我所知,王皇后出身名门,其祖父是北朝时期西魏大将王思政,其祖母是高祖皇帝李渊的妹妹同安公主。据说当年太宗皇帝为阿奴择妃时,同安公主就以王皇后貌美极力向太宗皇帝推荐,太宗皇帝也说过不想让子孙生于卑贱之人,于是便选定王皇后作晋王妃。

王皇后和阿奴刚结婚的时候,两个人感情还算不错,但随着时间的推移,感情逐渐淡化,原因在于王皇后虽然貌美如花、出身高贵,但性格有些嚣张跋扈,这让性格本就带些柔弱的阿奴十分不悦。我想,阿奴先前在太宗皇帝生病时与我偷欢,可能与阿奴在王皇后那里得不到温情有关。

最重要的是,很长时间以来王皇后都没有为阿奴生下子嗣,这或许是最不能让阿奴接受的事情,而且通过我回宫后的仔细观察,发现阿奴格外宠信另一个女人,她就是萧淑妃。

和王皇后比起来,萧淑妃同样是个姿色出众的美人儿。她是开国功臣萧瑀的族孙女,出身名门,性情刚直。按说她的性格看起来和阿奴同样不和,但男女情感之间的事往往十分奇妙,萧淑妃出人意料地受到了阿奴的喜欢,或许萧淑妃虽然性格耿直,但不至于嚣张跋扈,和柔弱的阿奴正好形成性格互补。

萧淑妃虽然未得母仪天下的皇后地位,但却为阿奴生下一个儿子,名叫李素节。在阿奴现有的四个儿子中,素节的地位是最高的,或许这就是子以母贵。

萧淑妃的境遇和王皇后比起来简直天壤之别,加上王皇后无子,萧淑妃因此备受宠爱。

通过我的综合分析判断,我认为王皇后如此亲近与我,目的决不单纯,她是想通过我的努力从萧淑妃身边夺走阿奴,通过拉拢我为她增加一份对抗萧淑妃的力量。

当然,这也只是我的推测,我不敢保证王皇后就是出于这个目的,但是不久后我和王皇后的一次对话印证了我此前的所有猜测。

那天,王皇后再次来到我的住处,我们两个人依旧是谈天说地,说说近来宫中发生的事情,以及女人们喜欢谈论的事情。往常王皇后在我这里不会呆太长时间,但今天却是个例外,我们两个人足足聊了一个时辰,我隐约觉得王皇后此行是带着不可告人的目的而来。果然,随着聊天气氛的热度上升,王皇后开始将话题引向了萧淑妃。

"武才人回宫有些时日了,这段时间你没少服侍皇上,皇上经常在我面前夸奖你。"

"那还不是皇后娘娘经常在皇上面前替我美言,要不然皇上哪会惦记我这个前宫旧人。"我趁机献媚道。

"那倒是!不过可不是所有人都像我这样替你说好话啊,听说萧淑妃对你重新回来颇有怨言,总觉得你的身份有些特殊,不太适合再回来。"

我虽然没有正视王皇后,但眼睛余光始终未离开她的脸部。王皇后说这番话的时候,脸上露出了一丝不易察觉的诡异笑容。

与其说是微笑,不如说是一种恨意。

萧淑妃究竟说没说我的坏话,此刻对于我来讲并不重要,重要的是通过王皇后说的话,她终于向我露出底牌,那就是极力拉拢我,成为她这个战线的人。

好吧,我承认我从不逆势而为,王皇后虽然同样是我要扳倒的目标,但敌人的敌人现在或许可以成为朋友。

"只要有皇后娘娘就足够了,我才不管其他人怎么认为,我的心中只有皇后娘娘。"

言罢，我立刻跪倒在地。

面对我的坦率和真诚，王皇后终于露出了会心的笑容，俯身将我扶起来，意味深长地说道："今后我们两个人在皇上那里可得互相照应着。"

"那是必然。"

王皇后心满意足地离开了，而我知道从这一刻开始，我们将结成暂时的盟友，直到扳倒萧淑妃。

在此后的日子里，我对王皇后更加殷勤，时时讨她的欢喜，尽量投其所好，不过我也知道，如果想要做到滴水不漏，必须抛弃自己是才人的想法，将自己降到宫女的位置，只有这样才能让王皇后感到舒心，才不会引起她对我的警觉。

通过我的努力，王皇后似乎被感动了，根据我探听到的消息，王皇后一有机会便会在阿奴面前夸奖我，说我不仅国色天香，而且谦卑让人，品格足以垂范后宫。我不知道这些话是不是带回消息的人有些夸大其词，但通过阿奴经常留在我这里宠信于我的表现来看，王皇后的作用不可低估。

当然，我也明白，女人想要博得男人的欢心，远远不止这些。

九岁便失去母亲的阿奴，不仅养成了柔弱的性格，而且思考问题的方式似乎也有些与众不同。当年太子李承乾和魏王李泰明争暗斗许多年，而阿奴则没有太多想法，依旧过着无忧无虑的生活，不巧李承乾和李泰两败俱伤，太子之位落在阿奴头上，这在许多人看来有些不可思议，搞得很多人认为阿奴是故意在太宗皇帝面前演戏。

事实上只有我最了解阿奴，他是一个没有多少心机的男人，任凭自己的感情行事。他渴望的不是权力，而是心灵的抚慰，如若不然他不会冒着杀头的风险，在太宗皇帝病重期间与父皇的女人偷欢。或许他太需要温情了，幼年丧母以及在王皇后那里得不到关爱，让阿奴已经变得对女人有些抛却底线的依赖。更何况是一个比他大四岁，知道怎样让他感受到生理满足和心理慰藉的女人。

有了王皇后的协助，我很快就由才人被册封为昭仪，阿奴对我的依恋也一天胜过一天。

我的地位提升，王皇后当然心满意足。在她看来，自己的手段或许十分高明，可是她怎么可能会想到，她的算计一切尽在我的掌控之中，正所谓"螳螂捕蝉，黄雀在后"，这是王皇后所犯的最大错误。

册封昭仪的鼓乐之声还在我的耳畔萦绕，但我的目光已经瞄向了未来。面对王皇后的敌人萧淑妃，我现在要做的就是协助王皇后剪掉萧淑妃那巍巍撩人的发髻，撕破她那如玉般的面皮。

形势变化

无数的事实在证明，对手与朋友不是永恒不变的。随着形势的改变和利益的需要，一切都可以改变。

就在我准备协助王皇后扳倒萧淑妃的时候，一个突如其来的变化打乱了我先前所有的计划，不得不让我重新审视形势，调整自己的策略。

因为我有身孕了。

在一个情意缠绵的夜晚，我将怀孕的事情以媚人的微笑悄悄告诉了躺在我身边的阿奴，这个消息让阿奴顿时欣喜若狂，自此之后阿奴经常在我这里呆到日上三竿才离开。我知道除了阿奴更加宠爱我之外，他更在意我肚子里的孩子。

想一想也可以理解，天底下有谁比皇帝更加关心子嗣呢？他们是帝王家业的希望，是皇族的保障，更是李家王朝的未来。尽管阿奴已经有了四个儿子，但因为阿奴对我格外的宠爱，所以我肚子里的孩子在阿奴的心中或许占有更为重要的地位。

当然我更知道，如果我生下的是儿子，我的地位不仅不会动摇，未来甚至会更高……

让我万万没想到的是，由于阿奴的情感逐渐偏向于我，导致王皇后对我的态度急转直下。她或许意识到虽然利用我报复了萧淑妃，将阿奴从萧淑妃的身边抢走，但阿奴的心并未回到她那里，反而转向了我。从结果来看，王皇后打击了一个对手，紧接着又来一个对手。

鉴于阿奴大有专宠我一人之势，王皇后终于坐不住了，在意识到我有可能威胁她地位的时候，王皇后终于展开了对我的反击。

当然，在反击的同时，她没有忘记拉上萧淑妃。

现在终于轮到我面对以一敌二的局面。

王皇后和萧淑妃的反击方式，无非是在阿奴面前告状，用最恶毒的语言揭露我这个前宫旧人的短处。我闭着眼睛都可以想象得到，她们一定会从我那并不高贵的家世，说到我侍奉先皇的过失，再说到我渐退姿色的外表，以及我的狡诈和权术。

总之，凡是我的可乘之机，都会是王皇后和萧淑妃攻击的目标，甚至还会无中生有地编造种种蛊惑人心的谎言。或许在她们看来，谎言重复多次就可以在阿奴那里变成现实。

面对如此危机局面，我不得不改变先前的策略，我明白正面的反击会是脆弱的，那样只会让阿奴感觉到女人都是麻烦的，进而对我厌烦，我必须要将自己摆在弱者的位置，让性格本就柔弱的阿奴对我心生怜悯。

只要紧紧地抓住阿奴的心，一切就可以搞定。

在此基础之上，我并没有忘记时刻了解阿奴对我的态度。

为此，我买通了王皇后身边的宫女，让她将王皇后在阿奴面前的表现及时向我汇报。事实证明，我的做法十分奏效。内线宫女告诉我，王皇后和萧淑妃确实没少在阿奴面前诋毁我，刚开始阿奴面对她们的倾诉还会静下来听一听，或者插几句话，可是随着时间的推移，阿奴渐渐有些不耐烦，或者毫不在意地说上一句"此事未必"，或者干脆岔开话题，以至于后来干脆对两个人的话置之不理，甚至表现出厌倦与愤怒的情绪。

哈哈，她们两个只是靠颜值争宠的人，并不真理解男人究竟需要什么！

而王皇后和萧淑妃所欠缺的，恰恰是我最擅长的。

让她们两个人就这样闹去吧，她们这样做只会让阿奴对她们的热情逐渐冷却。当我的孩子来到这个世界上时，我的地位将会更加稳固。

当然，如果是个皇子，我将用特有的手段展开更有效的反击。

现在，我处在特殊时期，所以只能选择隐忍。对于王皇后不待见的人，我必须要极力拉拢她们，对于王皇后不亲近的人，我必须要想方设法营造亲近的机会，这样便可以将我和蔼可亲的良好印象带到阿奴那里。

日子就这么一天天过着，我本以为一切都会等到孩子降生后才会发生，然而长孙无忌和柳奭等大臣所做的事情让我顿时如坠深渊。

永徽三年（652年）六月，长孙无忌、褚遂良、柳奭等大臣奏请阿奴立燕王李忠为太子，他们的理由是皇上已经登基三年，而太子之位依旧空缺，实在不利于大唐的长治久安，现在应该遵循无嫡立庶的原则，以长为尊，立刘氏夫人所生的燕王李忠为太子。

大臣们奏立太子这件事本是无可厚非，但恰在我的孩子即将出生这个节点上奏请，如果说这件事情不是针对我，恐怕连这些大臣自己都不相信。

我敏锐地察觉出，大臣们的奏请一定暗含着阴谋，这里边一定有着王皇后的运作。

原因只有一个——王皇后无子。

在我看来，王皇后实在是嫉妒我即将要为阿奴生下孩子，而且一旦是个男孩，他很有可能被立为太子，那个时候我很可能也会母以子贵，说不定还能当上皇后。如果出现这种局面，那对于王皇后来讲绝对是灭顶之灾。

所以为了保险起见，她只有在我的孩子面世之前确立好太子之位。李忠的生母刘氏在阿奴那里并不得宠，如果李忠能够当上太子，刘氏不会冲击王皇后的地位，我也不会威胁到她的地位。

通过我不断地上下打探，不久终于印证了我此前的猜测，只是奏立太子这件事情的发起者并不是王皇后，而是她的舅舅柳奭。

柳奭或许是考虑到整个家族的利益，认为只有王皇后地位稳固，家族利益才能保证，所以他联合了一班大臣，形成一股强大的力量，进而想左右阿奴的意志。

然而，他联合的那些大臣们大多数都是为他充门面的人，真正对他最有用的人只有长孙无忌。

作为阿奴的亲舅舅，太宗皇帝临终之时的托孤之臣，长孙无忌比其他任何人都有优势，可以说是一人之下、万人之上。即使阿奴对他还没有到言听计从的程度，但他确实是李家王朝的顶梁柱，这当然不是我主观上的认为，有很多的事例都可以证明长孙无忌拥有着无与伦比的政治能力。

当年他参与玄武门事变的谋划自不必说，这是众人皆知的事情。永徽元年（650年）正月，有一个叫李弘泰的洛阳人，诬告长孙无忌谋反，当时谁都没想到阿奴居然都没有核实情况，更没有让相关部门去调查，立即下令将李弘泰斩首，对长孙无忌依旧信任如初。

长孙无忌的很多看法阿奴都是十分赞同的，在李弘泰事件发生不久后，阿奴决定重新修订《唐律》，当时长孙无忌就强调皇上为了通天下之志，成天下之务，总是要作训诰向全国宣布刑法，要垂世立教以治百姓，之所以设置刑法，是因为人性庸愚，心怀恶念，大则扰乱天下，小则违背等级秩序，要是不定出法度加以制裁，天下就会大乱。

对于长孙无忌的看法，阿奴当时深有同感，于是命他全权负责修订《唐律》。由此事足见这个老头儿在阿奴心中的地位。

而且此前发生的房遗爱谋反案中，长孙无忌在其中高超运作，成功将吴王李恪清除，更让我见识到了这个老头儿的厉害之处。

无论从哪个角度来讲长孙无忌都是一个政治强人，他的话具有一定的权威性，因此当阿奴听到以长孙无忌为首的朝臣们的奏请后，理所当然表示同意。

这当中除了性格因素让阿奴无法反驳之外，最重要的是他还要依靠长孙无忌等一班老臣治理这个大国，所以他只能顺从，更何况这班老臣表面上还是为了我朝的长治久安。

立储之事就此尘埃落定,永徽三年(652年)七月二日,十岁的燕王李忠入住东宫,登上了皇太子宝座。

与皇宫内册立太子喜气洋洋氛围截然相反,我的心中犹如压上了一块石头。本来我的愿望十分美好:王皇后无子,四个庶子之母皆已失去阿奴的宠幸,而自己正处在春风得意之时,如果生下的是皇子,我相信通过我的谋略,未来荣登后位是很有可能的,可是长孙无忌等一班朝臣打破了我先前的所有憧憬,实在让人厌恶。

不过,立储之事让我再一次看清了目前的形势,那就是我的对手不仅仅是王皇后和萧淑妃,还有连成一气的一班朝臣。这是一股强大的势力,一个足以左右政局的权势集团。

我可以让阿奴站在我这一边,但目前的我还没有制服这帮权臣的能力,犹如蚍蜉撼大树,根本不堪为对手。没有朋党,没有支柱,在这种力量对比悬殊的情况下,何来胜算。如果一意孤行,岂不笑谈?

但性格刚毅的我绝不会气馁,我知道孤军奋战绝无胜利的可能,当务之急除了隐忍之外,要利用一切机会不断壮大自己,低调而且不可急于求成,饭要一口一口地吃。

在定下大致的策略后,我就此暂时隐藏了自己,除了尽可能地抓住阿奴的心,以及像饱富韬略的将领一样不断地对敌情进行细致的侦查之外,我所能做的就是安心等待孩子的出生。

除此之外,无他!

永徽四年(653年)正月,我和阿奴的第一个孩子降生了,老天保佑,是个男孩,阿奴疼爱地为他取名为"弘"。当看到白白胖胖的儿子时,我不禁流下了泪水,他是我和阿奴爱情的结晶,更是我未来反击王皇后和萧淑妃等人的筹码。

或许是我等待的时间太久,弘儿的降生让我可以长舒一口气,我终于可以用自己特有的方式展开对王皇后和萧淑妃的反击。

在此后的日子里我不断地向阿奴吹枕边风，甚至是肆无忌惮地诋毁抨击王皇后，以便让阿奴逐渐产生废后的念头。可是随着时间的推移，我发现阿奴虽然依旧宠幸我，但似乎并没有因为我的话而产生废后的想法。

如果从情感角度而言，不忘旧情的阿奴是我喜欢的，王皇后毕竟是他的结发之妻，两个人毕竟有过一段柔情的记忆，性格柔弱的阿奴是不可能轻易下决心废后的，更何况废后一事牵涉到国本问题，不是轻易能定的事。

所以，我逐渐恢复了理智，更看清了诋毁与言辞攻击或许不能动摇王皇后与萧淑妃的地位，清除政治对手绝不能采用常规手段。我坚信机会总会有的。

唯一的条件是：阿奴的心始终在我这里。

不择手段

永徽五年（654年），我回宫已是第三个年头，这年年初我为阿奴生下了第二个孩子，是个公主。

由于我先前过于专注与王皇后和萧淑妃明争暗斗，所以对于胎儿护养不周，最终导致早产。孩子出生时又小又弱，整日哭啼不止，坦白地讲，虽然我是她的亲生母亲，但我并不喜欢这个孩子，而且女孩对于我在未来的政治角力中没有什么帮助，所以生下她不久，我就将她交给了乳母照看，将所有的精力全部倾注到弘儿身上，以致背地里很多宫娥说我偏心。

呵呵，我这个人当然是不能用普通女人的标准去衡量的，因为在我的心中，不仅有亲情，更有权力的欲望。

时间过得很快，转眼间小公主已经百天了。相比她刚出生时，此时她的小脸蛋已经变得圆鼓鼓、红扑扑的，两颗黑珍珠似的眸子也逐渐放出了光彩，不再像刚出生时那样哭啼不止，有时还会张开两条胳膊，仿佛想让人抱抱她。

看着小公主茁壮成长，乳母兴奋地向我讲述哺乳这个孩子的经过，可是不知道为什么，即使她比刚出生时顺眼很多，我依然不喜欢她。在我的心中，没有任何孩子可以胜过弘儿的位置，至少现在是这样。

就在我耐着性子刚刚听完乳母的述说后，便听到传旨太监来到我的宫中，我急忙整理衣冠到宫门口前去接旨。

"武昭仪听旨！"

"臣妾在！"

"皇后娘娘今闻武昭仪的小公主已到百岁之日，心中颇为欢喜，特赏赐黄金千两、金锁一对。"

"谢娘娘赏赐！"

言罢，传旨太监便让人献上了王皇后的赏赐。

当时跪在地上的我实在没有想到，王皇后居然会赏赐我，这让我顿时有些感动不已，但这种感动转瞬即逝，因为此刻我忽然意识到，陷害王皇后的机会来了。

就在传旨太监准备转身离去的刹那，我开口说道："请公公回去代为转达，臣妾十分希望皇后娘娘能够看看小公主，让皇后娘娘的福泽荫及公主。"

"武昭仪放心，老奴一定代为转达。"

传旨太监转身离去了，我缓缓地站起身来。不得不说，此刻一个阴毒的计划在我脑海里萌生了。

我本以为王皇后对我赏赐完，是不再可能屈尊前来看望小公主的，但让我没想到的是，一个时辰后传旨太监再次返回，说王皇后一会儿就会到我这里来看望小公主。

霎时间我无比兴奋，我终于可以按照自己的计划去报复王皇后了，我坚信我这座宫门将是王皇后的鬼门关。

"乳母，你在这里做好迎接皇后娘娘的准备，我去梳洗打扮一番，如果皇后娘娘到了，我还没出来，你马上去叫我啊！"

事实上我的这个安排是故意制造我不在小公主身旁的证据，我当时根本没有回去梳洗打扮，而是悄悄隐藏在小公主寝宫外侧的花园角落里等待王皇后的到来。

在我看来，王皇后之所以过来看望我的孩子，心里应该是没有什么杂念，完全出于对小公主的喜爱，要知道王皇后本身并无子嗣。作为皇后她已经到了一个女人奋斗的顶点，但作为女人她有着无尽的遗憾。

但王皇后的单纯正是我要利用的！

我不知道在不久的将来我的计划顺利实施后会是什么结果，但是我知道王皇后的势力绝非靠寻常手段就可以扳倒，虽然我知道我的手段天理难容，但对权力的极度渴望促使我迈出这艰难的一步。

不久后，我在大树的背后看见王皇后一行人前来，王皇后刚刚进入小公主的住处，乳母便急匆匆地出来向我的住处走去，她是按照我的吩咐前去叫我。然而不久后王皇后一行人也走了出来。

这恰恰是我等待的机会，在王皇后刚刚走出宫门后，我便一个箭步从大树后冲出，以最快的速度跑进了房间。

进到房间后，我轻轻插上门栓，然后倚在门上深深吸了口气。房间内变得异常肃静，静得几乎可以听见我的心跳声。

我轻手轻脚地走到床前，孩子已经熟睡，不断发出均匀的呼吸声。或许是先前王皇后逗得她十分开心，此刻熟睡中的她嘴角仍然挂着微笑，也许她正在甜蜜的梦境中继续她很少享受过的母爱般的温暖。

坦白讲，对于这个孩子，我不是个称职的母亲。在她生命的最初时刻，本是最需要母爱的，但我因为自己的欲望几乎完全忽视了她的存在。不仅如此，今天我还要利用她幼小的生命去实现我的计划。

一个给王皇后栽赃的计划！

如果此刻旁边有人，或许会问我想要做什么。是的！我可以不知廉耻地告诉你们，我要亲手终结这个孩子的生命，然后将这件事情栽赃给王皇后。这个孩子的死将成为我通往权力之门的晋升之阶。

我承认此刻我的心脏几乎要跳出胸口。凝视着熟睡中的孩子，我弯下腰在她的小脸颊上热烈地、长久地亲吻了一下，泪水不自觉地流了下来。

一瞬间我动了恻隐之心，这是个刚刚来到世间的小生命，而且是我的亲生骨肉，然而今日她的生命即将终结在她亲生母亲的手中。我仿佛听到来自远方的呵斥声：

"武昭仪，你禽兽不如！"

刹那间我颤抖的双手缓缓放下了，我的热吻依旧没离开她的脸颊，我从没有感受到吻她是那么的美好，我彻底陶醉在母爱的温馨中，久久不愿离去……

突然，她一个翻身的动作将我从陶醉中猛然惊醒，或许是我惊扰了她，她嘴中发出"呀呀"的轻吟声，然后翻身继续熟睡。

随着她的动弹，我也恢复了本心，我知道时间紧急，如果再不下手，恐怕我的计划会功亏一篑。

于是，我不再犹豫，用一双有力的手扼住了这个弱小生命的脖子……

我十四岁进宫，经过十三年的努力，依然原地踏步，虽然攀上了阿奴这棵大树，但太宗皇帝驾崩后我却不得不出家为尼，如果没有王皇后与萧淑妃之争，恐怕我这辈子都将与青灯古佛相伴，即使重新回到宫中，也是受尽白眼与非议，更何况王皇后与萧淑妃将我视为眼中钉。现在我终于可以有机会展开反击，凡是挡在我眼前的障碍，我都要发狠除掉。

权力，这是我生命中永恒的追求，是我挥之不去的神的印记！

没有哭声，没有呼喊，一个可怜的小生命就这样在我这有力的双手下停止了呼吸，我至死都不会忘记她的小嘴儿始终是张开的，那是被窒息了的哭叫；她的小手攥成了拳头，似乎是对我这个残忍母亲的抗议。

我缓缓地将双手缩了回来，已经浑身湿透的我不断喘着粗气，在确定孩子已经死亡后，我知道自己必须尽快离开这里。如果被人发现，我将会死无葬身之地。

我像个活死人一样离开了那个怨灵深重的房间，步履慌张地闪进一处佛堂，面对泥塑的佛像，我虔诚地燃上一炷香，然后猛然跪倒在地，双手合十，双目紧闭，默默地念起经来，以求佛祖宽恕我扼杀生命的罪过。

佛堂之内一片寂静，那缭绕的香烟让我的心逐渐平静下来，接下来我要做的就是要让自己尽快恢复那安详的神态、柔媚的目光，一双红唇依旧要带着动人的微笑，因为我知道计划才刚刚开始。

我缓缓地站起身来，整理了下头发，长舒了一口气后，转身走出了佛堂。我依旧是容光焕发的武昭仪，不会让任何人看出我在不久之前做了一件卑鄙残忍的事情。

走出佛堂不久，我碰到了一个宫娥，她赶紧向我请安说道："昭仪娘娘，刚才皇后娘娘过来看过小公主，乳母遵您的吩咐前去叫您，可是您没在。"

"哦，我刚才到佛堂为小公主上了一柱祈福香，我这就去拜见皇后娘娘！"

"皇后娘娘看您没来，已经走了。"

"已经走了啊？小公主还在睡吗？"

"是啊，还在睡。"

"好，我去看看。"

就这样，我在宫娥的跟随下重新走向那个房间。我的心似乎被一种莫名的力量不断压抑着，我的双腿在颤抖，但我必须要掩饰好自己，一会儿进入这个房间，我还要更好地掩饰自己。

走进房间，我立刻在案桌旁边坐下来，让宫娥把小公主抱给我。在宫娥看来，或许我这个昭仪不屑亲自抱起孩子，这种事情还是让下人做比较合适，但她又怎么知道，我不是为了展示主子的威仪，而是双腿已经不听使唤，随时可能摔倒在地。

"啊！"

当宫娥抱起小公主的时候，我陡然听见她的一声惊呼，装作若无其事的我便开口训斥她："放肆！你要吓着小公主不成！"

"奴婢不敢！娘娘，小公主……小公主……"

"孩子怎么了？"

宫娥用她那颤抖的双手将孩子递给我，当我的眼睛注视到她时，我发誓那是我这辈子都无法忘记的面孔——一副憋得紫黑的面孔，嘴角淌下一丝鲜血！

虽然这个孩子的生命是我亲手终结的，但当我再次看到她的面孔时，她那恐怖的面容吓得我几乎要将她掉在地上。我勉强镇定住情绪后，开始卖力地表演。

"孩子！我的孩子！"

我发出了歇斯底里的喊叫，眼泪随之而出，撕心裂肺般的哭喊声吓得宫娥跪在地上，身子不住地打颤。

"是不是你？是不是你害死了我的孩子？"

"奴婢不敢！不是奴婢干的！"宫娥已经吓得哭出声来。

"那是谁？谁刚才看过孩子？"

我故意将话题引向王皇后，果不其然，在我的故意诱导下，宫娥说刚才只有王皇后来过这里。

非常好！这正是我想要的答案，于是我终于可以抛出栽赃王皇后的各项论据。

"一定是她！一定是她！她没有孩子，她一定是嫉妒我为皇上生孩子，我怎么没有想到这一点？为什么还会让这个变态的女人来看我的孩子？我……我简直愚蠢至极！"

为了表演真实，我开始抽自己嘴巴，尽量让宫娥看到我内心极度自责的一面。宫娥站起身来阻止我，我一把推开她，跌跌撞撞地向门外跑去。

"我要告诉皇上，我要告诉皇上，让皇上杀了这个变态的女人！"

于是我装作失魂落魄的样子向阿奴所在的宫殿跑去。

始料不及

"什么？小公主死了？！"

阿奴听到我的话，顿时犹如五雷轰顶，立即从龙椅上站起来，匆匆走到我的面前，一把揪住我，怒发冲冠地再次向我质问。

"陛下，是真的，我们的孩子死了！是皇后娘娘害死了我们的孩子！"我含着眼泪抽泣着说道。

"王皇后？"当阿奴听我说出凶手是王皇后时，再次表现出惊讶的神态。

"是！就是她！王皇后是最后看见小公主的人，一定是她害死了我们的孩子……"于是我将假事件的来龙去脉讲给阿奴。

"王皇后没有孩子，一定是嫉妒我为陛下生孩子，还受陛下的宠信，所以杀死小公主报复我！"我终于说出了我心底最想说的话。

我本以为我说完后，阿奴一定会火冒三丈，迅速将王皇后抓起来，甚至是将她处以极刑，然而出乎我意料的是，阿奴显得十分镇定。他略微沉吟后，疑惑着说道："昭仪还是不要妄下定论为好，依朕看来，皇后娘娘虽然性格有些偏执，但还不至于对小公主下此毒手，这个孩子本就是早产儿，身体本就虚弱，恐怕……"

"不！不！一定是王皇后，她先前就嫉妒陛下宠信臣妾，陛下想一想，王皇后是怎么对待您的？"没等阿奴说完，我立刻抢着说道。我的意图是让阿奴想起他和王皇后情感不和。

"这个……朕还是仔细调查清楚再下定论吧！"阿奴说道。

听完我近乎疯狂的述说后，阿奴一直劝慰我，说一定会将这件事情调查清楚，并派人护送我回寝宫。当我浑身疲惫地躺在床上，驱散众人后，终于可以卸下伪装的面具，重新做回真实的自己。

我仔细回想今天的每一个过程，可以说我做得没有任何疏漏，但结果并没有让我达到最初的目的，我甚至怀疑以牺牲自己的亲生骨肉作为代价去反击一个争宠的对手究竟值不值得。

应该说阿奴今天的反应实在是出乎我的意料，可以看出他虽已和王皇后的感情有所疏远，但依旧对这个结发之妻存有一些旧情，这也算是一种情感，不是浓烈的爱情，而是平淡的亲情。

想到这里，我心中忽然一惊，阿奴现在依恋于我，这种浓烈的爱情究竟会持续多久？他对王皇后那种平淡的亲情是不是会更久远？

随着我的姿色逐渐衰退，阿奴会永远像现在一样宠幸我吗？

一想到这个问题，我不禁感到害怕，可是现在我能做的都已经做了，我还能有什么更好的招数呢？接下来我所能做的除了吹枕边风之外，就是等待阿奴最终调查的结果。

日子依旧一天天过着，在此期间我通过各种方法了解阿奴对小公主事件的调查进展，我也曾经在和阿奴男欢女爱之后询问他调查的结果，但阿奴和各方面给予我的反馈都好像只有一个字——等！

我知道如果没有确切的证据，阿奴是不能将王皇后治罪的。随着时间的推移，似乎我利用小公主死亡事件扳倒王皇后的希望正在逐渐破灭，我也曾想在阿奴面孤注一掷，用撒泼的方式要个说法，但理智告诉我，这样做只能破坏我在阿奴心中的美好形象。

一旦我的形象在阿奴心中破坏了，那么先前我所做的一切都将前功尽弃。

我似乎真的绝望了，想起我惨死的亲生骨肉，这一次我是发自心底地流下了眼泪。我是多么愚蠢，为了一个虚无缥缈的愿望害死了自己的孩子。

可是就在我的幻想一点点破灭时，一次我和阿奴的鱼水之欢后，阿奴的一句话让事情陡然出现了转机。

"昭仪，明日我们到长孙舅舅那里去一下好不好？"

"到长孙大人那里？为什么？"

"朕这些日子一直在思考后宫的事情，朕觉得虽然王皇后出身名门，但不够母仪天下。"

阿奴的话让我差一点兴奋地蹦起来。看来这些日子通过小公主死亡事件，阿奴虽然没有找到将王皇后治罪的确凿证据，但通过他的话，我能够悟出阿奴在思考他和王皇后的感情问题。

两个人感情不和是事实，王皇后无子也是事实，即使存在那点不舍的亲情，但对于男人们来说，有些事情还是感性的，而且阿奴也明白，通过小公主死亡事件，我和王皇后的矛盾已经处于水火不容之势，身处中间位置的阿奴不可能永远保持中立，在我和王皇后之间必须要舍弃一个。不可否认，这是身处深宫的女人们的悲哀，是寻常百姓绝不能体会到的心酸。

对于阿奴而言，我的存在远比王皇后更加让他具有安全感，也更增加了他做男人的尊严，所以阿奴的态度是选择我。

"但是废立皇后这件事情关系到国本问题，不是朕下一纸诏令就可以的，必须要看看朝臣们的态度，所以我想去探探长孙舅舅的想法。"在我大脑飞速思考的时候，阿奴继续说道。

"好啊！臣妾认为这是应该的，我们明天就去。"

事实证明，这次拜访长孙无忌之行，我想得过于简单，这件事的背后远不像阿奴所说的废立皇后那么简单。

那日，我和阿奴带着黄金千两以及一纸册封诏书，前往长孙无忌的官邸。在得知皇上和昭仪娘娘到来后，长孙大人不敢怠慢，率领全家老小出来迎驾。阿奴先是赏赐了长孙无忌黄金千两，紧接着又册封长孙无忌小妾所生的儿子为散朝大夫（五品），事实上我知道阿奴在做足一切功课，希望通过他所做的这些来打动长孙无忌，进而在接下来提到的废立皇后的问题上能够得到长孙无忌的支持。

应该说双方在最初的拉家常阶段，气氛还是融洽的，但当阿奴隐约透露出废立皇后事宜时，我观察到长孙无忌的脸色立即阴沉了下来。

但这个老头儿的确是个心机深沉的家伙，阴沉的脸色一闪而过，立即换上了一副憨笑的面孔，然后说道："陛下今日到臣的家中来，是为了亲情所顾，废立皇后牵涉国家大事，今天我们不谈国事，只谈家事，只谈家事，哈哈哈……"

这个老油条故意将话题岔过去，内心一定是不同意阿奴的想法。

"长孙舅舅，朕是觉得……"

阿奴认为自己的意图可能没有表达清楚，准备再次说得详细一点，但他还没说完，长孙无忌立刻打断他的话：

"陛下，臣这里有一坛上好的佳酿，今日特请陛下品尝……"

至此，阿奴明白了，舅舅对废立皇后事宜是不置可否的。于是在知道无法得知长孙无忌的真实想法后，阿奴婉言回绝了长孙无忌的盛情款待，起身和我离开了他的官邸。

在我看来，真正让我悟出今日之行暗藏玄机的，是阿奴临走前对长孙无忌所说的话：

"长孙舅舅，今日在您的府邸即是在自己的家里，你我不分君臣，容甥儿说句心里一直想说的话。您是先皇的托孤之臣，甥儿必须仰仗您，但甥儿已不是懵懂无知的孩童，有些事情还是让甥儿自己做主吧！"

我听完阿奴的这句话后，心中莫名一紧！

暗流涌动

回来的路上，阿奴紧锁眉头一言不发，而我则在反复思考离开长孙无忌的府邸时，阿奴所说话的深意。我隐约感觉出，在阿奴登上皇位后，虽然依仗长孙无忌治理这个庞大的国家，但内心深处可能对长孙无忌独揽大权并不满意。

首先从制度上来讲，本朝皇帝所下的命令必须要宰相大臣签署意见，而且要经过门下省、中书省的审核，如果缺少其中一个环节，皇帝的命令等于无效，而长孙无忌作为首席宰相，废立皇后这么大的事是不可能绕开他的，这也是阿奴为什么要征求长孙无忌意见的原因之一。

再者从亲情角度来讲，长孙无忌是阿奴的亲舅舅，也是太宗皇帝的托孤之臣，这个特殊的身份让他比任何人都有优势。阿奴虽然尊敬长孙无忌，但内心深处还多一层敬畏之心，特别是处置房遗爱谋反案，长孙无忌的高超政治手腕已令人不寒而栗，我想阿奴也有同感。

一个让皇帝放心不下的大臣，无论他是什么身份，对于他自己而言都不是什么好事。

"长孙舅舅或许不好当面表态,我看咱们回去之后再派个靠得住的人去问问他究竟是个什么想法。"阿怒忽然开口说道。

"好!一切都听陛下的!"

回到宫中后,阿奴便坐在龙椅上,紧闭双眼,开始在脑海中仔细筛选合适的人选。看着阿奴认真的样子,我实在很感动,很长时间以来,阿奴的眼睛一直不太好,甚至经常引起头晕目眩,此刻闭上眼睛,既是为了静心思考,也是为了休息一下他那双疲劳的眼睛。

我很想帮他挑选合适的人,但是我知道阿奴一定有着自己独特的想法和意图,所以我几次欲开口,却又硬生生地把话咽到肚子里。

过了许久,阿奴忽然睁开眼睛,然后说道:"看来最合适的人选还是岳母大人啊!"

"我……我母亲?"我惊讶地问道。我实在没有想到阿奴筛选了半天的合适人选会是我娘。

"嗯!是的!"阿奴点点头,继续说道:"你的外祖父杨达和长孙舅舅的父亲长孙晟有同僚之谊,岳母杨夫人很有才华,不仅擅长文学和音乐,而且应变能力很强,我相信要是她出马,长孙舅舅应该不会拒绝的。"

"好,那就让我娘去试试吧!"我立即表示同意。

应该说阿奴这次派出游说长孙无忌的人选是比较合适的,我娘那张嘴能把死人说活。作为一个有才华的女性,而且又是长孙晟同僚的后人,我娘确实具有其他人不能比的优势。

我十分佩服阿奴的脑子,别看他表面上性格柔弱,但对任何事情都有着不同寻常的判断。

然而事实证明,我娘那张三寸不烂之舌并没能说服长孙无忌,结果甚至还不如上次我和阿奴之行,那次至少长孙无忌没有公开反对,可是这次他公开拒绝了我娘。据我娘回来所说,如果不是因为外祖父和长孙晟有旧情,长孙无忌会毫不留情地直接训斥我娘。

当阿奴看到我娘耷拉着脑袋回来时，便知道他那个性格倔强的舅舅已经明确反对废立皇后，所以他没有问我娘具体的游说过程，而是坐在龙椅上，脸上逐渐浮现出一丝怒容，我明显感觉到阿奴这次是真的生气了。或许在他看来，长孙无忌已经冒犯了他的威严。

"陛下，要不这件事情先放一放再说？也不急于这一时嘛！"我劝慰着。

"不！朕必须要说服长孙舅舅，朕已经不是小孩子，不能总是活在长孙舅舅的庇护下。昭仪，你必须明白，未来在很多事情上必须要打上朕的印记，因为我才是这个国家真正的主宰者。"

阿奴说完，用他那柔软深情却又带有坚毅的目光看着我，似乎他已下定决心，利用废立皇后事件告诉所有人，他是大唐的最高权位人，其他人都必须臣服在他的脚下！

在此后的几天里，阿奴没有再提废立皇后这件事，但我隐约感觉出阿奴还想再努力一次，还想再次派人游说长孙无忌，只是现在朝中几乎都是长孙无忌一派的人，所以阿奴一时间也想不到合适的人选。

直到有一天时任礼部尚书的许敬宗前来觐见阿奴，我才知道这几天发生了什么，当许敬宗走进来时，我首先看到的就是他那一脸无辜的表情。

许敬宗是前朝礼部侍郎许善心之子，还在阿奴做太子时，许敬宗就一直在阿奴身边。太宗皇帝当年远征辽东时，许敬宗先是辅佐阿奴监国，后来太宗皇帝又将其调到前线参与军事决策，算是个能文能武的人，而且他还有个特长—修国史。

许敬宗是个有才能的人，但我也知道其人品并不高，虽然不一定是小人，但也绝非谦谦君子。

"陛下！按照您的旨意，我已经去见过长孙大人了。"

"哦！他怎么说？"

"他说……他说……"许敬宗为难地看了我一眼，然后勉为其难的说道："长孙大人态度极为严厉，极力反对废立皇后之事，还说臣的官阶还没有参与这件事的资格，告诉臣不要管这件事。"

此时，我才知道阿奴这次派出去游说长孙无忌的人是许敬宗。

看来真的是没有合适的人选了，阿奴或许想到了许敬宗的父亲许善心和长孙无忌的叔叔长孙炽在前朝同时出任太常少卿，在一时找不到合适的人选时，阿奴想通过这层关系再一次争取长孙无忌的支持。

然而结果却是比我母亲上次去还不堪。在许敬宗面前，长孙无忌具有绝对的权威，可以毫无顾忌地训斥他这个下属。

许敬宗说完后，我明显感觉到阿奴的脸上已经显现出怒容，三次试图说服长孙无忌，没想到全是徒劳，而且长孙无忌的态度一次比一次坚决和严厉，我和阿奴总算明白了这不是表达方式的问题，长孙无忌或许通过那天阿奴临走时所说的话猜测出了阿奴的意图，他大权在握，身份特殊，绝不可能就此退缩。

"朕知道了，你先回去吧！让你受委屈了！"阿奴平复好情绪后缓缓地说道。

许敬宗离去了，但阿奴的情绪似乎还是没有完全平复下来，我感觉出阿奴并不甘心就此屈服，皇帝的威严开始在他的脸上显现。在龙椅上闭着眼睛坐了很久之后，阿奴"噌"的一下站起身来，然后用一种强硬的口气说道："既然这件事是后宫的事情，要想成功还得从后宫入手，毕竟长孙舅舅和后宫的人接触很少，无论如何这件事必须要坚持！"

当时我在他的身边，明显感觉出他散发出一股强大的气场，这是一股绝不容他人侵犯尊严的气场。

这还是我认识的那个性格柔弱的阿奴吗？还是说他为了我而爆发出了他身上那股强大的潜能？

综合前边阿奴在这件事上的所有表现，我忽然意识到，废立皇后这件事，阿奴不仅仅是为了我，其本质是一场权力之争，阿奴要摆脱长孙无忌的控制，将朝政大权控制在自己手上，而废立皇后这件事只是阿奴寻找的突破口。

阿奴的思路是对的，皇后是皇帝的妻子，究竟该选择谁，从情感角度来讲，皇帝具有更多的发言权，长孙无忌虽然把持着朝政，但对后宫的控制相对薄弱。从对方薄弱的地方入手，谁说阿奴的政治手腕不高？

看着阿奴威严的样子，我觉得此刻这个我内心深爱的人是那么的高大威猛，虽然他的眼神依旧那么柔弱，但我知道他的心已经决然无比。

阿奴！无论你想做什么，我都和你在一起，即使你不是为了我，我也愿意做你精神的鼓舞者，只因为你是我在这个世界上最爱的人！

WU MEI ZHUAN

武媚传

第二章 我才是唯一

幕后的事

在废立皇后这件事上,阿奴的决心不容置疑,每当阿奴不在我身边的时候,我便仔细思考废立皇后这件事一旦实现会经过怎样的波折。

从阿奴的态度来看,通过废立皇后至少要将长孙无忌一脚踹开,可是长孙无忌始终对国家忠心耿耿,虽然在阿奴看来是一个尾大不掉的人物,但其治国才能无出其右。为什么阿奴一定要和自己的亲舅舅过不去呢?

通过很长时间的参悟,以及对曾经发生过的一切进行梳理,我明白了阿奴这么做,树立绝对的权威只是其中的一个目的,因为纵观太宗皇帝驾崩后一直到现在,朝政可以说是向着一种畸形状态发展。

我还记得房遗爱谋反事件中,虽然绝大部分人站在了长孙无忌一边,但并不是所有人都认同长孙无忌的做法,例如时任门下省侍中的宇文节就是其中一个反对者。宇文节和房遗爱算是铁哥们,在房遗爱东窗事发后,宇文节极力为铁哥们开脱,等于不自觉地站在了长孙无忌的对立面。

最终宇文节被判流放边远地区,接替他职位的人是时任兵部尚书的崔敦礼。表面看起来兵部尚书与门下省侍中官阶相同(正三品),但门下省是朝廷中枢权力机构,进入门下省等于进入了宰相班子,崔敦礼等于是被提拔了。

问题的关键是,要提拔朝廷大臣进入宰相班子,应该是由皇帝说了算,而且阿奴当时面对长孙无忌针对房遗爱谋反案的判决结果,居然要杀那么多的皇亲国戚,有些于心不忍,在朝堂上为他们求情,并希望有人站出来为自己解围，然而让阿奴没想到的是，崔敦礼确实站出来了，但他的态度是公开反对阿奴。

或许阿奴永远不会忘记那一天在朝堂上的尴尬，那是一种被人架空，祈求别人施舍的窘态，他知道造成他这种狼狈相的幕后黑手就是长孙无忌，也许那个时候阿奴的心中就已经埋下了复仇的火种。

崔敦礼让阿奴在朝堂上十分难堪，按说正常情况下，阿奴是不会让他进入宰相班子的，可结果却是崔敦礼成功进入门下省，那么提拔他的人一定是长孙无忌，从这一点可以看出阿奴现在虽然贵为皇帝，但事实上是被长孙无忌摆在朝堂上的一个傀儡，具体的政务根本由他不得。

出现这种情况，是因为现在朝廷权力机构的重要官职基本上都是由长孙无忌一派的人担任，尤其在房遗爱谋反案发生之前，这种现象更为突出：

太尉长孙无忌，中书、门下两省的最高负责人。

中书省中书令是此前邀请长孙无忌出头奏立太子的柳奭。

门下省侍中宇文节、高季辅。

尚书左仆射于志宁，右仆射张行成。

吏部尚书褚遂良（同中书门下三品）。

在我看来，以上这些人除了张行成和阿奴说过要防止大臣专权的话，以及宇文节支持房遗爱，张行成和宇文节可以看作不是长孙无忌一派的人外，其余的人都是长孙无忌的死忠，而且张行成不久前去世，宇文节又惨遭流放，现在的中枢机构基本上算是长孙无忌开的店。

这些人并不傻，他们应该能悟出崔敦礼让皇帝难堪仍可以受到提拔，那只有团结在长孙大人周围才会有前途。

至于阿奴，在他们看来，就是一个被长孙无忌操纵的木偶！

此时我能体会到那天在长孙无忌的府邸阿奴临走时说的那些话，其中的心酸与无奈旁人是无法体会的，一个高高在上的君王居然乞求臣子给予自己应有的权力，这真是天大的笑话！

以上就是我所说的自阿奴即位以来朝政逐渐陷入畸形状态的事实。本应皇权至上的朝廷中，皇帝是不可以成为木偶的。

想到这里，我的心开始颤抖，因为我知道规则一旦打破，就会出现问题。现在阿奴执意要夺回应有的权力，以及让朝廷重新回到既定规则的轨道上去，这不就是出了问题吗？

古往今来一切权力斗争，无不带来腥风血雨、滔天骇浪，性格柔弱的阿奴，前方等待你的会是什么呢？

如果以你的安危作为赌注，我情愿什么都不要，没有你，我的世界将是一片黑暗！

然而该来的终究还是会来，永徽五年（654年）十二月，我为阿奴生下了第二个儿子，取名为贤，正是这个孩子的到来，间接地使阿奴和长孙无忌的权力之争逐渐明朗化。

贤儿的到来虽然让我和阿奴再一次感到无比的喜悦，但我的死对头王皇后却是妒意倍增，而且这一次她彻底地将埋藏在心里的压抑发泄出来，居然和其母魏国夫人柳氏行厌胜之术。

所谓厌胜之术，就是请一个巫师，口中念念有词，为自己降妖除魔。这种活动在本朝是被明令禁止的，因为这种所谓的"法术"，有帮人驱魔的，也有用来害人的，究竟是驱魔还是害人，只有当事人以及那个口中念念有词的巫师知道，而在外人看来是难以判断的。所以出于安全考虑，被本朝法律明令禁止。

现在王皇后居然愚蠢地做出违法之事，我不知道她的初衷究竟是什么，但对我的嫉妒和恨意相信占有很大的比例。

很快，就有人将王皇后的违法活动报告给了阿奴。

坦白讲，我很是幸灾乐祸，很长时间以来我做梦都想扳倒王皇后，没想到王皇后会以自我毁灭的方式，让我这个争宠的对手坐享胜利的果实，这一次阿奴一定会将她置于死地。

我悄然等待阿奴对王皇后的宣判结果，不过再一次出乎我意料的是，在这个事件上，阿奴的第一个处理结果，居然是禁止柳氏今后再出入宫廷，将王皇后的舅舅柳奭贬到偏远地区去当刺史。

阿奴真是不按常理出牌啊！难道这就是阿奴所说的从后宫入手吗？

当下从朝廷大臣到后宫，基本上都是长孙无忌的眼线，而王皇后则是长孙无忌一颗掌控后宫的棋子，柳氏则是长孙无忌与后宫之间的联络者，我相信阿奴想要废掉王皇后，包括王皇后在内的王家人一定是知晓的。阿奴禁止柳氏进出宫廷，等于切断了长孙无忌与后宫的联系，贬黜柳奭则是借此机会剪除长孙无忌的羽翼。

这是明显反击长孙无忌的节奏啊！

阿奴已经吹响了进攻的号角，老谋深算的长孙无忌会如何应对呢？

我始终认为阿奴的警觉对于长孙无忌不是个好兆头，但这个身份特殊、权欲熏心的老头儿绝不会甘心就此收手。就本质而言，我和长孙无忌一样，都是权力的膜拜者，只是他已经站在顶峰，而我还处在艰难攀登的路上。

人一旦成为权力的奴仆，就会犹如一头失去理智的豹子，对于出现的猎物会不顾一切地猛扑上去，所以长孙无忌的应对一定会更加强硬。

不久后，阿奴在我面前的表现印证了我的猜测。

冲破孤立

"气死了，气死了，实在是气死朕了！"

这一天散朝后，阿奴气呼呼地来到我这里。看着他满脸怒气的样子，我知道今天的朝会一定不太平，或许长孙无忌一派的人又让阿奴在朝堂之上难堪。

阿奴很少表现出气急败坏的样子，我明显看到他那本就不好的眼睛里边布满了血丝，我担心他急火攻心会进一步伤了他的眼睛，于是立即上前搀扶他坐下，然后一边为他捶着肩一边安抚地说道："陛下息怒啊，没有什么事情是解决不了的，急坏了龙体可不得了，有什么事跟臣妾说说，看看臣妾能不能帮着您出出主意。"

"唉！还是废立皇后这件事呗。长孙舅舅反对这件事，朕也知道这件事目前不可能一步到位，所以朕想先封你为辰妃，可是今天朝会时，朕刚提出来这个想法就被来济顶了回来，紧接着韩瑗站出来又讲了一大堆道理，听得朕好生烦闷。"

阿奴说完后，我的脑子瞬间开始转动，几乎在很短的时间里，我的脑海中闪现出了几个关键性的问题。

本朝的命妇制度中，并没有辰妃这个称号，皇后之下分别是贵妃、淑妃、德妃和贤妃，都是正一品，而我这个昭仪则是九嫔之首的正二品，也就是说，阿奴为我在嫔妃中特设了一个称号，目的是想从级别上将我提升，进而突出我的地位，但表面上又不损害王皇后的利益，算是个退而求其次的策略。

从阿奴事先没有向我透露册封我为辰妃的想法来看，对于这件事阿奴也没有十足的把握，需要征集朝臣们的意见，而今日在朝堂之上被驳了回来，致使他郁闷至极不得不向我吐露实情，以宣泄心中的愤懑。

反驳阿奴的来济和韩瑗都是长孙无忌一派的人，事实上就是长孙无忌在反对。从阿奴那愤懑的脸上，我似乎已经看到当时在朝堂上这些大臣的态度是多么强硬。与那些老谋深算的大臣们过招，性格柔弱的阿奴还需要不断地磨练心性。

与此同时我也很自然地联想起不久前发生的厌胜事件，阿奴贬黜柳奭与长孙无忌反对册封辰妃，双方等于你来我往互有攻守，可以说是暗中较劲，却又如风过无痕。

当然，上述这些都是我一瞬间的想法，阿奴说完后，我故意表现出不在意的样子，继续劝慰阿奴道："嗨！臣妾是个什么封号并不重要，重要的是我能永远侍奉陛下，只要您在我身边，臣妾就心满意足了。"

言罢，我凑到阿奴的脸庞，给了他深情的一吻。

人们都说女人的柔媚是男人缓解压力和伤痛最好的精神良药，此话确实不假，在我吻完阿奴后，他那脸上的阴沉顿时散去，随后他一把拥我入怀，给予我同样的深情一吻。

我就这样在阿奴的怀里呆了许久，在他的怀中我体会到了十足的安全感，相信此刻由于我的存在，阿奴的心也会逐渐从朝堂上那暗含争斗的紧张中放松下来。

"如果我们能够永远这样心无旁骛，该有多好！"

长孙无忌一派的强硬态度，让阿奴感觉十分无助，甚至产生害怕的感觉，我猜想阿奴终于第一次感受到来自对手的强大，这远不是仅有必胜的勇气便可以战而胜之的，最关键的是，在阿奴的身边除了我与他站在统一战线之外，没有任何可以依靠的力量，但我仅仅是个二品的昭仪，如果不是凭借阿奴对我的宠信，我恐怕都自身难保。

所以，我认为在与长孙无忌的斗争中，阿奴不能一个人去战斗，他必须有人帮助，我相信只要阿奴用心去做，这样的人一定会找到，虽然过程可能会很漫长。

"陛下，那些大臣们真的都不站在陛下这边吗？"我从阿奴怀里钻出来开口问道。

"那些大臣只会看长孙舅舅的脸色行事，我现在真怀疑父皇临终前是不是选错了托孤的人选。"阿奴无奈地说道。

"这个不能怪太宗皇帝的，那个时候只有长孙舅舅是他最信任的人，太宗皇帝没有选错人，只怪长孙舅舅这些年逐渐忘了自己应该是个什么角色。"

阿奴听我说完，不住地连连点头，似乎意识到应该褪去长孙无忌身上的光环，让他重新做回本属于自己的角色。

"陛下！臣妾认为您应该找到亲近您的大臣，即使暂时没有这样的人，也应该努力去培养，不能让那些大臣们永远看长孙舅舅的脸色。"我继续鼓动道。

阿奴的眼神虽然依旧柔弱，但听我说完后，眼睛瞬间一亮，那一刻我知道阿奴犹如拨云见日，似乎找到了对抗长孙无忌的良策妙方。

在此后的日子里，我深居后宫无法目睹阿奴具体是怎样培植亲信的，这也使得我的心始终放不下。阿奴由于阅历和朝政经验的原因，似乎一直缺少笼络人心的手段，我很想利用这次机会为他出谋划策，但过去的经验告诉我，如果我过分暴露自己的心机，必然会让阿奴压力陡升，进而颠覆我在他心中的柔媚形象。

至少现在还不是时候！

我永远不会忘记十四岁刚刚进宫的时候，太宗皇帝让人建议如何驯服他的名骏"狮子骢"的事情，那时候没有一名大臣站出来出主意，只有口无遮拦的我告诉太宗皇帝，可以用铁鞭、铁锤、匕首三样东西驯服它。

当时我很是自豪，而且看不起那些想不出主意的大臣，太宗皇帝也连连夸奖我有气魄、有胆略，直到多年后我才悟出在皇帝面前说出如此冷酷、凶狠的话语乃是大忌，我想这也许是我虽然努力服侍太宗皇帝多年，但到头来还只是个才人的原因。

现在，我已经不再是当年口无遮拦的小姑娘，这些年经历的挫折与磨难让我明白了做人不能太直率，"坦率真诚"这四个字仅仅是做人的道理，而"道理"与实际的"方法"有时是背道而驰的，更何况身处的环境是讳莫如深的宫廷，我面对的人是一代帝王君主。

或许，我太在意阿奴的感受了，只因为我深深地爱着这个男人，我要时刻保持我在他心中的完美形象，这固然包括美丽的容颜和精致的体态，更包括他对我的感觉，那是一种强烈的依赖与心与心的融合。

即使是虚伪的掩饰，即使是故意的伪装，我也在所不惜，因为我的出发点是时刻抓住阿奴的心。作为视权力为生命的我，这是利益所在；而作为女人，我想这也是爱情吧。

因此，在如何培植亲信这个问题上，我只能对阿奴进行旁敲侧击，我希望阿奴能够尽快领悟，至于结果也只能是听天由命。

事实证明，只要努力就一定会有收获，即使结果达不到预期，但至少有了突破口，在培植亲信这个问题上，阿奴身边终于出现了一个主动向他靠近的人，虽然他在朝中的官阶并不高，而且据我了解其人品很是卑劣，属于笑里藏刀的小人，人送外号"人猫"，不过只要是为阿奴所用的人，都是可以拉拢团结的对象。

这个人的名字叫李义府。

我不知道在长孙无忌权倾朝野之时，李义府主动向阿奴靠近是出于什么目的，等我了解了他的经历后，便知道他对长孙无忌是恨到了骨头缝里。

起因在于李义府受到了长孙无忌的贬黜。

我没听说李义府有什么过错，估计是因为长孙无忌很不喜欢他的品行，所以决定将他贬到壁州去，可就在长孙无忌贬官文书写好还没公开的时候，李义府得到了消息，于是利用一次在宫中替外甥值班的机会，主动上表阿奴，请求立我为皇后。

不愧是人送绰号的"人猫"，看到在长孙大人那里吃不到好果子后，立即转舵向皇上靠拢，并且知道皇上现在最需要的是什么。孤立无缘的阿奴，在看到有人向自己伸出橄榄枝后，心中颇为大喜，于是立即提升李义府的官阶，将其纳入自己的麾下。

虽然只有一个人，但毕竟是划破了黑暗的夜空，闪现出一丝亮光！

当时李义府实在是个小人物，阿奴虽然如获至宝，但长孙无忌一派的人根本不将其放在眼中，以至于长孙无忌都没有向阿奴汇报要贬黜李义府的事情，任由阿奴将其留在朝廷之中。

李义府的出现应该算是个偶然，不过这也说明当时的朝廷并非都是长孙无忌的天下，也就是说政治强人长孙无忌并非无懈可击，相信只要阿奴充分动员那些不是长孙无忌一派的非主流官员，并不断加以提升，随着时间的推移，一定可以与长孙无忌一派对抗。

我本以为从李义府开始，阿奴会继续笼络更多人到自己的麾下，然后和长孙无忌打一场旷日持久的战争。

然而让我没有想到的是，小人物李义府的介入居然会让这场甥舅之争提前进入决战阶段。

正应了那句话：人不在于多，一个已足够！

进入决战

永徽六年（655年）九月的一天，阿奴早朝之后，过了很久才来到我这里，一进门说的一句话便把我吓了一跳。

"昭仪，明日和我一起去对付那些顽固不化的老臣，朕是说不过他们了，真是烦死朕了。"

阿奴说完，便背着手来回踱步，从他的话语以及那急匆匆的脚步中，我便知道长孙无忌那些大臣们又"欺负"阿奴了。

"陛下息怒，龙体为大，先坐下，看把您急的。"我一边为阿奴擦去脸上的汗一边安慰他说道。

"是不是今天早朝那些大臣们又让陛下堵心了？"我轻声问道。

"早朝倒是没什么事情，不过早朝之后，朕召集长孙舅舅、于志宁、褚遂良等宰相成员到内殿商议立昭仪为皇后的事，朕想先听听他们的意见，没想到褚遂良将先帝搬出来压我，甚是窝火！"

阿奴虽然只是叙述过程，但我立即意识到，阿奴终于将废立皇后这件事作为一个政治议题公开提出来，这在以前是不可能的事情，之所以会出现这样的局面，完全是由于李义府的介入。

李义府虽然是个小人物，但他毕竟是朝廷官员，他上奏阿奴建议立我为皇后，这等于有了舆论效应，阿奴就可以利用这个机会公开提出来，作为一项政治议题去讨论，这实在是上天赐给我和阿奴的机会。

但阿奴完全可以再稳妥一些，等到在这个问题上聚集了足够的人气时再提出来，那样就会是水到渠成的事情。为什么偏偏在刚有转机时阿奴就如此迫不及待地提出来呢？

唉！阿奴啊！你还是需要再磨练啊！虽然我知道你是为了我，也想以最快的速度树立自己的威信，但饭要一口一口吃，很多事情是需要用时间去换取生存空间的。

我心里不断叹息着，但表面上依旧显得很平静，我很想知道刚才内殿中具体是个怎样的过程，因为这涉及到接下来该以怎样的策略去应对，于是我问阿奴："陛下是怎样和他们说的啊？那些大臣就那么倔强？"

"唉！朕跟他们说，皇后没有皇子，武昭仪已经为朕生了两个皇子，而且深受朕的宠爱，朕想立武昭仪为皇后，不知道你们是个什么想法。"

"征求大臣们的意见？陛下做得没错啊！"我附和着说道。

"对啊！朕也觉得这很正常啊！可是褚遂良那个老骨头，立即站出来反对朕！"

"那他怎么说？"

"他说，皇后出身名门，是先帝为朕亲自挑选的，先帝临终时，曾经握着朕的手将朕和皇后托付给了他们这些老臣，他们始终记得先帝的嘱托，现在皇后娘娘没有什么过错，怎么可以轻易废掉呢？褚遂良说，他们不敢遵从朕的旨意，而且也不会违背先帝的遗命。昭仪，你听听，这不是明摆着将先帝摆出来压朕吗？"

"那后来呢？"

"朕估计再说也拧不过他们，于是让他们先散了去！"

从阿奴的叙述中，我可以明显感觉到长孙无忌一派是有备而来，甚至他们很可能事先已经想到阿奴终究会将废立皇后事宜作为政治议题公开提出来，所以他们商议好了应对之策，也许他们唯一没有想到的就是阿奴居然会提出得这么快。

在内殿中阿奴以一敌众，真是难为他了！

就在我仔细思考应对之策时，阿奴接下来说的一句话，让我顿时敏感起来。

"唉！也不知道请假离去的李勣是个什么想法？"阿奴随口说道。

"李勣？陛下也让他去了？"

"是啊！不过他说自己最近身体不好，早朝已经耗费了不少精力，于是向朕告假，朕准了他。"

在我看来，李勣请假离去，绝不是身体不好那么简单。他很可能意识到内殿议事会涉及一些敏感问题，以他的身份实在不好表态，所以他采取三十六计走为上策，避免让自己处于左右为难的境地。

如果从李勣的自身角度来看，他请假离去是最好的结果，原因在于他的立场算是个中间派。

阿奴曾经和我说，太宗皇帝临终时，说过关于如何安置李勣的问题。太宗皇帝认为李勣功高盖世，阿奴对他没有什么恩情，未来很难驾驭他，所以将他贬为叠州都督，还特别叮嘱阿奴，如果李勣接到诏令立即前往上任，就对其加以重用，算是对他有了提拔之恩，如果李勣接到诏令犹豫不走，就立即将他处死。

李勣当时接到诏令后，连家都没有回，就立即动身前往上任，不过还没等到达叠州，太宗皇帝就驾崩了，于是阿奴又将他召了回来，任命他为开府仪同三司、同中书门下三品，不久又晋升为左仆射。

这几年，李勣虽然是宰相班子成员，但因为不是长孙无忌一派的人，所以经常受到排挤，不过李勣是个豁达之人，并不在意这些，依旧高调做事低调做人，但他同样也不是阿奴的嫡系，所以在朝臣中属中间派。

李勣很清楚内殿议事如果涉及敏感问题，公开表态支持哪一方都不会有好果子吃，所以他选择了躲避，不过在我看来，同样身为太宗皇帝的托孤大臣，李勣内心应该明白自己究竟该站在哪个阵营，或许在他看来，现在还不是表露的时候。

李勣虽然选择了躲避，但我觉得，在废立皇后这件事情上，他是个可以争取的对象。

"他们不同意朕立昭仪为皇后，朕就偏偏这样做！昭仪，你明日和朕一起对付这些顽固不化的老臣。"阿奴怒气冲冲地说道。

我的思绪被阿奴的话打断,看着他发怒的样子,我还是比较理智的,但我并没有接着他的话说下去,而是继续思考。

阿奴让我和他一起上殿对付那些老臣,其实是我心中迫切希望的,因为这等于让我名正言顺地参与朝政,但天生敏感的我明白欲速则不达的道理,我说不出就此参与朝政究竟会有什么不好,但直觉告诉我,一切为时尚早。

"怎么?昭仪不愿意吗?"阿奴见我没有搭话,疑惑地问道。

"嗯……那倒不是,臣妾也愿意辅助陛下,不过臣妾乃女流之辈,参与陛下与大臣们议事,恐怕影响不好吧!"

"哼!我就是要让长孙舅舅他们知道,越是他们不想让朕做的事情,朕就偏要做!"

阿奴任性的表现,让我知道了这些日子他已经压抑到了极点,他迫切地需要一个足以让他恢复自信的人,去继续面对长孙无忌一派的刁难,而在阿奴看来,从情感角度来说,我无疑是最合适的人选。

"陛下!臣妾可以去,但臣妾认为还是不要坏了朝廷的规矩,臣妾就躲在帘后听听他们到底说什么,如果陛下真的为难了,到时叫臣妾出来也不迟。"我提出了一个折中的方案。

"嗯!也好!如果你贸然出面,不知道那些老骨头又会整出什么难听的词来!"阿奴略微思考后一下说道。

那一夜,阿奴并没有在我这里留寝,我躺在床上翻来覆去睡不着。兴奋?不安?或许都有那么一点。因为这将是我第一次名正言顺地走到前台参与朝政,虽然只是躲在帘后,但对于我而言这是一个标志,代表了我在阿奴心中的位置,已经不仅是男人对女人的渴望,而是上升为一种事业上的助手,这远不是后宫那些粉黛们可比的。

但让我不安的是,如果明天阿奴真的遇到了难题叫我出来,我该以什么样的姿态面对那些老臣。皇帝的助手?还是后宫的一个普通嫔妃?

因为这需要我采取不同的应对策略。

这是我十分困惑的问题，也是我冥思苦想始终找不到答案的问题。或许我现在的心情游离于兴奋和不安二者之间吧！

一切随机应变吧！

良久，我终于进入了梦乡，在梦中看到了长孙无忌等人十分狼狈的样子。对于阿奴而言，这是个好兆头吗？

"陛下如果执意要废掉皇后，那也得找个有名望的家族，何必非得选择武昭仪，武昭仪曾经侍奉过先帝，这可是天下皆知的事情，如果陛下执意要立先帝的妃子为皇后，千百年后，天下人会怎样评价陛下呢？万望陛下能够慎重考虑，再做决定。"

今天的内殿议事，在褚遂良说出上述这番话之前已经持续了很久，与昨天一样的是，李勣依旧没有来。

阿奴针对废立皇后问题，再次与长孙无忌等人争执不下，好在阿奴还是能应付，所以我在帘后只是仔细聆听。不过当褚遂良说到我侍奉过先帝的事情时，我不禁火冒三丈。揭我的短处也就罢了，这简直就是对阿奴的一种侮辱。

我悄悄掀起帘子的一角，看到阿奴显出羞愧的表情，我很想冲出去将褚遂良骂个狗血喷头，维护住阿奴的尊严，但是没有阿奴的召唤，我是不能轻举妄动的，于是我暂时压住火气，继续听他们的对话。

阿奴呆呆地坐在那里，似乎被褚遂良戳中了短处，从他的神情能够看出，他已经到了爆发的临界点，他很想一脚将褚遂良踢出去，但人家说的却又是事实，让他无法反驳，所以他努力克制着情绪，尽量保持冷静。

褚遂良说完后，内殿中寂静异常，我在帘后仿佛能听到阿奴粗重的喘息声，他的这种喘息声告诉我阿奴此刻犹如被泼上一层焦油的干柴，如果此时谁扔过去一个火星，他便会立刻熊熊燃烧起来。

我本以为在这片寂静中阿奴会逐渐平静下来，然后会像昨天一样让这些老臣散了去，再慢慢思考应对之策。如果这样，对于现在这种尴尬的现场氛围无疑是最好的结果。

然而，终究还是有人点爆了阿奴的神经，让阿奴瞬间爆发起来，而就在那一刻，事情终于向着反方向转化了。

充当这个角色的人依旧是褚遂良。

逆袭

"臣今日的言语或许得罪了陛下，罪过太大，应该将臣治罪，现在就将笏板还给陛下，请陛下允许臣告老还乡吧！"在一片尴尬氛围中，褚遂良清了清嗓子继续说道。

而就在褚遂良刚刚说完后，没等他有任何反应的时间，阿奴从龙椅上猛然站起身来，然后以一种近乎咆哮的语调指着褚遂良呵斥道："朕还真不信没有你褚遂良就治不了天下！来人！把褚遂良拉下去！"

在阿奴看来，褚遂良这是明显地以辞职相要挟。阿奴已经忍耐了很长时间，此刻他终于找到了发泄的机会。

阿奴的吼叫声震慑了包括我在内朝中的所有人，以至于我在帘后不自觉地打了个冷颤。

随即一群侍卫蜂拥而入，准备动手将褚遂良拉出殿外。

面对这突如其来的局面，我在帘后颇为兴奋，我为阿奴能够抓住对方的疏漏大做文章而喝彩，同时我敏锐地意识到，今日或许是逆袭长孙无忌一派的绝好机会，褚遂良已经毫无还手之力，我应该就此挑起阿奴的杀心，除掉这个横在阿奴面前的拦路虎。

想到这里，我再也忍耐不住，于是掀开帘子走出去火上浇油地向阿奴喊道：

"陛下！褚遂良出言不逊冒犯天威，应该杖杀了这个南方佬！"

"陛下！褚遂良是先帝托孤的大臣，即使有罪，也不该治死啊！"

关键时刻，长孙无忌终于意识到问题的严重性，如果这个幕后操纵者再不出手，恐怕这一派都会遭受沉重的打击。当然我也观察到褚遂良在看到我的一刹那，脸上显出的不可思议的表情。

长孙无忌不愧是个老油条，他并没有因为我的出现而思路混乱，依旧能及时抓住关键性的问题，果断站出来为褚遂良求情。

长孙无忌虽然话不多，但他搬出太宗皇帝这块招牌，让阿奴稍微冷静下来。阿奴站在原地一动不动地死死盯着褚遂良。

我担心阿奴会被长孙无忌的话所迷惑，进而失去这千载难逢的机会，于是再次开口向阿奴进言："陛下！褚遂良……"

没等我说完，阿奴向我做了一个阻止的手势，片刻后他长舒一口气，然后用一种低沉的语调缓缓说道："褚遂良倚老卖老向朕示威，朕必须要处置他，念在是先帝的托孤大臣，死罪可免但活罪难逃，容朕仔细思量再行处置！你们都退下吧！"

阿奴已经做出了决定，那一刻他让我感觉其威严不可冒犯，我仿佛在他身上看到了太宗皇帝那绝对权威的影子，也许这就是李唐皇族血脉中流淌的霸气与峥嵘，此刻在阿奴身上完全地显现。

我知道结果已经不可能更改，所以我没再坚持，不过看着长孙无忌一派的人狼狈离去，我的心中还是充满一种胜利的喜悦，那种被人踩在脚下很久而瞬间挣脱的快感在我的心里陡然而生。

由于褚遂良用力过猛，使得内殿议事的话题偏离了轨道，由废立皇后事件变成了阿奴要惩罚褚遂良，这真是成也褚遂良败也褚遂良。据阿奴后来说，长孙无忌为了保住褚遂良的官职，几次在阿奴面前进行暗示，但阿奴似乎不为所动，死死抓住褚遂良的这次过激行为，根本不买长孙无忌的账。

我知道，这次阿奴终于看到了从长孙无忌手中夺回权利的希望，所以他绝不会就此放弃。而在我看来，抓住褚遂良的过失固然是关键所在，但仅仅做到这一点，只能针对褚遂良一个人，最多是对长孙无忌一派进行某种打压，并不能对废立皇后事件产生根本的影响。想要解决根本问题，必须要形成对抗长孙无忌一派的足够力量，换句话说，要争取足够的朝臣，站到我和阿奴阵营里来。

长孙无忌一派的形成源于跟随太宗皇帝打天下的贞观功臣派，而阿奴要想争取诸多大臣，决不能靠一张嘴去争取。作为至高无上的皇帝必须要让朝臣主动靠拢，而不能流露出一丝争取大臣的意图。

放眼现在的朝廷，能够做到上述这一点，和皇帝配合默契，德高望重却又不是长孙无忌一派的人，当属李勣莫属，因为此前的内殿议事李勣主动躲避，给人留下了充足的想象空间，要想知道李勣究竟站在哪个阵营，必须要他当面表明态度。所以在我的建议下，阿奴决定从李勣开始。

那一天，阿奴来到我的寝宫，从他表情上看，给人有些疑惑不定的感觉，于是我立即上前询问他是不是有什么不解的事情。

"昭仪，朕刚才召见了李勣，询问他对立你为皇后有什么意见，可是李勣给我的感觉，好像这件事情与他无关，他也没说出到底是个什么想法，这让朕有些捉摸不透。"

"哦？陛下是怎样和他说的啊？"我一边说一边为阿奴倒了杯茶，摆在他的面前。

阿奴呷了一口茶，缓缓说道："朕并没有和他兜圈子，一上来就说他是先帝的托孤大臣，所以有些话就跟他直说了，朕想立武昭仪为皇后，可是那天在内殿议起这件事情，褚遂良坚决反对，难道这件事情就算完了吗？"

听阿奴说完，我不禁对这个平常看似柔弱的皇上产生了由衷的钦佩，因为他跟李勣这开门见山的话已经暗示李勣他要废立皇后的决心，接下来就看李勣如何表态了。

不过我又担心阿奴会在李勣面前提到长孙无忌，虽然长孙无忌现在有一些被动，但他毕竟还是目前朝臣中最有权势的人，如果过分强调长孙无忌，无形中会给李勣造成压力，不利于他表露真实的态度，想到这里我立刻问道：

"陛下提长孙舅舅了吗？"

"没有！朕知道李勣总是受到长孙舅舅的打压，朕就是想听听他的真实态度。"

"那他怎么回答？"

"正是他的回答让朕捉摸不透，他说废立皇后这件事是朕的家事，何必再问外人。"

听阿奴说完，我顿时豁然开朗，这是典型的一语双关啊！

在我看来，李勣的回答表明他是站在阿奴这边的，作为太宗皇帝的托孤大臣，我想李勣的作用正是在这个时候体现，那就是在长孙无忌一派掌控朝廷、当皇帝遇到掣肘时，李勣要做皇帝的坚决支持者。

不过李勣是个谨慎精明之人，他的回答即是表达了自己是皇帝阵营中的人，但同时还要保护自己不受伤害，因为他不知道自己在亮明态度后，皇帝未来会有什么样的行动，因为他考虑到了一样东西——血缘。

从血缘关系来讲，阿奴和长孙无忌的关系远比李勣和阿奴的关系要近，所以李勣只能采取模棱两可的回答。

"陛下！李勣这是在告诉您他是支持陛下的！"我坚定地说道。

"朕也想过他可能是这个意思，但他为什么不直说呢？还非得让朕去猜？"

"陛下应该理解李勣的苦衷嘛！毕竟他是外人，不应该参与陛下家事，但陛下非要征求他的意见，如果他不回答，就是亵渎天威，所以他只能表面上采取中立的态度，实际是告诉陛下要坚持自己的决定。站在他的角度去想，也真是难为他了，呵呵！"说着又为阿奴倒了一杯茶。

"嗯！这个李勣还真是挺精明的，难怪先帝临终时，专门针对他的问题为朕做了精心安排！"

"嗯！先帝也是希望能有更多的大臣支持陛下，所以争取一个是一个！"我笑着说道。

"有了李勣的支持，朕的底气更足了，朕意已决，就立昭仪为皇后，让长孙舅舅他们看看，朕的事情就得朕来做主。"

如果说先前的内殿议事让阿奴找到了长孙无忌一派的漏洞而大做文章，那么李勣的态度则让阿奴平添了与长孙无忌一派斗争到底的信心，只是皇后废立这件事似乎还差某些环节。

"陛下！臣妾还是认为有些事情功课做得还不够。"

"哦？说来听听！"

"臣妾觉得虽然废立皇后这件事是陛下做主，而且由于褚遂良先前冒犯陛下，现在长孙舅舅他们也不好再反对这件事，但此事在朝廷内还没有到水到渠成的时候，所以……"

"你的意思是需要有人公开站出来争取更多的人？"阿奴瞬间会意。

"对！陛下谋略真快！"我说完一把搂住这个心爱的男人，深情一吻。

"哈哈哈！这件事情好办，可以交给许敬宗，他现在巴不得为朕办事！"

行动开始

阿奴选择许敬宗在朝廷内制造废立皇后的舆论是恰当的，除了这个人有资历、能力之外，最重要的是先前因为试探长孙无忌的口风，许敬宗遭到了长孙无忌的训斥，这个事情他一直怀恨在心，巴不得找个机会报复一下。

事实证明，许敬宗也的确能领悟阿奴的意图，听阿奴在朝堂之上公开征求许敬宗的意见时，他居然高声说，田舍翁多收了几斤麦子还想着换个媳妇，更何况当今圣上为千秋万代着想换皇后，其他人凭什么妄加议论？

呵呵！想一想这个许大人身为三品官员，居然在朝堂上面对众多朝臣说出如此勇敢的话语，看来他为了自己的前途也真是拉下了脸，不过李勣是正面陈述，许敬宗则是正话反说，只是许敬宗的话更让阿奴大呼痛快。事实上很多事情拐弯抹角未必是最佳办法，直白一些或许更能引起共鸣。

许敬宗这种直白的表达方式，的确引起了不少人的共鸣。

这么多年来，长孙无忌把持朝政，人们迫于他的权势和特殊的身份，对他极尽逢迎之事，但我知道他们并不是对长孙无忌真的爱戴，而是屈从权力的表现。现在那个看上去柔弱的皇帝已经长成，长孙无忌应该归还权力了。如果继续霸占本不属于你的东西，你将会陷入荆棘之中。

可惜长孙无忌和我一样视权力如生命，那种被久已捧高在上的成就感会让他不甘心就此放弃，也许这就是贪欲作怪的结果。问题的关键是长孙无忌不是真命天子，身上的光环不过是李唐皇家为你套上的，当光环回收之际，你将光芒褪尽，重新回到黯淡无光的境地。

现在，随着舆论上风逐渐倾向于阿奴，阿奴终于开始付诸行动。永徽六年（655年）九月一日，阿奴一纸诏令宣布将褚遂良贬为潭州（今湖南长沙）都督。我知道这只是阿奴的第一波进攻，标志着打击长孙无忌一派的行动拉开序幕。

褚遂良的倒台一定引起了长孙无忌的警觉，在此之后的一个多月里，我没听说长孙无忌采取什么措施进行反击，或许这只老狐狸看到皇帝终于亮出了龙虎之牙，便懂得了夹起尾巴做人，至少应避其锋芒。

我本以为双方会暂时偃旗息鼓，但那天阿奴来到我的寝宫，只说了一句话便匆匆离去。

"昭仪！你要做好准备，三天后朕正式宣布立你为皇后！"

阿奴虽然走了，而我却呆呆地站在原地发愣！

那一刻我无法掩饰内心的兴奋，毕竟这是我多年期盼的结果，但当这一刻真的来临时，我却犹如置身冰火两重天之中，那彻骨的冰寒和炙烤的灼热让我一时间无法适应。

这是真的吗？还是……我在梦里？

……

永徽六年（655年）十月十三日，阿奴在朝廷上正式宣布立我为皇后。从我重新回宫到荣登后位，历经五年的磨砺，上天最终眷顾了我这个不断努力的女人，虽然我牺牲了常人看起来绝对无法割舍的东西，但我得到了梦寐以求的地位，我认为是值得的。

而与此同时，先前对于我而言那个高高在上的王皇后被阿奴废为了庶人。哦！对了！陪她一起到别院去过凄苦生活的，还有那个自认为可以让阿奴宠爱一世的萧淑妃。

阿奴的决定十分果断，果断得有些出乎所有人的意料，却又十分合情理。当太监宣布完诏令后，大臣们似乎已经预料到那两个女人的结局，脸上全都写着"平静"两个字，而且我特意观察了长孙无忌，和众人不同的是，他的脸上写满了"晦暗"，那是一种如鲠在喉却又不得发作的难受。

长孙无忌的难受是正常的，因为阿奴要从他手中夺回属于自己的权力，特殊的身份决定了他是无论如何也躲不开的，但在这场斗争中，我认为最冤枉的当属王皇后和萧淑妃。

抛开我与这两个女人的矛盾不谈，她们两个作为皇帝的女人是无法掌控自己命运的，这一点我在某种程度上倒是和她们一样。但我之所以能够胜出，不仅是因为相貌，而是对自己该走怎样的道路有着独特的设想和规划。

我的起点绝对不如王皇后和萧淑妃，但我有目标、有追求，也有计划，当然更有常人难以施展的手段，最重要的是我比她们看得更远。在她们看来，我与她们的矛盾只是为了争男人，而我却把它上升为一场权力之争。

正所谓眼光决定高度！

作为政敌我欲除之她们而后快，但作为女人我的心中刹那间生出一种同情。可怜的王皇后本身无子，又遭过我的陷害，本想利用当权派拢住阿奴的心，但不巧拉拢的人正好是阿奴打击的对象。对于她来讲，实在是背到家了。而且唯一可以利用的优势也没有利用好，那就是和阿奴很长时间建立起来的结发之情。

我曾经说过，王皇后即使和阿奴没有了爱情，至少还有多年建立起来的亲情，只是性格的缺陷让她将自己仅有的一点优势也消耗殆尽，这只能用"性格决定命运"去解释。至于萧淑妃，我只想说，一个仅靠脸蛋取悦男人的女人是不可能有前途的，而她失败的教训也是我未来需要时刻警醒自己的。

两个女人曾经因我而对立，也同样因我而结成同盟，现在看起来倒像是被我玩弄于股掌之上，她们的进退时刻关乎于我的呼吸，现在两个人可以手挽手共同走进别院，去体验从高山之巅跌落悬崖的痛。

"臣等恭贺皇后娘娘母仪天下，千岁！千岁！千千岁！"

我的思绪被朝臣们那响彻殿堂的恭贺声拉回到现实之中，看着跪在朝堂之下那些大臣们对我顶礼膜拜，我的心里有一种难以抑制的激动，同时我也深知未来之路并不平坦，我必须加倍努力证明自己是有资格、有能力坐稳这个位置的，绝对配得上这场争夺凤冠之战。

我知道那些大臣虽然嘴上对我恭贺声不断，其实内心深处还是对我前宫旧人的身份有着很深的鄙夷，所以我必须拿出足够的诚意以及实际的行动，去洗刷我在他们心中挥之不去的烙印在我被立为皇后的十天后，我公开上表阿奴，希望他对长孙无忌一派的韩瑗、来济予以嘉奖，理由是他们敢于直谏，可谓真正的国家栋梁。

我之所以提出要嘉奖这两人，是因为我曾经听阿奴说过，他想立我为辰妃时，韩瑗、来济两个人全力反对，甚至在阿奴面前痛哭流涕。

事实上，我对这两个人是恨到了家，但正所谓此一时彼一时，以我现在的身份必须要表现出宽容大度，让那些在背后对我指指点点的人改变对我的印象。

最关键的是，我主动示好和解，绝不是怜悯这两个硬骨头，而是要通过提拔他们，继续分化瓦解长孙无忌一派。如果说先前阿奴贬黜褚遂良属于正面强攻，那么我现在的主动示好则是怀柔政策，其他的大臣一定会说：看！皇后娘娘对曾经反对她的人那么宽容，可想而知对支持她的人会更好。

只要体现出这个效果，我就达到了目的。

当然，如果能通过我的这种怀柔政策，将韩瑗和来济拉到我和阿奴的阵营那是再好不过，两人虽然也算是宰相班子成员，但完全属于小字辈，朝廷的未来将属于他们。这两个有生力量如果能为阿奴所用，那真是幸事一件。

我相信以韩瑗和来济的智商，应该能够看出他们的前途是掌握在谁的手上，随着时间的推移，他们会转换观念脱离长孙无忌一派，然而让我失望的是，在阿奴提拔他们仅仅一年后，韩瑗忽然向阿奴上疏，为褚遂良鸣冤叫屈。

褚遂良被贬出京城转眼一年有余，韩瑗不知道哪根神经错乱，想起这档子事，请求阿奴召回褚遂良。面对韩瑗的请求，阿奴向我征求意见，我看韩瑗绝不是心血来潮，他的背后一定有长孙无忌的指使。

我被立为皇后这一年来，长孙无忌似乎将自己隐藏起来，很少在朝堂之上发表什么言论，据说也很少出门，一心一意在家编撰关于礼仪的书籍《显庆礼》，好像领会了阿奴要收回权力的意图，从此想功成身退。

然而在我看来，这次韩瑗为褚遂良鸣冤叫屈，使得长孙无忌终于露出了狐狸尾巴，他是不会甘心就此退出权力舞台的。一年来他只是带上伪装的面具，将自己装扮成隐者，暂时避过阿奴的锋芒，而随着废立皇后事件的渐渐淡化，他认为自己又有机会卷土重来。

韩瑗为褚遂良鸣冤叫屈，我想一定是长孙无忌发出的一种试探。

可惜他错了，而且是大错特错，因为阿奴从他手中夺回的是权力，权力这种东西怎么可能会随着时间的推移而被渐渐淡忘？

不过，我建议阿奴既然长孙无忌并没有走到前台，那么面对韩瑗的上奏大可不必表现得过于敏感，原因在于韩瑗只是长孙无忌的一颗棋子，依旧可以去争取。

不可否认我和阿奴的设想是美好的，但现实很快就击碎了所有的美好，因为当阿奴找到韩瑗和他沟通褚遂良的问题时，韩瑗的表现简直就是要挟！

"褚遂良是先帝托孤的老臣，陛下无论如何也要召他回来，如果陛下坚决不召他回来，那就允许臣辞官还乡。"

当我听阿奴描述韩瑗当时的态度时，我已经听得火冒三丈，可想而知当时阿奴会是一种什么状态。

问题的关键是，韩瑗的态度还不算是大问题，背后隐藏的是长孙无忌一派仍有活动的能量，如果阿奴稍有不慎，还是会被架空的。

所以应对之策就是以更强硬的姿态予以还击。

当然，还击的方法必须很讲究！因为我的目标是要让褚遂良永无翻身之日，而韩瑗和那个跟他捆在一起的来济，则是要被一脚踢出京城。

对方可以组团作战，我为什么就不可以寻找帮手？许敬宗和李义府就是可以很好利用的对象。

于是在我的授意下，通过许敬宗和李义府的运作，将褚遂良的贬地更换为更为偏远的桂州（今广西桂林）。变更已被贬官员的贬地，是可以不向皇上汇报的，时任中书令的许敬宗就有权决定。

既然这么做必须要有充足的理由，于是我授意许敬宗和李义府进一步向阿奴上疏弹劾韩瑗和来济，理由则是之所以决定变换褚遂良的贬地，是因为已经得知韩瑗和来济想要和褚遂良图谋不轨。

我相信"图谋不轨"这四个字一定会冲击阿奴那本就敏感的神经！

事实证明，阿奴与我的想法不谋而合，早就等待着机会的降临，将长孙无忌的这些爪牙们彻底打翻在地，让他们永无翻身之日，而许敬宗和李义府的上疏弹劾让阿奴终于找到了借口，于是根本无需进行调查，便将褚遂良贬到更远的爱州（今越南清化），且终身不得再入长安。紧接着将韩瑗贬为振州（今海南端崖）刺史，来济贬为台州（今浙江台州）刺史。

坦白讲，韩瑗和来济本来是很有前途的，两个人的失败在于不识时务，如果抛开成败角度来看，我倒是很钦佩他们那崇高的使命感，从某种意义上说他们是贞观功臣派的殉道者，但是当一种政治势力走到它即将谢幕的时刻，殉道也只能成为殉道者的墓志铭。

卑鄙者依然会用"卑鄙"的通行证行走于江湖！

现在，长孙无忌即将成为孤家寡人，但我很清楚，决不能对这个总想死灰复燃的家伙产生丝毫的同情之心！

最后一个大佬

看着长孙无忌一派的人接连倒下，我的心中充满了无限快感，先前那种被人冷眼相对、受尽非议的屈辱感早已消失殆尽，但长孙无忌此时依旧处于高堂之上。我和阿奴都明白，与这个老骨头的斗争并没有结束，我隐约预感在前方的道路上，等待长孙无忌的仍会是接二连三的风吹雨打。

到现在为止，为了搞垮长孙无忌这个朝廷大佬，我已经做了很多。通过与他的斗争，我得到了皇后之位，算是达到了目的。我十分明白张弛有度的道理，在没有彻底搞清楚阿奴对于长孙无忌接下来到底是个什么想法前，我必须要收敛自己，毕竟长孙无忌是阿奴的亲舅舅，这种血缘关系有时候是无法割舍的。

我已经做好了打持久战的准备，这将是一场心智、耐力与手段的全方位比拼，对于我这个角色而言，现在要做的就是四个字——以稳为主！

然而随着时间的推移，事情并没有按照我的设想去发展，突如其来的事件让长孙无忌根本没有应对的时间，便迎来了他最终的命运。

"皇后！今天早朝之后，许敬宗在内殿向朕密奏，说长孙舅舅和太子洗马韦季方图谋不轨，这件事情您怎么看？"

那天早朝之后，阿奴的脸色十分阴沉，我知道他又遇到了棘手的事情，但没想到居然又牵涉到了长孙无忌。阿奴的问话让我有些措手不及，我只能采取试探的方式去了解事情的来龙去脉。

"啊？长孙舅舅图谋不轨？许敬宗是怎么说的啊？"我问道。

"这件事情本来是有人状告太子洗马韦季方和监察御史李巢结党营私，朕让许敬宗去调查，谁知道韦季方刚刚得到消息就自杀了，幸好许敬宗他们救得及时，才将他从鬼门关上拉回来。许敬宗认为这里边一定还有不可告人的秘密，于是连夜审问韦季方，这才审出长孙舅舅的事情。"

阿奴为我讲述着事情的来龙去脉。在我看来长孙无忌是否想要图谋不轨并不重要，重要的是许敬宗会不会利用这个机会彻底搞垮长孙无忌。以许敬宗的智商，他一定能够意识到，如果韦季方自杀成功，那么许敬宗自己就要承担审讯不利的责任。为了给韦季方自杀找到一个合适的理由，许敬宗一定从中做了手脚，好将长孙无忌拉进来。

看来这个许敬宗真是个睚眦必报的人，想一想许大人的想象力也真是高超，风马牛不相及的事情居然被他说得有模有样，搞得阿奴都有些信以为真。

"陛下！这件事情一定要认真调查，长孙舅舅也许是被冤枉的。"

我故意正话反说，目的是为了探明阿奴的真实想法。

"嗯！朕心中有数！今天许敬宗在内殿说完这件事后，朕故意探了探他的意图，通过他的话，朕可以看出他是个可以继续利用的人。"

"继续利用？"我的心中陡然产生一阵惊悸。难道阿奴有自己的计划？

"今天在许敬宗面前，朕并没有表现出相信他的意思。朕跟他说了，长孙舅舅心里不痛快是可能的，但要说图谋不轨应该是不可能的。"

阿奴的话证明了我先前的猜想，对于长孙无忌的问题，阿奴心中有着自己的计划，看来接下来阿奴要对长孙无忌采取大动作。

"陛下不相信许敬宗所说？那许敬宗还会调查下去吗？

"呵呵，当然要调查，朕今天跟他提了当年高阳公主和房遗爱谋反案的事情，朕想知道许敬宗对长孙舅舅在这个案子上的表现有何看法，你猜许敬宗怎么说？"阿奴一脸神秘地问我。

"怎么说？"

"许敬宗说，房遗爱乳臭未干，和一个女人谋反怎么能成功呢？但长孙舅舅则不同，他和先帝一同取得天下，当了三十年的宰相，天下人没有不佩服的。如果长孙舅舅开始行动，估计没人能阻挡得了他，幸好被他发现及时，他很担心长孙舅舅了解实情后，提前开始谋反，如果真是那样可就麻烦了，希望朕能赶紧做出决定。"

通过阿奴那得意的态度，我便知道他无论如何也不会相信许敬宗所说的，但阿奴提到房遗爱当年的实情，看来是故意为许敬宗进一步指控长孙无忌进行铺垫。

"那陛下决定了吗？"

"决定？呵呵！这个事情肯定是要决定的，但不是现在，朕让许敬宗继续详细调查，看来距离最终的结果已经不远了。"

阿奴说话的时候，似乎带有一丝轻蔑之意，仿佛一切在他的掌控之中。我预感许敬宗再将调查结果上奏阿奴，或许将决定长孙无忌的命运。

……

"朕已经决定了，剥削长孙舅舅的一切官职，将他流放到黔州去。"

"啊？许敬宗已经调查清楚了？"

次日阿奴在内殿接见完许敬宗后，就跑到我这里说了他的决定，我虽然已经预料到这个结果，但阿奴说完后，我还是不相信长孙无忌会如此之快倒台。

"昨天夜里许敬宗连夜审讯韦季方，逼问他为什么要谋反。韦季方说韩瑗告诉过长孙无忌，曾经劝说立梁王李忠为太子，后来梁王被废，朕怀疑长孙舅舅，所以将他的儿子流放。从那以后长孙舅舅就开始提防朝廷，再后来韩瑗、来济全都被贬，长孙舅舅觉得自己的结果很可能会和他们一样，所以就和韦季方暗中谋反。"

"陛下觉得此话可信吗？"

"呵呵，不可信！但许敬宗的调查结果，恰恰是朕最愿意看到的。"

"陛下流放自己的亲舅舅，天下人会怎么评价呢？"

此时，我不愿意吐露自己的真实意图，因为阿奴已经决定的事情是不可能再更改的，我现在只想知道他要如何做到既能扳倒长孙无忌，又能让自己置身事外。

"这件事情许敬宗很能揣摩朕的心思，朕并不想因此杀掉长孙舅舅。"

看来，我能想到的，阿奴已经全都想到了，我越来越感觉随着历练的加深，阿奴已经不再是那个柔弱的阿奴，刚强与自信在他的心底正在不断生长。

"许敬宗已经揣摩出朕的想法，他为朕举了个例子。呵呵，这个许敬宗啊，都让我找不到回绝他的理由，真是洞悉人心啊！"阿奴感叹道。

"哦？他举了什么例子？"

"他让朕好好想一想，当年薄昭是汉文帝的舅舅，只因杀了个人，汉文帝就率领百官逼他自杀，到现在人们都说汉文帝明君。现在长孙舅舅所犯的罪比薄昭要严重很多，他希望朕能赶快做决定，还说长孙无忌属于王莽、司马懿之类的奸雄，他担心马上就要发生祸乱，那时候朕后悔可就来不及了。"

刹那间我终于明白阿奴为什么那么迅速、坚决地做出处置长孙无忌的决定，原因就在于许敬宗的话一下子触碰了阿奴敏感神经，犹如电击一般让阿奴瞬间颤抖。

没有哪一个皇帝希望自己的身边出现王莽和司马懿之流的奸雄，而且阿奴十分清楚自己的性格，容易导致身边的权臣走向王莽、司马懿等奸雄的道路，我想这也许是阿奴近来性格逐渐比以前刚强的原因之一，看来这场外甥与舅舅的权力之争远比我想象的要复杂得多。

我实在佩服许敬宗的政治智商，他能和阿奴说出上述这番话，说明他对皇上给予的指令做了充分的研究，他已经悟出阿奴让他继续详细调查，并不是皇上没有下定决心处理长孙无忌，而是处理长孙无忌必须要有足够说服人的理由，毕竟长孙无忌身份特殊，在朝廷内红了这么多年，名声尚在。

韦季方可以充当人证，但第一次谈话许敬宗没有点出长孙无忌谋反的动机是什么。要知道一切政治行为都是有动机的。

对！动机！这是阿奴迫切需要的，所以许敬宗的第二次调查必须要完成阿奴交付的任务。

可以说许敬宗很好地完成了阿奴布置的任务，而且还做得更到位，那就是将梁王李忠拉了进来，进行步步推演，找到了长孙无忌可能存在的谋反动机，并成功引用了汉文帝成为后世明君的事例。这对于阿奴来讲，无疑具有很大的吸引力。很长时间以来，做个有道明君是阿奴的志向，因为太宗皇帝一朝的贞观之治犹在眼前，阿奴必须要将其发扬光大。

"朕要做个明君，所以……只能牺牲长孙舅舅了！"在我思绪万千的时候，阿奴的话打断了我的思路。

将政治对手无情地击倒，获取最大的政治收益，却被冠以心系天下、想做明君的名号，说实话我第一次切身感觉到政治斗争的残酷，这远比废立皇后的事情要险恶得多。一个人的政治前途居然会在君臣之间的对话中被轻易决定，这实在让我不寒而栗。

现在，人证、动机以及处理长孙无忌的借口全部找到，相信即使有人存在不同意见，也不会冒险站出来为他开脱，因为所有人都会嗅到政治风向标转变的味道，谁也不愿意以身试险。

长孙无忌的政治生命就此结束了，显庆四年（659年）七月，阿奴正式下诏剥夺长孙无忌的官职封邑，贬为扬州都督，流放黔州安置。

随着长孙无忌的离去，朝廷正式进入了阿奴掌控的时代，然而这场斗争会就此结束吗？

我隐约预感，或许一场更大的风暴将会席卷开来！

事实证明，在政治斗争的道路上，从来都是你死我活，胜利者为了永久保全获得的政治权益，不惜以任何代价让政敌毫无东山再起的机会，而要真正做到这一点，唯一的方法便是让政敌们从这个世界上永远消失。

如我所料，阿奴并没有收手的意思，在长孙无忌刚刚离开京城不久后，许敬宗又接连上疏，认为长孙无忌之所以有谋反之心，是因为褚遂良、柳奭、韩瑗等人煽动造成的，柳奭教唆王庶人（王皇后）行厌胜之术，实属大逆不道，于志宁和长孙无忌交好，属于长孙无忌一派的人，韩瑗更不必说，是长孙无忌的马前卒，为了防止这几个人图谋东山再起，应该一并加罪，而且与之相关的人也要一律彻底清洗，断了这些人死灰复燃的念头。

许敬宗的确是个可塑之才，他没有因为扳倒长孙无忌而自认为完成任务，而是继续深入研究阿奴的内心所想，揣测哪些话皇上是不能说出口的，自己必须要充当铺路石。

于是一场"加罪"行动就此开始。我知道"加罪"是一种体面的说法，实际上就是一场厮杀！

首先柳奭、韩瑗被贬为庶人，于志宁免官回原籍待遣，长孙无忌之子，时任秘书监、驸马都尉的长孙冲流放岭南，褚遂良之子褚秀甫、储秀冲流放爱州，听说两个人走到半路就被神秘杀手杀死了。

长孙无忌的族弟，时任驸马都尉的长孙铨流放巂州，到达贬地不久后，就被当地县令以破坏当地治安为名棒杀。而他的外甥，时任凉州刺史的赵持满，因为和许敬宗不和，被牵连进长孙无忌谋反案，许敬宗将其骗到长安后，投入大狱，进行严刑拷打，最终因宁死不屈而被斩首于长安城西。

褚遂良如果不是在一年前郁郁而终，我相信他一定难逃此劫，可是柳奭、韩瑗则没有那么好的运气。显庆四年（659年）七月，阿奴下诏将韩瑗和柳奭带回京立即斩首，柳奭半路有逃跑的企图，于是没到京城便被斩决，而韩瑗则因为受到惊吓，在使者还没到达目的地时，便自杀身亡。

一个又一个曾经的朝廷大佬倒在血泊之中，我仿佛闻到了一股杀戮的血腥味道，让人一时间有些窒息，可就在我还没来得及调整呼吸时，时任中书舍人的袁公输从黔州回来复命。

"奉皇上诏令，罪臣长孙无忌已经自缢身亡！"

……

结束了！终于结束了！

长孙无忌的死并不仅仅是他个人的灰飞烟灭，他的死其实是个标志，我知道自此之后贞观功臣派除了李勣之外，算是彻底退出了政治舞台。

袁公输秉报说，长孙无忌自缢前的那一刻，仰望着悬挂在房梁上的白绫，嘴里始终喃喃自语道："这就是我想要的吗？"

而当他将脖子伸进那个死结里时，整个人仿佛中了魔一样狂笑不止，口中不断重复高喊："为什么要赶尽杀绝？"

或许在长孙无忌看来，他的外甥阿奴不应该如此绝情，除了政治之外，至少还应该念及一丝亲情，然而正所谓当局者迷，我绝对不否认长孙无忌对国家的忠诚，甚至他对阿奴也是竭尽全力，但他忽略了至关重要的一点，那就是他的特殊身份决定了他做得越多反而越不利于他。

听完袁公输的叙说，我只要闭上眼睛就会联想长孙无忌自缢前高声狂叫的那种无限悲愤，而上天想要一个人灭亡，必先让他疯狂，疯狂的长孙无忌在世间进行了震彻心扉的卖力表演，最后蹬掉脚下的椅子，世界终于为之清静。

没有人会记得他曾经的努力，也没有人再去膜拜这个太宗皇帝的托孤之臣、当今皇帝的亲舅舅，自此之后人们再提到他，有的只是唾弃与谩骂，因为这样可以获取更多的利益。

"长孙无忌窃夺君威，耍弄权术，陷害忠良，宗庙社稷如果有灵的话，他定会遭灭族！"我刹那间想起了当年在房遗爱谋反案中，被长孙无忌陷害的吴王李恪临死前说过的话。

现在看来，这是个已经应验的诅咒！

然而眼下又有谁去探究，长孙无忌陷害吴王李恪，除了为保全自己的政治利益之外，会不会也有为阿奴清除潜在威胁的意图？随着长孙无忌的遗臭万年，人们也只有为吴王李恪临死时发下的毒咒而拍手叫好！

长孙无忌和他的"贞观功臣派"已经成为历史名词，虽然他先前排挤过我，但我知道他是在维护既定的规则。抛开政治利益不谈，我觉得他做的是对的。

然而我对他的肯定也只能埋藏在心里，因为在政治前进的道路上，从来都是只有新人笑，哪闻旧人哭。我坚信大唐很快又会有新贵们不断涌现，从而走出长孙无忌先前掌控的阴影，并继续向前。

WU MEI ZHUAN

第三章 | 皇帝的背后就是我

我的错误

阿奴费了九牛二虎之力终于搞垮了长孙无忌一派，赢得了这场甥舅之间的权力之战，但是在我看来，这场斗争似乎又没有胜利者，长孙无忌最终固然是丢掉了性命，然而阿奴牺牲的则是身体健康。

在长孙无忌集团覆灭之后，大唐并没有因此而停止前进，听说老将苏定方在西域接连打了胜仗，将大唐的领土向西扩张了好多，这让阿奴十分欣喜。随着洛阳不断的修建完善，阿奴颁手诏将其改为东都，我和阿奴多次到洛阳巡幸游玩，但我觉得阿奴的身体状况似乎大不如前，这也许有舟车劳顿的缘故，但更深层的原因乃是和长孙无忌的持久斗争耗费了阿奴巨大的精力。

当年长孙皇后去世时，九岁的阿奴整日里大哭不止，以至于后来留下了视力不佳的后遗症，而这段时间因为精力的巨大损耗，使得他的眼睛时常产生眩晕症状，以至于很多加急送来的奏文，阿奴不得不让我临时代为批阅。

我知道这对于我来讲绝对是个机会。还在我做才人的时候，我娘就告诉我以貌侍君王只能一时，以才侍君王方能长久的道理。只是在太宗皇帝的时代，我是没有机会的，现在阿奴身体的衰弱正好给了我以施展才能的机会，虽然我不是国家赖以支撑的那些朝廷大臣，但我有信心做出那些大臣们也无法做到的事情。

为了实现我的抱负，也为了阿奴的健康，我经常代替阿奴批阅奏章到深夜，当然我也知道我只是一个辅佐者，很多时候都必须要对阿奴汇报后才能定夺，因为长孙无忌的教训我是时刻铭记于心的。

随着时间的推移，阿奴对我所做的一切越来越满意，我知道要想成为一个合格的帮手，必须协助阿奴进行某些创新性的东西，于是在龙朔二年（662年）二月，我向阿奴建议改革朝廷的官名。

坦白讲，我即是为了国家，也有自己的私心。

改革官名并不仅仅是名字的更改，这其中有整合相关部门的深层意味，甚至还有相关的人事调整，为了做好这项工作，我详细撰写了改革计划，然后呈报给阿奴，经阿奴同意后，正式下诏改门下省为东台，中书省为西台，尚书省为中台，侍中为左相，中书令为右相，与之相随的就是相关部门的合并。

在我的建议下，先前支持我的许敬宗被任命为太子少师，同东西台三品、知西台事，相当于原来的三省总部长，不久后又提拔李义府为右相。

不知不觉间，我将掌控朝廷中枢权力的人换成了支持我的人，当然支持我就等于支持阿奴。随着几位新贵的升迁，朝廷算是彻底摆脱了长孙无忌曾经把持朝政的阴影，开启了崭新的政治格局。

或许由于我忙于朝廷政事，而忽略了对朝廷新贵们思想动态的把控，使得一个人在刚刚得势时，便忘记了要夹起尾巴做人的道理，从而犯下致命的错误，而他的错误也间接扰乱了我的心性，差一点断送了我的前程。

这个人就是外号"人猫"的李义府。

准确地说，这是我自感业寺重新回宫以来，第一次遇到的致命危机！

"这个李义府猖狂至极，朕真是看走了眼！"

今天阿奴还没走进来时，我便听到他那大声的呵斥。

"陛下！怎么了？是谁又惹到您了？"我急忙迎出去一边搀着阿奴进来，一边关心地问道。

"还能有谁？还不是皇后提拔的那个李义府！"

我听出了阿奴对我带有一丝埋怨，因为李义府是我向阿奴推荐的，可是我并不知道这个"人猫"怎么会惹到了阿奴。

"陛下您别着急，跟臣妾说说到底是怎么回事？"我依旧耐心地说道。

"唉……前些日子有人向朕举报说李义府进了宰相班子后，专以卖官为能，而且其儿子女婿更是横行不法，希望朕能够调查清楚，给朝廷一个交代。今天早朝之后，朕召他到内殿询问此事，你猜他怎么说？"

"怎么说？"

"他居然问朕，到底是谁告诉朕的！"

"那陛下是怎么回答他的？"

"朕当时就火了，朕告诉他既然朕说得正确，又何必问朕谁说的呢？"

"那他怎么说？"

"他？他还能说什么？朕说得他哑口无言，只能向朕叩头，说知道自己该怎么做，然后朕让他好自为之退下去，没想到他站起来径直就向外走，真是嚣张至极！"

听完阿奴的叙述过程，我知道即使阿奴这次没有给李义府治罪，但他的政治前途不久将会结束了。要知道长孙无忌一派刚刚倒台，阿奴还没有完全摆脱其强势的阴影，此时李义府公开挑衅阿奴的权威，简直就是愚蠢至极。

同时我也百思不得其解，号称"人猫"八面玲珑的李义府这次脑子是哪里出了问题？为什么会做出如此不入流的事情？联想起很多人都说过他私生活相当不检点的话，我只能得出一个结论：浅薄之人如果不经过历练而一朝得势，必然会得意忘形生出大麻烦。

"这次朕看在皇后的面子上，贬他到嶲州去吧！"

阿奴貌似随口一说，但我听完后心顿时沉到了底！

阿奴的意思显然是在埋怨我，当初我不应该极力推荐李义府进入宰相班子，而这次处理李义府是他给足了我的面子，可是当初在孤立的境地中李义府是坚决站在我们这一边的，这样的人不加以提拔，还能提拔谁？

错就错在我对李义府的警示不够，如果阿奴不说出外贬李义府已经给足了我面子这样的话，我是很想在阿奴面前力保李义府的，但阿奴已经做了决定，而且这个决定已经考虑到我的感受，所以我只能硬生生地把话咽回肚子里。

"李义府这个人确实可恶，公开顶撞皇上，臣妾也同意贬黜他。"我违心地说道。

"嗯！这件事情就这么定了，希望以后皇后推荐人选的时候，不仅要看能力，还要看人品，李义府人送外号'人猫'，可见人品实在不怎么样，朕重用这样的人，是要让百官笑话的。"

阿奴的话再一次让我如鲠在喉！

人品？当初李义府在你那么孤立的境地下勇敢站出来上奏支持废立皇后，你对他百般拉拢，那时你为什么不看人品？

可是这个想法我只能压抑在心里而无法说出口，面对阿奴貌似不经意的批评，我只能选择接受。

"陛下说得对，臣妾以后会注意的。"我紧咬着嘴唇不情愿地说道，每一个字几乎都是从口中挤出来一般。

……

"走开！不吃，都给我滚出去！"

此时已经进入了掌灯时分，阿奴离开我这里已经有不短的时间，然而我并没因此而逐渐减轻因李义府事件产生的郁闷与愤懑，所以当宫女端来晚餐并送到我面前时，异常烦躁的我一把推开了她，餐碗掉在地上摔得粉碎，宫女们吓得急忙退了出去。

我呆呆地坐在床上，不断回想阿奴今天对我所说的话，可以说李义府对他的顶撞让他十分愤怒与尴尬，进而将这种不良情绪发泄到我的头上，这件事让我那久已消失的观念重新浮上心头。

那就是阿奴不仅是爱我的丈夫，还是主宰天下的皇帝！

我的丈夫可以百般宠爱我、心疼我，但皇帝对待臣子则是可以顷刻间不讲情面的！

我是他的妻子，也是他的臣子！

也许这就是在我当上皇后以后，不断充当皇帝助手的时候，阿奴要暗示我的话。

想到这里我顿时不寒而栗。从昭仪到皇后，我的身份虽然变得更为尊贵，但风险亦随之增加，阿奴作为皇帝在经过长孙无忌事件后，已经明显有了心理阴影，他担心还有人会像长孙无忌一样分享他的权力与至上的荣耀，对于这一点离他越近的人反而越会成为重点怀疑对象，在眼下朝廷新人尚不足以全面担纲的情况下，我这个助手会不会成为他防范的对象。

天啊！如果真是这样，那岂不是有点当年孙权劝曹操称帝的味道——将自己置于火架上烤？

看来，先前只将眼光瞄准废立皇后、甥舅之战的我，似乎忽略了很多重要的东西！

的确是"高树多悲风"啊！恩爱的夫妻随时可以转换成君臣之间的利用，甚至是帝王发泄的工具，这就是皇家女人的悲哀！

我忽然觉得自己十分无助，此前拼命努力向上奋斗，甚至不惜牺牲亲生骨肉，结果是上天给了我一人之下万人之上的荣耀，以及得到权势的满足感，却也让我走上了一条风险之路，而且是一条无法后退的道路。

无论多么委屈，无论多么彷徨与无助，我都必须承受下来，而且要更加坚强与隐忍，一路披荆斩棘地走下去，带好伪装的面具去周旋未知的敌对与攻击。

是的！走上这条路就无法再回头！

可是此刻，在这寂寞深宫之中，我却坦然面对真实的自己，看着镜中那依旧带有媚意的眼睛，却已经不再年轻的面孔，一种怅然若失的感觉袭上心头。

又有谁真真切切地愿意看到我真实的一面呢？

李义府是生是死我并不在乎，我在乎的是我与阿奴的关系，我觉得从我当上皇后以后，由于身份的变化，我和阿奴的关系产生了些许微妙的变化。我们还是恩爱的夫妻，但似乎多了些功利化的东西，如果没有李义府事件，如果没有阿奴对我说的那些话，恐怕我还会天真地认为阿奴看待我依旧是能给他带来安全感的心爱小女人的感觉。

呵呵，未来我依然会努力的！我承认我依旧深爱着阿奴，更何况是他在万难孤立的境地中让我成为废立皇后的直接受益者，无论如何我都应该做好妻子与助手身兼两职的角色，让身体柔弱的阿奴尽量轻松一些。

只是我不知道，阿奴还会不会像从前一样待我！愿上天保佑吧！

此后的几天，我虽然继续协助阿奴批阅奏章，但患得患失的心情让我完全不在状态，我知道我的心处于焦躁之中，这样是不利于处理好我与阿奴的关系，以及做好助手这个角色的。听说道士郭行真很会念经安抚人的情绪，于是我决定请郭行真进宫，让他为我念几段经，去除我心中的杂念。

然而事实证明，我的做法是严重的失误，不能否认郭行真念的经的确让我的心情平复许多，恢复了不少信心，但念经这件事情和当年王皇后行厌胜之术，从形式上看十分相似，以至于阿奴知道后，怀疑之心再次陡然升起，只是这一次他没再和我交流，而是找另一个人去表达他的不满。

这个人的名字叫上官仪。

从许敬宗私下向我汇报的情况来看，这次阿奴是动了废掉我的念头的。

不甘心坐以待毙的我，必须要开展一场危机公关！

废后风波

许敬宗慌慌张张跑进我屋里，脸上写满不安的神色，我知道，一定是出了问题。因为许敬宗和李义府不一样，是个比较稳妥的人，能让他产生不安情绪的事，一定不是小事。

"皇后！皇后！大事不好啦！皇上和上官仪商量，准备要废掉您的皇后之位啊！"许敬宗满脸大汗地说道，看得出来他赶到我这里着实费了不少力气。

"什么？要废掉我？"我听完顿时犹如五雷轰顶！

"是啊！据臣打探得来的消息，是皇上对皇后找郭行真进宫念经十分不满，然后找上官仪倾诉，上官仪趁机向皇上进言，说皇后骄横，已经引起天下人共愤，不如就此机会将皇后废掉，以安天下人之心，达到江山永固。

"我找郭行真念经，是为了安抚自己的情绪啊！又没有什么非分之想！"我不解地说道。

"皇后您肯定不会有什么非分之想，可是念经这事，从形式上看很像厌胜之术啊，您想的什么，那个道士嘴里念的什么，皇上怎么会知道？当年刘文静和王皇后不就是因为这件事情而断送了前程吗？前车之鉴就在眼前，皇后怎么会没想到呢？"

许敬宗的话让我顿时恍然大悟，是啊！我的做法与厌胜之术有什么区别呢？

想到这里我情不自禁地扇了自己一记响亮的耳光，这么低级的错误居然会发生在我身上，真是应了那句话——常年打鹰，反被鹰啄瞎了眼！

"上官仪？那阿奴为什么会找他呢？"听完许敬宗的述说，我的心中不禁生出许多疑问。

上官仪是前朝江都宫副监上官弘的儿子，现在的官职是秘书监，同东西台三品。此人写诗堪称一绝，风格绮丽委婉，时人称之为"上官体"，但或许因为诗写得太好，所以总是恃才傲物，在朝廷中的人缘并不好，最关键的是他对立我为皇后始终持反对意见，甚至见了我都是很不情愿地行礼，算是我的反对派。

虽说上官仪挂有同东西台三品的头衔，但那只是名誉职务，不算是朝廷重臣。阿奴为什么会找他发泄不满呢？而且废立皇后这么大的事情怎么可能只听一个普通大臣说的话呢？

想来想去我也只能得出一个结论，那就是阿奴在找到上官仪之前已经有了废掉我的想法，他去找上官仪不过是给自己一个更加坚定想法的理由。阿奴十分明白，以上官仪对我的厌恶，他是不可能说好话的。

这个可恶的糟老头儿，居然对我落井下石，而且一出手便是杀招，看来我必须要全力对付，不能有丝毫马虎。

"许大人劳苦功高,谢谢你向我及时传达这个消息,你先回去吧!容我想想该如何化解这次危机吧!"

"是是是!恳请皇后不要耽搁太长时间,臣还听说皇上已经让上官仪起草废掉您的诏书了,但是这个消息尚不能确定是真是假,臣回去后继续打探,一有消息便马上向您汇报!"

"起草诏书?这么快?那个上官仪究竟给皇上吃了什么迷魂药?"我有些坐不住了,站起来惊讶地说道。

"皇后不必惊慌,即使起草诏书也需要时间,皇后尽快想办法吧!"

"好!谢谢许大人了!"我有些心不在焉。

"嗯……皇后……"许敬宗并没有离去,而是似乎有话对我说。

"什么事?"

"恕臣斗胆直言,无论这件事情是什么结果,希望皇后……"

许敬宗说了一半,便不再往下说。我已经明白他的意思,于是开口向他保证:"许大人放心,就凭着你对我的忠心,不管结果如何,绝不会影响你的前途,如果成功渡过这次危机,我绝不会亏待许大人!"

许敬宗听我说完,立即跪倒在地,略显尴尬的他一边不住地叩头,一边说道:"臣只是希望皇后能够平安渡过这次危机,绝没有额外的意思,希望皇后能够理解臣的一片苦心。"

坦白讲,许敬宗对我还是十分忠心的,或许我对他的提拔让他对我始终感恩戴德,这次他冒死为我带来绝密消息,我已经是相当感激,所以对他的想法我能理解,至少许敬宗不像李义府那样为我惹了大麻烦,甚至这件事情就是因那个"人猫"而起,没有他惹是生非,也就不会严重扰乱我的心性,进而犯下致命的失误。

对于忠诚于我的人,我必须让他们感觉到他们为我所做的一切都是值得的!

所以既是为了自己,也是为了忠于我的人,我必须要使出浑身解数化解这次危机,我坚信自己有这个能力。

时不我待，必须立刻去见阿奴。

事实证明，我的决定是对的。当我见到阿奴时，他正在看一封诏书，我当然知道那上边写的什么内容。

"听说皇上刚刚起草了一份关于臣妾的诏书？"在行礼过后，我便迫不及待地看开门见山说道。

"没有啊！皇后是听谁说的啊？"阿奴极力掩饰道。

从阿奴极力掩饰的神态来看，我意识到阿奴似乎还没有最终下定决心，在这一刻他或许还会在乎我的感受，这种掩饰的态度不能说是一种欺骗，准确地说是一种最终决定前的犹疑与彷徨。

我知道，对于已经经历了和长孙无忌斗争之后的皇上，采取紧逼策略肯定会起到相反作用，于是在经过一瞬间的思考后，我还是决定采用以情感人的方式去打动他。

定下策略之后，我立即再次跪倒在地，流着眼泪说道："陛下，臣妾知道您是受了某些人的蛊惑，认为臣妾是国家的不祥之兆，想废去臣妾的皇后之位。"

说完，我失声痛哭起来。有人说女人打动男人的最好武器就是眼泪，先前已经表演过很多哭泣场面的我，这次依然坚信能够打动阿奴。

事实证明，阿奴听到我的哭声，立即有些坐不住了，那种仿佛被我瞬间揭露的尴尬表情立即写在脸上。为了稳定我的情绪，他急忙走过来将我搀扶起来，然后略带哄小孩子的口气说道："哎呀！怎么可能会有这种事呢？皇后一定是想错了吧！"

这就是阿奴的聪明之处，他并没有因为立即动怒反问我是谁泄的密，反而态度和蔼地安慰我，这样反而会让我怀疑自己是不是真的误解他了。

然而我并没有被阿奴的话所迷惑，我知道哭只是一种打动情感的手段，我必须要让他知道，我对于他来讲是不可或缺的。

"陛下想一想，自从臣妾重新回到宫中以来，一直精心服侍陛下，尤其在长孙舅舅之乱后，臣妾不仅全力做好后宫之事，还在陛下龙体欠安的时候，协助您处理朝政，不敢有丝毫的懈怠，这一切您都看到了呀。"

我的话既有温情脉脉的打动，也有委婉的质询！

我说完后，阿奴沉默了！

阿奴转而低头不语，似乎在想着什么，从他的眼神中我可以读出"愧疚"两个字,我知道阿奴已经产生了动摇,但他的这种感觉如果不加以强化，很快便会消失得无影无踪，于是我立即说出了对于稳固自己地位最关键的一句话，也可能是一句将上官仪置于死地的话：

"陛下圣明，这一切不是您的错，而是陛下身边有小人，他其实已经越过了做臣子的界限，过分插手皇家的私事，破坏臣妾和陛下多年的感情！"

如果说先前阿奴的沉默还只是在思考，那么现在我可以明显感觉到，我的话已经触碰了他敏感的神经。

长孙无忌的错误就在于干涉了皇家私事，他特殊的身份尚且不被阿奴所容，更何况是上官仪。

我坚信我说完后，阿奴的心中一定会泛出这样的想法——上官仪有可能会成为下一个长孙无忌！

"这个上官仪！我险些被他蒙骗！哼！"阿奴虽然是在自言自语，但他已经告诉了我这件事情的背后主谋，那一刻虽然我的脸上依旧挂着泪痕，但心底却泛起爽朗的笑声，因为我不仅成功化解了这次危机，还顺手清除了政敌上官仪，可以说这是我回宫以来最得意之作！

为了保险起见，离开阿奴那里后，我立即召见许敬宗，让他在第二天早朝时，上疏弹劾上官仪，至于具体的说辞让许敬宗自己去想。总之一句话，只要让阿奴整死上官仪的决心毫不动摇就是成功。

许敬宗的办事能力还是让我十分放心的，他居然在朝上将上官仪和李忠联系在一起，说李忠当年还是陈王时，上官仪曾经当过王府的咨议参军，他一定是李忠的同党。

我知道李忠现在虽然早已经被废为庶人，但他和长孙无忌一样，留在阿奴心中的阴影并不淡。许敬宗弹劾上官仪，居然深挖出曾经的履历，可见他没少费工夫。他也只有这个理由能够说服阿奴。

正所谓欲加之罪，何患无辞！许敬宗的弹劾理由再一次触碰到阿奴那根敏感神经，加上我先前的铺垫，阿奴毫不犹豫地诏令将上官仪处死，并将其全家罚入掖庭为奴。

坦白讲，上官仪十分可恨，也十分可怜。可恨之处在于他是我的死对头，险些毁了我的前途；而可怜之处则在于，在废立皇后这件事上，他的确没有什么私心，始终维护祖宗制定法度，然而他的初衷却被我这个阴谋论者所歪曲，最终使他成了我在权争道路上前行的牺牲品。

抛开敌对关系不谈，我认为上官仪是个君子，然而正所谓好人不长命，这个道理在政治斗争中体现得淋漓尽致，现在他这个君子被我这个"小人"打败，也只有到阴曹地府去申冤，至于报应不爽的空泛论断，在我的字典里也仅仅是理论。

上官仪死于直率的性格，死于对皇帝的过分信任，他这个糟老头倒是死不足惜，只是连累了一家六十余口人，手牵着手一同前往掖庭充当奴隶，听说上官仪的儿媳怀里还抱着刚刚出生的女婴。对于这个刚刚来到世界上的孩子，我倒是对她十分同情，可以说最无辜的人就是她，但她却得承受整个家族的罪责。这个小生命啊！真是命苦！

我忽然间想起了被我亲手终结了生命的女儿，和她比起来上官仪的孙女命运还算不错，至少可以活下来，即使是奴隶，也算是来到这个世界真正地走了一回，可以得到亲人的温暖关怀，知道这个世界不仅有黑暗，也有人性的光辉。然而我那刚出生的女儿还不知道这个世界是什么样子时，便被推到阴间。虽然这件事情已经过去了很久，但只要想起看到她嘴角泛出鲜血，面色铁青地躺在小床上的场景，我的心总会一阵抽搐，我想这个事情恐怕会成为我一生挥之不去的阴影。

希望上官仪的孙女一切都好吧，但愿这个小生命未来有一天能够摆脱奴隶的身份重归自由。只是我不明白，为什么我会对这个与我毫无血缘关系的婴儿会如此关心，难道仅仅是因为她激发了我母性的柔情，还是命中注定她会与我产生某种联系？

血缘层面的挑战

处死上官仪后，阿奴并没有就此罢手，很快便赐死已经废为庶人的李忠，然后将与上官仪亲近的大臣全部贬黜，干脆以绝后患。看着政敌一个个接连倒下，那种征服的快感在我的心底再次油然而生。虽然我不是在战场上仗剑长啸的常胜将军，但屡次打赢这种没有硝烟的战争，还是让我觉得成就感十足。

然而我知道虽然凭借自己的公关能力，以及许敬宗的帮助，这次渡过了当上皇后以来的第一次危机，一切仅仅是开始。而政敌们一个个倒下的教训，再一次告诉了我权力斗争的道路上没有同情可言，收起儿女情长，让自己变得无比坚强，无比冷酷。无论面对谁，只要是自己的障碍，就必须及时清除掉。

我已经感觉到我正在发生着某种变化，当年对皇宫内充满幻想的武才人早已经远去，取而代之的则是极端现实的，时刻对政敌进行嗜血杀戮的武皇后！

在经历了长孙无忌、上官仪等政敌的攻击后，我开始变得主动，变得富有攻击性，在朝廷内时刻寻找异己，准备进行猎豹式的攻击，一招出手便不再让其有还手之力，然而我万万没有想到，在长孙无忌、上官仪等人成为我的祭品后，接下来挑战我的，居然是我的血缘至亲。

自从我当上皇后以来，除了李义府、许敬宗等亲党升迁之外，最受益的当属我的娘家人。母亲被册封为荣国夫人，姐姐被册封为韩国夫人，四个异母兄弟元庆、元爽、惟良、怀远被提拔为四品以上的官员，算是一人得道，福荫全家。

对于母亲和姐姐，我确实从心底想给予他们丰厚的回报，但提拔四个异母兄弟，我是有不得已的苦衷，事实上我对他们四个人并没有什么好感，这倒不是因为他们和我是异母，而是因为小的时候，我受尽了他们四个人的欺负，那时候我甚至发誓，凡曾经给予我痛苦的人，总有一天我会让他们受到惩罚，我想之所以长大后养成我这坚强刚毅的性格，或许可以从那时候找到渊源。

我提拔四个异母兄弟，并非因为我忘记了当初他们对我的恶行，而是因为虽然我已经荣登后位，但在充满险恶的宫廷内，我的力量还很单薄，相对于那些想要置我于死地的朝廷政敌们而言，四个异母兄弟毕竟还有血缘关系，还是比较可信的，提拔他们以壮声威是当务之急。

我始终坚信，四个异母兄弟一定会对我感恩戴德，我也想通过这么做来暂时缓和与他们的关系，希望他们能够带着往日的愧疚效忠于我。但是我错了，错就错在我把四个兄弟想得过于简单，我的想法并不等于别人的想法。

事实证明，伴随每个人地位之变，我的家庭内部矛盾居然成为了权力斗争的导火索。

这一点，我真是始料未及！

我天真地认为四个兄弟得到升迁后一定会想办法找机会巴结我，所以我为他们创造了机会，让母亲在家中设宴招待他们，并叮嘱她在席间看看四个兄弟都是什么态度，事实上我内心也有借机羞辱他们的意图。

然而母亲为我带回来的消息，让我的心情顿时沉到了谷底。

"我本以为他们会对你感恩戴德，所以就在宴席中问他们是否还记得当年欺负你的事情，现在升官了，心里是个什么想法？没想到……"母亲有些自责地说道。

"母亲不用说了，看来这四个人是有备而来！"

事实上，母亲问他们的意思，是想让他们说一些对我感恩戴德的话，但四个人在母亲问完后全都沉默不语,现场的气氛十分尴尬。武惟良依旧是当年那个急脾气,看到三个兄弟低头不语,实在沉不住气便对母亲说,他们四个人做了官是得益于父亲的功劳,他们知道自己才能低下,从不敢想象会大富大贵,现在凭借皇后的缘故,意外得到了升迁,其实并不引以为荣,相反却深感忧虑。

武惟良的话首先打破沉默,让三个兄弟也顿时放松了下来,跟着随声附和。母亲见四个人不肯逢迎,于是勉强应付了几句,没过多久这场家宴便不欢而散。

母亲脸上写满了苦涩与尴尬,我知道她是自责没有将事情办好,我这个做女儿的很少求她办事,好不容易求她一次,孰料结果却这样尴尬。她是很想通过这次机会缓和我与四个异母兄弟的关系,但事与愿违,四个兄弟的话让母亲大失所望,而不欢而散的结果也让她心里再添阴影。

"母亲辛苦了,这件事情看来不是咱们想象的那么简单,四个兄弟的心思并不和我在一起,这不是提升他们官职就能解决的问题,您不必为这件事情耿耿于怀,您已经做得很好了。"我安慰道。

"那你打算怎么办呢?"

"呵呵,我自会处理好的,四个兄弟既然和我不同心,我也就不指望他们了。"我略带嘲讽的口气说道。

"我知道你的脾气,虽然他们曾经对你不好,但毕竟是你的兄弟。惟良的话虽然不中听,但也确实是实话,他们四个人的才能确实难堪重任啊!"

"哈哈哈!母亲不用担心,这件事情就这样吧,也许过段时间他们会悟出来的。"我笑着说道,事实上我是不想让母亲过分担心他们的安全。

我终于将心怀忐忑的母亲安抚后送走,她一离开,我便立刻恢复了本来面目,四个兄弟不肯低头认错的态度着实让我愤怒,这四个不识好歹的东西,难道不知道我可以让他们人前显贵,也可以让他们死得很惨吗?

也许曾经的隔阂以及血缘的关系,他们四个人注定不会与我同心,虽然双方表面上走得很近，但心却离得很远。我是不会将有异心的人放在我身边的，更何况以他们外戚的身份，只会成倍增加风险系数，所以我必须要尽快清除他们，起码要让他们离我远远的。

乾封元年（666年）八月，我向阿奴上了一道关于制止外戚干政的奏疏，表面上看我是一种高姿态，绝不因为自己特殊的地位让外戚们染指朝政，事实上没人知道我心存不可告人的目的。我为了避免给人留下空谈的印象，特意以东汉明德马皇后的事迹为切入点，进而举出本朝长孙皇后禁止外戚干政的例子，请求阿奴将四个异母兄弟降职。

我的奏疏写得很煽情，充分表达了自己要效仿两位贤后的做法，以保全四个异母兄弟。然而在奏疏的最后，我特意加了一句话：

"为帝业计，请出惟良等为边远之州刺史！"

说得通俗点，就是外贬得越远越好！

阿奴对我的做法十分赞同，立即诏令同意，就这样我的四个异母兄弟在刚刚经历了升迁之喜后便迎来了被贬黜的痛苦。

然而，当他们四人黯然神伤地离开京城时，我知道对于他们的命运而言，这绝不是结局，而仅仅是个开始。

四个异母兄弟被贬出京城，并没有让我感到心安，相反我始终坚信他们由于这次被贬，心里会更加嫉恨我，自古以来外戚大多充当一种不光彩的角色，他们的存在始终让我感到一种潜在的威胁。说实话按照我的性格我是想将他们置于死地的，将他们贬出京城，一来是为了向阿奴表明我的高姿态，以及要做一个贤后的决心，再有就是考虑母亲的感受。

四个兄弟虽然不是我母亲所生，但因为父亲的关系，这么多年母亲将他们当成亲生儿子看待，即使年幼时四个人一起欺负我，母亲也总是偏向他们，教导我虽然是女孩子，但也不能过分娇气，搞得我心里委屈得很。这次宴请事件可以看出母亲对四个兄弟很是失望，但出于亲情考虑，以及看在已经过世的父亲的情面上，她还是希望我们之间能够和睦。

我暂时选择了妥协，将他们赶得远远的，但这并不意味着我忘记了曾经的誓言——曾经给予我痛苦的人，总有一天我会让他们受到惩罚。这个誓言我始终掩埋于胸，而贬他们出京，绝不是对他们的惩罚，因为我的惩罚手段远比贬黜要残忍得多。

呵呵，暂时先让母亲放下那忐忑不安的心吧。我在这个世界上，已经没有比她更亲近的人了，决不能再让母亲受任何打击，即使是用最残忍的手段对付他们四个人，我也要让母亲能够明白，他们四个人是罪有应得。

不过我的想法虽然很好，但计划却永远赶不上变化。元庆被贬到龙州（今四川平武）后得了忧郁症，加上水土不服，没过多久便一命呜呼。元爽最初被贬到濠州（今安徽凤阳），可是听说在那里因为受到一桩官司牵连，稀里糊涂又被贬到振州（今海南三亚），在前往振州的路上因不堪忍受押送人员的折磨，结果病死于旷野之中。

关于元爽死亡的事情，母亲还特意跑到我这里来，询问是不是我在背后做了手脚，故意让押送人员折磨元爽，结果我费尽口舌解释了半天，才让他老人家相信。但两兄弟的死亡却让母亲伤感很久，甚至因此还病了一场。

元庆和元爽的死亡，可以说是上天为我清除了两个潜在威胁，我至少不用再为他们费脑筋，可以集中精力对付惟良和怀远，听说这两人在贬地活得倒是很滋润，看来他们真是不知道自己已经大祸临头啊。不过看到母亲因元庆、元爽死亡而伤感生病，对付惟良和怀远我必须要慎重，至少目前先要暂时搁置。

很多事情并不是仓促解决就是最好的办法，更何况我越来越感觉来自血缘至亲层面的挑战绝不限于四个异母兄弟，我的大姐韩国夫人，以及她的女儿贺兰，都在有意无意地挑战我。自从父亲死后，大姐就经常带着贺兰出入我的寝宫，应该说我们的感情十分不错。

但自从大姐荣升韩国夫人以来，我发现阿奴到我这里的次数越来越少，听说他经常召大姐母女进宫聊天，难道仅仅是聊天吗？大姐虽然年过四十，但风韵犹存，丝毫不比我的姿色差，这样的年纪，这样的姿色，让本就有些恋母情结的阿奴能把持住自己吗？更何况还有让人心生柔情的小女人贺兰。

这种事情我是无法直接去问阿奴的，更何况从礼制角度而言，皇帝可以拥有全天下的女人，我又怎么能去直接干涉呢？只是我再一次品尝到了被冷落的滋味，而夺走我受宠的人居然是我的亲姐姐和外甥女。

我承认我已经妒火中烧，如果没有四个异母兄弟公开挑衅我，或许我会将大姐和贺兰当作首先清除的对象，现在随着四个异母兄弟已经渐渐不再成为首要威胁之后，我必须及时设法恢复我在阿奴心中的首要位置。

现在，我再一次面对当年需要扳倒王皇后和萧淑妃的相似局面，虽然除了母亲之外，大姐就是我最至亲至爱的人，但时刻视权力如生命的我，也只好抛弃亲情，将巩固权力和地位摆在首位，让一切竞争者身败名裂。

我坚信自己完全有能力有办法让阿奴继续臣服在我的罗裙之下，就像当年他果断地抛弃王皇后和萧淑妃，虽然我知道大姐可能无意和我作对，但客观结果已经让我的利益受损，我从手中无权到现在辅佐皇帝处理朝政，作为一个女人经历了常人无法想象的艰难，我一步步地挺身过来，何惧两个仅凭姿色立足的女子？

呵呵！当你们和我心爱的男人亲热时，你们一定不会想到在朦胧的珠帘背后，一双多谋的目光正在窥视一切，而且已经是心生杀机！

现在唯一制约我无法下狠手的，是母亲的感受。元庆和元爽两个非亲生儿子的死亡，已经让她伤心得要命，如果大姐再出现意外，我担心母亲会就此崩溃，这实在是困扰我的一个大问题，于是我不得不思考怎样摆平亲情与政治利益平衡的关系。

然而就在我左右权衡之时，大姐不幸暴病身亡，这个消息不仅打乱了我先前的所有计划，也让我预感它可能会为我带来挑战血缘至亲层面的新机会。

白鱼杀机

"念韩国夫人忠心可嘉,皇后伤悼不安,今特准加封其女贺兰为魏国夫人,钦此!"

我笑了,笑得十分开心。在我的建议下,阿奴加封我的外甥女贺兰为魏国夫人,这实在让我兴奋不已,因为一切都在按照我的计划进行。

由于大姐突然去世,母亲再次病倒。为了安抚母亲那再一次被重创的心灵,我上奏阿奴建议加封贺兰为魏国夫人,一来可以让母亲得到些安慰,二来也是顺从阿奴的心愿,因为我从阿奴的眼神中看出,他对我这个外甥女有种喜爱。

最重要的是,我可以通过这个做法,完成我清除血缘至亲层面挑战的计划,因为一年一度的地方刺史进京述职会马上就要开始了,在来自各个地方的刺史中,一定会有先前被外贬的我的两个异母兄弟,时任始州刺史的武惟良和淄州刺史的武怀远。

加封贺兰为魏国夫人,与惟良和怀远来京有什么必然联系吗?呵呵,这就是我异于常人之处,经过这么多年的历练,我已经学会可以将两件毫不相干的事情联系在一起。

此次惟良和怀远来京,母亲一直和我说要见他们一面,我答应她在合适的时机,会让惟良和怀远到母亲府上。我说的合适时机,是有利于我完成计划的时机。于是在一个阳光明媚的午后,我和阿奴前去探望病中的母亲,当然阿奴是不会忘记带上贺兰的,无论从情感角度还是身份角度,带上贺兰都是名正言顺。

我努力克制先前排斥贺兰的心理,极力赞成带上贺兰,为此我还送了她件新衣服,将她打扮得漂漂亮亮。当鲜活尤物一般的贺兰站在我面前时,我的脸上露出了满意的笑容。没有人知道我心里真正在想什么,只有我自己清楚,贺兰今天或许是最后一次在世间展示她那年轻妖娆的身材。

抛开我们每个人的身份不谈,这次我和阿奴还有贺兰前去探望生病的母亲,也算是一次家庭聚会。病中的母亲看到我们到来,心里十分高兴,只是由于触景生情,忽然想起了死去的大姐,又禁不住老泪纵横。

"母亲不要哭了,您看今天皇上特意来看您,您可不能扫了皇上的兴致啊!"

"对!对!皇上不要怪罪,都是老妪糊涂,扫了皇上兴致。"母亲言罢就想下床施礼,被阿奴一把拉住。

"荣国夫人有病在身免去施礼,今天咱们是家人聚会,不谈身份,哈哈!"阿奴说道。

"是啊!咱们是一家人嘛!对了,还差惟良和怀远,不如趁着他们还在京城,把他们兄弟二人招来,咱们一家人好好聚会一番。"我兴奋地说道。

我的建议立即得到了众人的赞同,我知道在那个以亲情唱主导的氛围下,不会有人反对我的提议,而到现在为止我完成了整个计划的铺垫阶段,接下来将上演一出惊心动魄的大戏。

惟良和怀远并不知道阿奴也在这里,所以看到阿奴急忙跪倒参拜,从他们脸上诚惶诚恐的表情来看,他们很可能因为来到京城第一次见到皇帝没有表示什么,而担心被怪罪。

"两位爱卿平身,今日不同往日在朝堂之上,今日不分君臣你我,咱们是自家人聚会啊,哈哈哈!"阿奴可能也看出两兄弟神色紧张,因此急忙缓解气氛。

"听说两个哥哥带来了很多地方特产,现在见到皇上为什么不献上呢?"我趁机说道。

"哦!对对!臣等确实带来了地方特产,不过都是些食品,有柑橘、白鱼、河蟹等,全都是土特产,呵呵!"惟良恍然大悟说道。

惟良话音刚落,不等怀远开口,我连忙说道:"听说龙州白鱼味道鲜美,陛下还没品尝过吧?何不让哥哥取来几条,我们一家人共同品尝一下,不知陛下圣意如何啊?"

"好啊!皇后的提议非常好,今天难得的机会,那就烹上几条上好的龙州白鱼，咱们一家人共同品尝一下。"

自从我协助阿奴处理朝政以来，阿奴对于我的一些建议和想法逐渐有了一种习惯性的认同，在眼下这么一种亲情浓浓的氛围下，我知道阿奴是不可能反对的，而只有我自己知道，他的同意是我开始实施计划的首要环节。

没过多久，惟良的随从便将几条上好的白鱼拿了过来，从鱼的成色可以看出兄弟二人是精心为阿奴准备的。

"我去叮嘱厨间一定要做得味道鲜美，如若不然可惜了成色这么好的白鱼。"

没等众人反应过来，我便提着白鱼向厨间走去，到了厨间后，左右环顾四周，看到里边的人正在忙碌，便将掌勺的师傅叫了过来，随即叮嘱："这是地方刺史进贡的龙州白鱼，这道菜的具体做法由你掌握，但一定要味道鲜美！"

"明白！明白！请皇后娘娘放心，我一定会让您和皇上吃到天下味道最鲜美的龙州白鱼。"厨间师傅立即笑着脸回应道。

"嗯，我相信你的手艺，不过据我所知，要想做出味道鲜美的龙州白鱼，少不了特殊的佐料，你将我这包佐料撒在白鱼上，可以确保味道鲜美。"言罢，我从怀里掏出一个小包，递给了厨间师傅。

"啊……小的没听说做这道菜还要另加佐料的啊！"

"放肆！哪那么多废话，如果不加佐料，待会儿吃鱼的时候，皇上说味道不鲜美，那就问你的罪好了！"我严厉地说道。

"皇后娘娘恕罪，恕小的孤陋寡闻，小的一定按照皇后娘娘的吩咐去做！"

"嗯，为了怕你一会儿忘了，你现在撒上吧！"我催促着说道。

看着厨间师傅将那包佐料一点点撒在白鱼上，我的心跳忽然快了起来，因为我知道这意味着什么，同时也告诉自己此刻已经没有再回头的可能，无论怎样都必须将计划完成。

"做得很好,不过你还需要记住一件事情,我这包佐料是家传,你不要告诉任何人!"我继续叮嘱道。

"皇后娘娘放心,小的会将这件事情烂在肚子里。"

"好!明天我赏你黄金百两,你可以就此出宫了,以后在外边愿意做什么就做什么!"我一边说着一边向门外走去。

"啊?这……这……"

"怎么?有什么问题吗?"听到厨间师傅诧异地说不出话来,我转回身子面带微笑,却用一种凌厉的眼光看着他。

"没……没有!谢皇后娘娘赏赐!"那一刻我看出厨间师傅的额头已经冒出了冷汗。

没过多久,热腾腾香喷喷的龙州白鱼端了上来,一场"和谐"的家宴就要开始了。

在这场家宴开始之前,我如何引导方向,是实现我的计划关键所在,白鱼刚端上来,我必须要抢占先机,面对着席间香喷喷的龙州白鱼,我斜眼偷瞄了一下陪坐在阿奴身边的贺兰,立即面带哀容地开口说道:"自从大姐去世后,我作为贺兰的姨母一定会更加疼爱她,而且她一心一意侍奉皇上。这献给皇上的龙州白鱼,我建议还是让贺兰吃第一口,不知陛下意下如何?"

事实上,我征求阿奴的意见,是要用阿奴作为掩护,只要让阿奴倒向我,我的每一步棋才能成为杀招,我知道阿奴出于亲情考虑,是不可能反对我的,因为我的建议合情合理,还很人性化,所有人的思维都会跟着我的节奏运转。只要阿奴同意,贺兰则必死无疑。

我说完后,阿奴连想都没有想,便开口说道:"好!好啊!还是皇后想得周到啊,这些时间贺兰很是辛苦,不仅承受母亲去世的打击,对我也是尽心尽力地侍奉,作为奖励我同意让贺兰吃这第一口。"

阿奴说完后,我偷偷观察到贺兰显得有些受宠若惊。面对我这个既是母仪天下的皇后,又是亲姨母的一番爱怜,贺兰心里十分感激,连忙起身谢恩:"家母已逝,姨母胜似亲母,甥女年幼无知,今后还要请陛下和姨母多多指点贺兰。"言罢,她带着一种难以莫名的荣誉感,用筷子夹了口鱼肉放进了嘴里。

我承认在贺兰将鱼肉放进嘴里的时候,虽然我有着强大的心理承受力,心中充满了一种蔑视一切失败者的快感,但那一刻我的心还是几乎要跳了出来,因为我很清楚接下来要发生什么,可以说我的整个计划到了关键时刻,我必须要有足够的定力和强大的气场去应对接下来要发生的恐怖场面!

"噗!"随着贺兰将鱼肉咽进肚子里,刹那间她捂着肚子摇晃起来,然后一口鲜血从她的嘴里喷射出来,进而整个身子跌倒在地,一声惨叫,整个人在地上不断抽搐着,似乎要说什么,但在嘴巴一张一合之间便一命呜呼!

我想贺兰临死前可能有很多冤屈想要诉说,但她已经无法再说出来,只是她死后眼睛依然没有闭上,也许在她临死的一刹那,似乎明白了什么!

宴席上顿时大乱,母亲看到这种场面浑身瘫软,反应迅速的下人们立即将她搀扶住离开了现场。阿奴也被这突如其来的变故吓得目瞪口呆,稍稍反应过来后,便伏在贺兰的尸体上失声痛哭。

为了迅速掌控局面,我假装吓得大叫一声后,立即将凌厉的目光射向早已经呆若木鸡的惟良和怀远兄弟二人!

惟良和怀远兄弟二人本就已经吓得掉了魂,因为他们知道白鱼是他们带来的,出了人命,他们一定脱不了干系,于是他们的眼睛与我凌厉的目光碰撞的一刹那,心里防线终于崩溃,扑通一声跪倒在地,浑身颤抖不住地叩头说道:"陛下,这与臣等无关啊!"

兄弟二人的话完全是此地无银三百两,他们越是为自己辩解,越是让自己跳进黄河也洗不清。我于是趁机煽风点火厉声说道:"两个乱臣贼子,真是恶毒至极,居然想用下毒的白鱼谋害皇上,看来我先前请求调你们出京,避免你们这些外戚生出祸乱,的确是有先见之明,却没想到你们贼心不死，这里根本就没人问你们和此事有没有关，你们兄弟二人辩解什么！分明就是不打自招！"我步步紧逼兄弟二人，试图要将他们最后那点抵抗的力量摧毁。

"陛……陛下！此事一定有人捣鬼，还请陛下明察！"惟良伏在地上哆嗦着开口说道。

我知道眼下这种混乱的场景一旦归于平静，每个人都会重新恢复理智，而我必须要乱中取胜，于是不等惟良继续说话，便以一种近乎咆哮的语气说道："放肆！两个乱臣贼子还在混淆视听，你们分明就是想谋害皇上，图谋大唐的江山社稷！"说完后我立即转向依旧伏在贺兰尸体上哭个不停的阿奴说道："请陛下下令立即处决这两个畜生不如的家伙！"

"拉出去！拉出去！处死！"阿奴一边哭着一边说道，看得出来贺兰的死已经让他陷入疯狂状态。

"陛下，陛下……臣冤枉啊，臣……"

武士们将兄弟二人拖出府邸，根本没有人理会他们的辩解，直至他们的声音越来越远，其生命也就此终结。那一刻我虽然完成了一鱼杀三亲的计划，但不能否认我已经浑身湿透，心脏几乎要跳出胸口，我暗中调整自己的呼吸，刹那间疲惫与倦怠袭上心头，但理智告诉我事情并没有就此结束，眼下我必须要做好善后事宜，因为阿奴的情绪还很激动，已经离开这里的母亲状况未知。

于是在混乱的场面稍稍安定后，我便开始着手实施善后的计划！

在惟良、怀远两兄弟被武士拖出去之后，我稍稍平复下情绪，立即冲向依旧在贺兰尸体旁痛哭不已的阿奴，"扑通"跪在地上说道：

"陛下！陛下！不要再哭了，我是他们两个人的妹妹，也应该受罚，请陛下将臣妾治罪！"

我知道阿奴在这种局面下是不可能治我罪的，之所以要这么说，是为了表明我与此事无关。

情绪已经失控的阿奴并没有理会我，伏在贺兰的尸体上发出了歇斯底里的悲鸣，看得出来他对这个女人有着无比的喜爱之情，那一刻我泪眼看着肝肠寸断的阿奴，但心里却十分庆幸。

我相信如果贺兰不死，凭借阿奴对他的痴情，这个女人或许未来会取代我在阿奴心中的位置，犹如当年我取代王皇后和萧淑妃。

没人能够理解那一刻我是多么的开心，在此之前的很长时间里，贺兰对于我而言代表着集所有优点于一身的完美女性，这一点连当年的王皇后和萧淑妃都没有做到。那风铃般的歌声，蝶一般轻盈的舞步，曾使她一度成为阿奴热切眼神捕捉的尤物。她也深知赢得皇上的宠爱最直接的本钱就是自己年轻妖娆的身体及鲜活大胆的欲望。

不过现在的她已经成了一具冰冷的尸体，我以自己特有的方式告诉贺兰，我才是这个后宫中真正的主人。我承认我的做法即有巩固地位的初衷，也有女人天生的嫉妒心理，只是我的报复手段过于极端，对手虽终能明白一切，但再也不会有任何机会反击，贺兰临死前的眼神就已经说明了一切。

"陛下不要再哭了好吗？贺兰已经死了，陛下即使再哭，贺兰也不会死而复生了，如果陛下就这样哭下去，臣妾就永远跪在这里陪着陛下！"

我内心所想并不影响我外在伪装的言行，我知道在这种特殊的局面下，自己必须要有足够的定力和阿奴在一起，只有这样才能让一鱼杀三亲的辐射效应降到最低。

或许是长时间的痛苦让阿奴有些筋疲力尽，本就患有眼疾的他听我说完后，缓缓地抬起头来，那一刻我看见阿奴的眼睛仿佛在出血，那种血红让我这个定力十足的人看着都有些恐怖。阿奴抽泣着呆呆地望着我，欲言又止，不过他的情绪终于还是平复了一些，而我的善后计划能否成功，就在于接下来要做的事情，换句话说让阿奴明白惟良和怀远是杀死贺兰的凶手，随着他们被处决这件事情到此为止，不会再继续深究下去。

"陛下！惟良和怀远虽然现在已经伏法，但这件事情是因臣妾说要品尝白鱼，才给了两个贼子下毒的机会，陛下如果不降罪于臣妾，臣妾就跟着贺兰而去！"言罢，我立即站起身来，转身做出准备向身后墙壁撞去的样子。

"拦住皇后！快拦住皇后！"在我起身的时候，阿奴听说我要寻死，瞬间清醒过来，由于已经离我过远，阿奴没有拉住我，所以立即下令让身边的护卫阻止我，当我被那些五大三粗的护卫们一把抱住的时候，虽然我表面依旧像疯了一样要寻死以求自我救赎，但心里却知道善后计划已经完成。

贺兰敏之

结束了！终于结束了！

一鱼杀三亲的计划完成得十分顺利，顺利得有些出乎我的预料，情绪已经些许平复的阿奴在众人的护卫下离开了母亲的府邸，武士们收走了贺兰的尸体，乱成一团的厅堂终于恢复了安静。

此前阿奴让武士们阻止我撞墙壁时，我并没有拼死挣扎，毕竟只是做做样子，当然我的表演还是十分逼真的，吓得阿奴连忙起身将我抱紧，不断地安慰我。从他的表情我能看出来，他是真心的，这说明他并没有怀疑我。

一切都是点到为止，眼前这个烂摊子最终在我的指挥下逐渐被收拾住，只是我还有一件事需要做，那就是赶紧去看看过度受到惊吓的母亲。

阿奴走后，我三步并作两步跑到后堂，下人们告诉我，老太太在看到贺兰吐血倒地的一刹那晕了过去，不过刚才已经醒了过来，经过众人不断地安抚，现在已经熟睡。

听下人们说，母亲应该不知道贺兰吐血之后到底发生了什么，这倒是让我稍稍放下了悬着的心，不过我必须要思考母亲醒过来我该如何向她解释今天发生的事情。

事实上我最对不起的人就是母亲，我曾经无数遍告诉自己，在元爽和元庆死后不能再让母亲受到刺激，即使清除来自血缘层面的阻碍，也要采取让她能够接受的方式,如果不利用她,这个计划绝不会顺利完成。母亲一时间失去了三个亲人,她的心灵一定再也经受不住这严重的创伤,即使用再美丽的谎言,也无法抹去她失去亲人的痛。

看着熟睡中的母亲,我先前挫败敌人的快感顷刻间消失得无影无踪,眼前我至亲至爱的人,与我血浓于水的母亲,已经被我这个权欲熏心的女儿折磨得心力交瘁。

母亲!您能原谅我吗?我承认,在擅权的道路上我注定会失去很多,包括亲情。但您知道吗?武家的荣耀绝不能仅靠女人的美色和裙带关系去维系!四个异母兄弟因我的地位而飞黄腾达,但历史上又有多少一朝腾飞的外戚最后落得身败名裂!贺兰用她那妖娆的身体征服了阿奴,但美丽的容颜终究有一天会老去。我身边的这些血缘至亲,虽然暂时增添了武家的荣耀,但他们却是既得利益者,没有经过奋斗,没有经过历练,无论如何也不会懂得如何维护这来之不易的荣耀。

对于他们而言,一切来得都是那么理所应当,但是我却知道如果没有我这么多年的风雨历练与生死搏杀,一步步爬到今天这个位置,他们算什么?可是当他们逐渐成为我前进的绊脚石时,我必须要清除他们,我不能等到他们像当年长孙无忌家族那样,被无情地打压和抛弃,然后连累我和他们一起去承受政治的审判。

所以,既是为了我自己,也是为了武氏家族的荣耀继续传承,更为了杜绝永远的政治后患,贺兰和四个异母兄弟必须死!

因为只有我才懂得如何巩固已经得来的荣耀和地位,这绝不是凭空想象就能做到的,而是经过无数凶险磨难后方能达到的境界。

……

母亲终究还是要知道失去三个亲人的,不过我告诉她的方式很有技巧,我跟她说贺兰是因为突发疾病身亡的,惟良和怀远因为辖地出了暴乱,必须要立刻赶回去处理。我叮嘱下人们对于先前那场变故要守口如瓶,如果因为某个人走漏了消息,而导致老太太出什么意外,定斩不饶!至于未来如何让她接受惟良和怀远已经死去的事实，那是以后的事情，眼下只能行这么个权宜之计。

即使是这样，母亲在听到贺兰死去的消息后，差点儿再次晕了过去，幸好我及时施救方才缓了过来。经过这样的变故，母亲的眼窝已经深陷，迷茫的眼神似乎已经不再认人，毕竟接连失去女儿和孙女，无论是谁也难以承受人生这样的大不幸，像我这样的坚忍之人毕竟是异类。

一连好几天的时间我都陪在母亲身旁，生怕离开之后她会出现什么意外。随着时间的推移，母亲的精神渐渐好转，我的心方才踏实些，要说她这个武家现有的掌门人，依旧还是目光深远，因为在我即将离开她那里的时候，她跟我提到了父亲爵位的继承问题。

因为这关系到武家未来的地位。

父亲的"周公"爵位是太宗皇帝当年亲定的，是可以世袭的，母亲提出让惟良和怀远兄弟二人其中一个继承，当然这已经是不可能的事情，我立即否定了她的想法，我的理由是先前我已经以不让外戚干政将他们调出京城，如果让他们继承父亲的爵位，等于否定了先前自己的做法。

事实上，爵位继承人并不难选，我的侄子三思和承嗣都有资格继承，但我始终认为他们并不是最佳的人选，原因在于我要选的爵位继承人必须能平衡先前由白鱼命案带来的辐射效应。

左右权衡来看，大姐的儿子，也就是贺兰的哥哥贺兰敏之，是最佳的人选！

我十分清楚从血缘关系角度来讲，这个选择是值得商榷的，但从政治角度而言，我有着自己深刻的思考。

在大姐受到阿奴的宠幸之前，贺兰敏之和我的关系走得比较近，可是接连失去母亲和妹妹，他的痛苦丝毫不亚于我的母亲。我很想通过让他继承父亲爵位这个事儿，稍稍平复些他心中的痛楚，而且我不能保证贺兰敏之是否怀疑我是一鱼杀三亲的主谋，但让他袭爵，至少可以让他将这种怀疑降到最低点，这也算是我掩饰自己的一种手段，而且从形象上来讲，贺兰敏之高大威猛、英气逼人，很有公爵的风范。

还是那句话，残忍和杀戮不是我的本性。我依然想和这些血缘至亲搞好关系，只要他们不是我的绊脚石，我都会与之和平相处。和当初提拔四个异母兄弟一样，我依旧善心不改，依然坚信在异母兄弟那里没有达到的目的，在贺兰敏之这里一定能够达到。

于是，在一个漆黑的晚上，我独自召见贺兰敏之进宫，让他改名叫武敏之，继承他外祖父武士彟的"周公"爵位，同时充任弘文馆学士、左散骑常侍。

我本以为贺兰敏之会喜出望外地叩头谢恩，但出乎我意料的是，贺兰敏之听完我的宣布后，直挺挺地站在原地不断地摇头。

"怎么？难道你不愿意吗？还是嫌弃职位太低了？"我诧异地问道。

"不……不是，我只是觉得……觉得皇后让我继承外祖父的爵位，实在有些出乎预料。"贺兰敏之吞吐说道。

"出乎预料？你是我的外甥，当然有资格继承爵位！"

"不，我不是说这个！我只是感觉……感觉……"

"有什么话你就快说，现在只有你我二人，我们又是至亲，难道还怕我治你罪不成，你放心无论你说什么，今天说的话我只烂在肚子里！"我催促着他说道。

贺兰敏之并没有接我的话，而是站在原地低着头紧皱着眉头，稍后他终于鼓足勇气说道："母亲曾经和皇上走得很近，难道您就一点想法没有吗？"

贺兰敏之的话犹如一道电光，瞬间就击穿了我那强大的心理防线，我虽然依旧高高在上地坐在那里，但已经是心神不宁。

是啊！从大姐受到阿奴宠幸以来，我和她的隔阂便已生成，而且似乎是公开的秘密，如果不是大姐暴病身亡，或许早晚有一天她会像贺兰那样死在我的手里。贺兰敏之的话虽然简单，但我能听得出来，他怀疑我是白鱼命案的主谋。

我尽力去掩饰自己的不安，暗中调整了下呼吸，稍稍稳了下心神，便用强硬的口气说道："想法？我的想法也是你能揣测评价的？让你继承外祖父的爵位是看得起你，如果不是我刚才已经对你承诺不会治你的罪，恐怕你现在已经不会站在这里了。还不赶紧叩头谢恩！"

我一边说一边从座位站起来，缓缓地向贺兰敏之走去，语气已经十分强硬，走到他面前时又用凌厉的目光死死盯着他，我知道此刻必须要压住他的气场，让他知道刚才自己说的话已经让他在鬼门关前走了一遭。

我说完后仔细观察贺兰敏之的神情。他刚才那种逼人的气场逐渐散去，随后终于跪在地上说道："谢皇后大恩大德，敏之未来绝不会忘记皇后的恩情，一定肝脑涂地，誓死光耀武家！"

"哎，这就对了！"我一边说着一边将他扶起来，然后换了一副和蔼的面孔，语重心长地对他说："不要再去想那些已经过去的事情，记住！你是我的外甥，和我是有血缘关系的！"

……

贺兰敏之终于离开了我这里。虽然他最终屈从于我，但从他临走时依旧眉头紧锁的样子来看，我预料他的心永远不会向我靠拢，但我坚信只要对他施以恩惠，满足他足够的政治利益，完全可以实现化敌为友，为我所用。

因为现在的贺兰敏之已经是孤立无援！

但让我没有想到的是，一个人的出现让我最终放弃了笼络贺兰敏之的努力，这个人就是阿奴！

自从贺兰敏之改名叫武敏之后，没有人再叫他以前的名字，而在袭承爵位、官职得到提升后，武敏之也得到了许多见到阿奴的机会。既是君臣也是亲属的两个人，见面之后虽然少不了畅谈朝廷政事，同样也少不了涉及家庭之事，在我看来这是很正常的事情，而且我不可能时时在阿奴身边，两个人每次具体谈的什么内容，我只能了解个大概。直到那天身边的宦官告诉我，阿奴和武敏之的谈话涉及到了贺兰的死因问题。

"你的消息准确吗？"

"绝对错不了,皇上和武大人(武敏之)针对魏国夫人的事情说了已经不止一次,要不然也不会引起老奴的重视,老奴那些在皇上身边的亲信,已经不止一次告诉老奴这件事了。"

"无用的东西!这么重要的事情,你为什么不早说?"我顿时火冒三丈!

"老奴该死,请皇后恕罪,您也知道皇上和武大人是至亲,两个人说说家里的事本属正常,可是这几天皇上向武大人经常问起魏国夫人的死因,这才引起老奴的重视,所以赶快向您汇报。"

这个宦官跟着我已经很多年了,这些年他既是我的佣人也是我在宫中安插的密探。由于朝廷中的很多动向都是他为我带回消息,我才能将这些消息一一分类辨别,然后思考对策。阿奴和武敏之谈论贺兰的死因本来属于家事,他这个外人没有引起重视也算正常,何况他也不知道我是杀死贺兰的主谋。

"算了!你能带回这个消息已经是大功一件。"我缓和了下语气,紧接着问道:"那你知道他们之间都说了什么吗?"

"皇上倒是没说什么,就是和武大人哀叹一番,可是武大人的态度似乎不那么简单!"

"嗯?他是什么态度?"我急切地问道。

"最初皇上说到魏国夫人的事情时,武大人虽然不说话,但欲言又止,似乎有什么难言之隐,前两天皇上看出武大人好像有什么话要说,就问武大人对魏国夫人的死有什么看法,结果武大人吞吐了半天,对皇上说了一句话,他说魏国夫人虽然是被人害死的,但不是两个武刺史(惟良、怀远)所害,因为两个武刺史和魏国夫人没有利益冲突,谋害魏国夫人的一定是和她有利益冲突的人。"

听完宦官的话,我顿时心惊肉跳!

武敏之的话说明他的心中对我早已经埋下了仇恨的种子,这种仇恨会随着他将阿奴拉得越来越近而爆发,看来武敏之心中的仇恨绝不是用丰厚的利益施以诱惑便能消除的，他想借用阿奴的手对我展开报复，只是现在他尚未确定阿奴对我到底是个什么态度，也还没有确凿的证据在阿奴面前指证我。

不过，从种种迹象可以看出，武敏之已经决定将阿奴作为救命稻草，他相信在不远的将来一定有办法让阿奴相信我是整个事件的主谋。想到这些，我真是有些不寒而栗，看来我先前的想法过于简单，一只狼无论多么温顺，它依旧可以随时亮出獠牙，发狠地攻击对手。

从某种角度而言，我的确是在引狼入室，而且相比四个异母兄弟、大姐和贺兰，武敏之是个更可怕的对手，或许在我宣布他袭承爵位的那一刻，他就已经定下了复仇的计划。

现在我终于冷静地想一想武敏之的性格，可以说早就有诸多迹象表明，这个人是个贼大胆，没有不敢干，只有想不想干。早在他父亲还做太原王时，当地都传他与太原王妃私通，这个王妃死后，武敏之在守丧期间私自除掉丧服弹奏乐曲娱乐，如果不是父亲因为他当时年龄小放过他一马，他岂能活到今天？

看来我还是被利益蒙住了双眼啊，先前只想着搞平衡，提拔武敏之来掩饰自己，却未曾想到提拔武敏之这样人品卑劣又心怀仇恨的人，等于将自己送进了虎口，如果不是身边的宦官消息灵通，恐怕我死到临头还被蒙在鼓里。

所以，必须立即切断武敏之与阿奴之间的联系，然后找个机会将他清除。

我思前想后，终于找到了让武敏之脱离阿奴的事由。弘儿的婚期已经定下来了，新娘是司卫少卿杨思俭的女儿，不如上奏阿奴，让武敏之全权负责筹办弘儿大婚当天的全部事宜，并充当两家的联络人，随时前往杨思俭那里进行沟通，及时向我汇报。

事实证明，这个事由的确让武敏之减少了和阿奴见面的机会，进而将他放在我的眼皮底下进行监视，但让我想不到的是，就在我思考如何除掉武敏之的时候，宦官为我带来了一个犹如晴天霹雳的消息！

……

"皇后！皇后！大事不好了！"宦官还没进来，我便听到他尖细的叫声。

"吵什么吵？有事不会进来稳当住了再说！"我一边训斥着刚刚进来的宦官，一边继续在妆台前梳着头发。

"请皇后恕罪，老奴实在是稳当不住啊！武敏之大人他……他……"

我扭头盯着宦官，感觉今天他言语之间似乎遇到了什么难以启齿的事，于是我安慰他说道："别急！慢慢说，武大人到底怎么了？"

"他……他……哎！老奴今天算是舍下这张老脸，实话对您说了吧，武大人把太子妃欺负了！"

听完宦官的话，我顿时大吃一惊，于是我立即问道："武大人欺负太子妃？这怎么可能？他是怎么欺负的？"

"这……皇后您是圣明之人，难道还让老奴说得再明白些吗？"

刹那间，我终于明白了宦官所说"欺负"二字的真实含义，我意识到了问题的严重性，立即站起来跑到他面前，一把揪住他问道："你说的可是真的？"

"老奴怎敢欺骗皇后，刚才老奴的亲信带回来消息，说武大人到杨少卿那里商量太子的婚事，提出要见见未来的太子妃，杨少卿就让太子妃出来见面，武大人看到太子妃容貌美丽，就让护卫们将所有人赶出厅堂，然后……"

"这个畜生！我一定要将他碎尸万段！"我将手里的梳子发狠地扔到地上，咬着牙恶狠狠地说道。

我实在没有想到武敏之居然将算盘打到我未来儿媳的头上，而且在大庭广众之下干这么卑劣无耻的事，真不知道谁给了他这么大的胆子，难道他不知道这样做的后果吗？

看来当年盛传他与太原王妃私通的事并非空穴来风，也许他那低劣的人品注定了他终究会惹出这种天大的祸事。

"皇后！您没事吧？"或许我的动作吓到了宦官，见在我扔掉梳子直挺挺喘着粗气站在原地发愣，宦官小声地提醒我。他那种害怕的语气似乎担心我瞬间再次发怒。

我的思绪被宦官的话所打断，我稍稍稳定了下情绪，让寝殿里的所有人全都退出去，并告诉他们，没有我的命令，谁也不许进来。

宫女和宦官一众人瞬间离开后，寝殿里只剩下我自己。我从刚才冲动的情绪中逐渐摆脱出来，缓缓地坐下闭上眼睛，思考着武敏之今天干的龌龊勾当。我的心中虽然愤恨不已，但此时又带有一些幸灾乐祸，因为很长时间以来我都想着如何除掉武敏之，现在他做的这件事不正好是除掉他的最好借口吗？

太子妃算什么？没过门前她终究还不是李唐皇室的人，天下的女人多的是，未来再为弘儿选个合适的并不是件难事，但利用这个机会除掉武敏之却决不能错过，于是思虑再三，我决定立即起草奏疏，向阿奴严厉斥责武敏之所犯的恶行。

字面写的内容看上去显得我十分悲愤，但谁也不会想到此刻我却正满脸笑容。

为了让阿奴下定决心将武敏之治罪，我一连上了三道奏疏，详细列举了武敏之诸多劣迹。阿奴对于他所做的龌龊勾当也是十分愤怒，于是我们两个人一拍即合，决定将武敏之流放雷州（今广东雷州半岛），之所以要判流放而不是立即判处死刑，是因为阿奴考虑到他毕竟是我的外甥，我的感受他还是十分在意的。

而事实上阿奴并不知道，在我的心中武敏之能够早死一天，我就会早安生一天，没人知道我内心的真实想法，所以我只能表面接受阿奴对武敏之的流刑判决，暗中决定整死武敏之。

被押出长安城外的武敏之最终变成了贺兰敏之，阿奴诏令流放他的同时，我也收回了对他赏赐的"武"姓，而且经过很长时间的关押后，走出长安城的贺兰敏之再也不是那个容貌俊美、意气风发的美男子了。

我猜想贺兰敏之犯了如此重大的罪行，居然还能活命，他一定暗自庆幸自己运气好得不得了，然而他一定想不到我早已经暗中安排好了一切。韶关——这个很多被流放雷州的官员所走的必经之路，那里将是他生命的终点。

……

"皇后！一切都已经按您的意思做完，这是他的首级，请您验证。对外就说贺兰敏之走到韶关时妄图逃跑，而且突袭押送人员，结果被当场杖杀！"一个宦官边说着边打开装有贺兰敏之首级的匣子请我验证。

我看着匣子里那颗血迹斑斑的头颅，终于长舒一口气。从现在开始，我再也不用担心一鱼杀三亲的事情因贺兰敏之而败露，他那复仇的计划只能到阎王爷那里去诉说。

"好！干得不错，下去吧！别忘了给他们赏赐！"

我支走了宦官后，仔细回想近来所发生的事情，感觉恍如隔世一般，内心久久不能平静。虽然贺兰敏之是罪有应得，但站在他的角度而言，与我的斗争是无奈地接受开局，有机会左右过程，却由于心魔和低劣的人品，最终只能被我这个政敌宰割到底。

坦白讲，置贺兰敏之于死地并不是我的初衷，我本想拉拢他，从这一点来讲，这个结果证明我失败了。为什么在我自己想要和解时，似乎所有人都不领情，难道是我的诚意不够吗？

那一夜我辗转反侧。权力？金钱？美色？只要与我合作，这一切并不难得到，可是我现在看到的却是冰冷的眼神和不怀好意的敌对心理，最终只能逼迫我用杀戮的手段来解除潜在的威胁！

想到这些我不禁长叹一声。对于我而言这是一种悲哀，我可以左右很多人的命运，却无法实现自己的愿望，而且每一次我似乎都要让至亲的人付出代价。

在我看来，贺兰敏之先前干的那个龌龊勾当，除了杨姑娘是受害人之外，弘儿是整个事件中最无辜的人！

建言十二事

　　弘儿的心中恐怕有着说不出的苦涩，新媳妇还没娶到家，便被自己的表哥玷污，虽然贺兰敏之被绳之以法，但弘儿作为男人，对于这种事是无论如何不可能轻易释怀的。我曾经试图开导他，但弘儿的性格始终让我感觉，这件事情很可能会在他心底留下永远的痛。

　　弘儿的性格和阿奴十分相似，看上去好像很柔弱，却又有着自己鲜明的个性。作为我的长子，在他出生后，我便将全部的爱倾注于他，甚至在贤儿、哲儿、旦儿相继出生后，我依然格外偏爱弘儿。除了他身体先天就不好之外，更因为还在于他未来将是这个国家的主宰，于公于私我都必须要让他成为一个合格的男子汉，在我和阿奴离开这个世界后，他必须撑起整片天空。

　　可是随着弘儿的不断成长，我发现他与我的期望值相差甚远，这倒不是说他不堪大任，而是很多事情他表现得不像个男子汉，过于娇气和柔弱。对于未来要成为皇帝的人，这可不是什么优点，若想驾驭整个国家首先必须要有过硬的心理素质，其次是要有过人的手段。

　　坦白讲，弘儿是个好孩子，孝顺体贴，爱好文学，个人心性更是不必说，而且体恤民情，当了太子后还曾经上疏阿奴请求修改不公正的法律，并为两个受到惩罚的姐姐求情，接待大臣从没有失过礼节，这一切都表明他在努力按照一个合格的储君标准去做。

　　但他越是这样，我越感觉他缺少一股刚强之气，宏大之魄。作为未来君临天下的帝王，应该多多少少有一些霸气，然而通过我的观察，我感觉弘儿不仅没有霸气，反而有些小女人的扭捏之态。

　　这实在让我放心不下，例如这次杨姑娘被玷污事件，弘儿已经不止一次在我面前流泪，认为他对不起杨姑娘。我多次劝他说谁也不希望发生这样的事情，作为一个储君，必须要尽快将这件事情忘掉，要重新振作起来，让所有人都感觉到大唐的储君是一个刚强之人。我甚至和他说，要让人有一种全天下的女人都属于你的感觉才行，决不能因为儿女情长之事让朝臣们小看了你。

然而随着时间的推移，我发现我的劝说效果并不明显，弘儿好像依旧心事重重，无法忘记那个杨姑娘，这让我心中十分不满，他的表现让我隐约感觉他未来驾驭这个国家有些困难，更何况此时国家的盛世局面难掩其中的诸多问题，我这个做母亲的还是必须要为他负责，尽量让他承接一个平稳的权力。

在贺兰敏之被处决半年后，阿奴下诏自称天皇，我被称为天后。由于我参与处理的政事越来越多，俨然阿奴的第一助手，所以朝廷上下不断传言说我们两个是"二圣临朝"，然而我却知道我自己被架得越高责任也就越大，于是出于多方面考虑，我在被封为天后不久后，就向阿奴上了一道奏章，提出了治理国家的十二条建议。

上元元年（674年）十二月，我为阿奴呈上奏章，提出了十二条建议，分别是：

大力发展农桑，减轻赋税和徭役；

京师附近的百姓免除租税和徭役；

停止对外用兵，以道德教化天下；

普天下无分南北，不论宫内宫外一律禁止浮夸邪淫；

避免大兴土木，节省开支和劳动力。

广开言路；

杜绝谗言；

王公以下都要学习《道德经》；

父在母亡，为母守孝三年；

上元元年以前，有功劳的已发给委任状的人，无须再进行考核；

京官八品以上增加俸禄；

文武官员任职已久，才能高而职位低的，可以越级提拔。

我之所以在国家纷繁复杂的诸多事务中提出这十二点，是因为很长时间以来，朝廷对于上述涉及的事情做得很不到位，而且逐渐形成积弊，例如第十二条关于越级提拔人才的问题，就是朝廷亟待解决的问题。

要说起朝廷越级提拔人才，还是在我初登皇后之位时，我就曾建议阿奴越级提拔许敬宗、李义府等人。当然从权力斗争角度而言，他们属于政治利益的获得者。

可是从那之后，朝廷对于人才的任用便逐渐回归一种常规模式，那就是无论你有多大本事，都必须论资排辈，熬够年头方有提拔的机会，导致这些年朝廷出现人才断档，尤其在前年许敬宗去世后，这个问题尤为凸显。我总在想这些年我能够成为阿奴的助手，可能也与长孙无忌等一帮政治强人倒台后，朝廷人才缺乏有关。

要说起这十二条中哪一条对国家最为重要，在我看来禁止奢华与杜谗纳谏两条是关键性的。

太宗皇帝在贞观时代已经为我们这些人做了很好的表率，虽然在其末年也出现了奢华的苗头，但贞观时代总体来讲是个崇尚简约的时代。如何保持和延续他那个时代的风气，是我们这些人应该认真思考的。

我在太宗皇帝身边服侍了九年，亲身感受到"治世"的兴盛，而在太宗皇帝驾崩后也同样能够感受到因他"渐不克终"所导致的朝政衰退，阿奴继位后虽然朝政尚且令人满意，但这些年各地区不断出现灾情，致使米价大幅上涨，不时又发生饥荒，对外更是连年用兵，虽然国家疆域不断扩大，但确实耗费了大量的民力物力。

此外大兴土木、修建宫殿也让百姓苦不堪言，例如那年修建长安城的外廓，使用的劳动力达到了四万多人，搞得百姓们怨声载道。如果这种奢华之风继续下去，恐怕国家将会陷入万劫不复之地。眼下我和阿奴在时，尚且能控制局面，但这个国家未来是弘儿的，我真不希望留给他的是一个因奢华之风而导致政局逐渐江河日下的烂摊子。

而要做到禁止奢华，仅仅依靠权力拥有者的自我道德约束是远远不够的，因为人是有欲望和惰性的，必须要与杜谗纳谏结合起来。

太宗皇帝的贞观时代除了崇尚简约之外，虚心纳谏是一个显著的标志。当年太宗皇帝告诉群臣，要时刻吸取隋朝灭亡的教训，大力营造诤谏之风，所以才有了魏征、房玄龄、马周等一群谏臣，而我则是亲眼见识到了那些诤谏之臣的风采。在太宗皇帝虚怀若谷的包容下，这些人可以称得上前无古人的最具个性和魅力的谏臣，我时常感叹在那个时代渐渐远去后，当今朝廷的诤谏之风已经远逊于贞观时代。朝廷一旦出现言路堵塞，那将是一件很可怕的事情，犹如盲人走夜路，前边永远存在未知的风险。

所以，重新营造诤谏之风已经到了刻不容缓的地步。从权利角度而言，朝廷很多新贵已经担任要职，如果想要进一步巩固我自身的地位，除了凭借皇后头衔以及皇帝助手的身份之外，必须要善于听取朝臣们的意见，而广开言路、杜绝谗言无疑是调动朝廷新贵们积极性的重要举措。

当然，这样做我和阿奴也是在用实际行动为弘儿树立一个榜样，让太宗皇帝开创的诤谏之风未来在他的时代继续传承下去。

我承认我很维护朝廷新贵们的利益，原因在于这个国家不可能永远属于我们，未来以弘儿为代表的新人们迟早要登上政治舞台，让新贵们看到希望，看到前途，他们才能紧紧围绕在弘儿身边，为大唐尽心尽力，而且从高层运作机制角度来讲，维护新贵们的利益有利于限制类似长孙无忌一般人的权力。

说到这个问题，就不能不说自贞观时代以来朝廷中枢机构的运行模式问题。太宗皇帝在位时，是朝廷的中央三省各自分权，即中书省出旨，尚书省执行，门下省封驳。之所以这样设置，是担心权力过于集中会产生尾大不掉的权臣，适当分权后大臣们互相制衡会好一些。

从模式上看，皇帝更多时候只是大唐主权的象征，所有奏章到了皇帝手中时，已是经过宰相们审议并拟出意见，皇帝只需批准或否决。如果是否决，也不是皇帝一人说了算，而是要和宰相们共同商议，但因为国家事务纷繁复杂，每个人看待的角度、处理的方法相去甚远，因此随着时间的推移，就会出现皇帝和宰相政见不一的现象。

太宗先帝是个政治强人，天下是他打下来的，就连本不属于他的皇位他都能够夺过来，所以他具有至高无上的权威，加之具有高超的政治智慧，可以去驾驭一切，因此在他的时代皇权和相权之间能够各自发挥作用，相安无事。

但到了阿奴的时代，情况则发生了巨大变化，一方面权力机构运作模式没变，也就是说有时候皇权和相权会发生矛盾，但皇帝已经不是那个超强政治能人，更何况首席宰相还是他的舅舅，跟随太宗皇帝一起打天下的长孙无忌。

因此，长孙无忌倒台事件，除了是一场甥舅权力斗争之外，更是国家权力机构运作模式积弊所导致的事件。

现在，朝廷内已经没有长孙无忌一样的人，但未来呢？因此为了避免再出现长孙无忌尾大不掉的权臣，也为了让性格有些柔弱的弘儿能够轻松驾驭群臣，对于现在的朝廷权力机构运作模式必须要进行改革！

在我看来，限制相权的第一步，必须要提高朝廷新贵们的地位，按照我的想法早晚有一天要架空相权，让宰相的裁决权无形消失，仅剩下宰相汇总百官表章上奏的职权，将裁决权收归于皇帝。

当然我也知道国家的事务纷繁复杂，凡事不可能皆由皇帝亲自处理，旧的运作模式需要不断转换时，朝廷的运转不能有丝毫的停顿。事实上在决定架空相权的同时，我已经设定了一种理想的运作模式，那就是在皇帝身边要有一批才能之士，但这些人并没有实权，他们形成皇帝背后的智囊团，建立一个类似于秘书的机构进行运作。

我知道在改变旧有机制的道路上，要实现我的设想并不是一蹴而就的事情，必须要循序而进，因此在阿奴批准我的十二条治国意见的三个月后，我再次上奏阿奴，建议召集全国各地的高级文学之士进宫修撰史籍。

北门学士

要说在治国理念上,我和阿奴有着十足的默契,我提出的十二条治国建议,阿奴悉数恩准,我想他肯定也是为弘儿的未来着想。这次我上奏建议召集文学之士修史,阿奴也没有反对,诏令这件事情由我督办。

阿奴或许并不知道我召集这些文学之士的最终目的,依我揣摩他的态度,似乎对修史工作并不感兴趣,但他作为一国之君却肯定知道修史这样的事对于国家的重要性,从这个角度而言,我也算是与他找到契合点,来推动我心中对朝廷运作模式的改革。

说到修史,太宗皇帝依旧是我们值得学习的榜样,当年他诏令大学士姚思廉修撰《梁书》《陈书》、李百药修撰《北齐书》、魏征修撰《隋书》、房玄龄修撰《晋书》等工作,绝对是一项旷日持久的浩大工程,仅从这些修史工作都由开国重臣亲自担纲就可以看出,贞观时代对修史工作是何等的重视。

我永远忘不了先帝当年经常说的一句话:以铜为镜,可正衣冠;以史为镜,可知兴替;以人为镜,可明得失。

是啊!无论从哪个角度来讲,修史都是一件利国利民的好事,更何况我可以利用这个事情实现我对朝廷运作模式的改革,我坚信没有比从修史工作入手更好的开端了。

在得到阿奴授权后,我便开始积极行动起来,不仅亲自拟定选人标准,指派专人广选文学之士。没用多久,元万倾、刘祎之、范履冰、苗神客、周思茂、胡楚宾等一批学识渊博的人就被选入了修史工作班子。

我选的这些人虽然学识出众,但官职却并不高,例如元万倾时任秘书省的著作郎,正五品;刘祎之是门下省的起居郎,正五品;而范履冰、苗神客等人的官职更低,还有一些从全国各地选拔出来的大儒。总之一句话,我选的这些人虽然学识渊博,但没有权力。

这与我的设想十分吻合了。我可以借助他们修史的机会提高他们的地位，也算是将他们拉进朝廷新贵的行列，同时逐渐发挥他们朝庭智囊的作用，让他们形成一个秘书机构，协助皇帝处理政务。

一切都应该是水到渠成的事情，如果不想重新走回永徽初年长孙无忌专权的老路，就不能给予这些文学之士以决策权和执行权，但必须要给予他们高贵的身份，只有这样才能配得上他们学识出众的身份，也才能让他们有一种自豪感，因为这个世界上没有无缘无故的付出与奉献。

上元二年（675年）六月，为了方便我及时了解修史工作的进程，同时能和这些文学之士及时沟通朝廷政事，我上奏阿奴请求特许这些文学之士从北门（玄武门）出入宫禁，并特意在阿奴生病时呈上我的奏疏，目的就是让抱病在床的阿奴无暇顾及这些他看起来琐碎的事，而大笔一挥就此批准。恐怕阿奴不会想到，他的随笔一挥给了我逐渐控制朝廷舆论的机会。

我的目的具有针对性，自建朝以来宰相成员们都在南衙办公，因此都从南门出入宫禁，而现在这些文学之士们也可以从北门出入宫禁。我就是要借此释放出强烈的信号，让这些人形成与宰相分庭抗礼之势，而且在我的运作下，未来要分解宰相的权力。

由于我主管修史工作，我算是这些文人学士的直接领导者，渐渐地他们成了我的私人秘书，以至于让那些宰相成员们甚为不满，私下里那些宰相们都称这些文人学士为"北门学士"。我才不理会他们的感受，我告诉这些文人学士们，除了修史工作以及为朝廷积极献计献策之外，还必须要形成一个舆论中心，换句话说，利用人们对文化人的崇拜之情，让他们所说的每一句话都具有权威性。

他们的话可以让一个人犹如众星捧月，也可以随时棒杀一个人，犹如当年太宗皇帝成立文学馆一样，让所有朝臣都要看这些文人学士的脸色，而左右这些文学之士言论的，则是我这个幕后操纵者。

我坚信我暗中那咄咄逼人的目光和难以揣测的神情，一定会让所有人感到一丝寒意！

矛盾心理

　　北门学士们逐渐成为了我日常处理朝政的智囊团，他们的确不负众望，除了夜以继日地做好修史工作之外，还撰写了《臣轨》《百僚新诫》《列女传》《内轨要略》《孝子传》等共计千余卷作品，他们很能揣摩我的意图，也明白他们想要立足朝廷，除了依靠我之外，还必须要拿出控制住舆论的真本领，只有这样他们才能有价值。应该说，他们的著作在一定程度上为整顿吏治、树立朝廷新风起到了积极推动作用，同时也为朝廷舆论树立了一个新标杆。很多大臣在上朝议事时，都要事先打探北门学士们是个什么态度，然后再决定自己该怎么表态。

　　对于这样的朝廷运作模式，我还是十分满意的，至少我可以利用北门学士制造于我有利的舆论，传播我的治国方略，形成一个以我为中心的朝廷。

　　我之所以要这样做，除了我的权欲之外，还有一个客观因素显得日益重要，那就是阿奴这两年的身体健康状况不容乐观，早年留下的眼疾后遗症时刻困扰着他，除了经常头晕目眩之外，视力更是急剧下降。随着日常饮食越来越少，有时走路都必须要人搀扶才行。

　　由于身体的原因，这两年阿奴参与处理朝廷政事越来越力不从心，不过对于我来讲却在朝廷内却越来越显示出自己的能力，加上北门学士们不断地制造舆论，朝臣们都形成了一种惯性思维，那就是凡事先上报给我，由我拟出处理意见后，再上报阿奴定夺。

　　阿奴的身体每况愈下，他基本上已经将朝廷大事小情的决策权逐渐赋予我，众臣上报阿奴只是履行程序，因为很多时候阿奴在批复时都会写上"交由天后处理"的字样。

　　或许通过我这些年的表现，阿奴已经深深感到我并非寻常女流之辈，我知道他一方面为有我这样的贤内助而感到高兴，另一方面也看到了我那强烈的权欲和千方百计打压异己的果断与决绝。

阿奴虽然性格有些柔弱，但绝不是没有头脑的人，当年他和上官仪密谋废掉我，是因为已经意识到我并不是个安分的人，尤其在对待权力的问题上，可以用"疯狂"来形容，但长孙无忌倒台后，朝廷人才的断档又让他不得不利用我的政治才能来协助他。这些年我的努力，他全看在眼里，我相信他除了看到我那有些疯狂的权欲之外，更看到了我为这个国家的付出与忠诚。

现在，抱病在床的阿奴或许会有着另外一番想法，我之所以这样说，是因为那天我去探望阿奴时，他对我说了一番颇具玄机的话。

"皇后这些年辅佐朕处理政事，劳苦功高，朕虽然身体欠佳已经很久没有参与处理朝政，但也听大臣们称赞过皇后为朝廷尽心尽力的表现，为此朕甚是欣慰。"

我知道阿奴这番表扬我的话是在做铺垫，接下来他一定有更重要的话要说。

果然，在我一番谦卑之后，阿奴话锋一转，带着一丝疲惫与倦怠的口气说道：

"朕经常在想，如果有一天朕突然撒手西去，以弘儿的能力究竟能不能治理好这个国家，一想到这个问题，朕就时常寝食难安。"

"陛下，您可别这么说，陛下是万岁，洪福齐天，永享江山！"我立即说道。

"哎……什么万岁啊！那都是骗人的鬼话，这个世界上有长生不老的人吗？秦皇、汉武，包括先帝，为了能够长生不老，不惜一切代价寻求仙丹妙药，结果呢？现在只有朕和皇后两个人，我们就不必说那些客套话了。"

看来阿奴今天有很重要信息要传递给我，听他这样说，我也就放下心理负担，敞开心扉对他说道："弘儿是个好孩子，也是个合格的储君，但以臣妾来看，他未来驾驭这个国家似乎有些困难。先前臣妾上疏十二条治国建议，也是有意为他打个好基础。"

"嗯，朕当时已经猜到了皇后的想法，不过未来他终究还是要去独自面对啊！"阿奴一边点头一边说道。

看来今天的话题主要是围绕着弘儿，以及我们该为他进一步做些什么而展开，可是就在我准备将这个话题继续下去时，阿奴向我抛出了一个十分唐突的问题。

"弘儿的确是个好孩子，我们没有任何理由将他废掉，但如果未来弘儿的能力无法驾驭朝政，皇后认为谁可以呢？"

我并没有立即回答阿奴提出的问题，因为仔细品味阿奴所说的含义，其中已经表明一个态度，那就是弘儿不可废。

既然弘儿不可废，未来他肯定要成为皇帝，难道要在弘儿未来无法驾驭这个国家时，再另找其他皇子换掉他不成？如果这个假设成立，那为什么现在不做这件事？

我忽然意识到阿奴的问话是充满玄机的，于是我谨慎地摇摇头，表现出一种出乎预料的姿态。

"呵呵，贤儿虽然年纪和弘儿差不多，但终究政治历练不足，而且这些年也没让他参与处理朝政，哲儿、旦儿更不必说，所以如果未来弘儿不行，我只放心一个人！"阿奴缓缓地说道。

"谁？"我下意识地脱口问道。

"你！"

刹那间，我感觉到我的全身已经泛起了阵阵寒意！

面对阿奴的问话，我产生了莫名的恐惧，那是一种被人撕破伪装，瞬间露出狰狞面目，而无法再恢复的恐惧，为了掩饰我慌张的心理，我装出一副莫名其妙的表情，笑着对阿奴说道："啊？我？这怎么可能？陛下怎么可能认为是臣妾呢？"

阿奴并没有接着我的话说下去，而是闭上眼睛长叹一声，然后用一种近乎恳求的语气对我说道："未来还希望皇后做好弘儿的帮手，很多事情还要依靠皇后，朕已经做过努力了，有些事情是无法按照我们的设想去实现的。"

阿奴的话似乎另有含义，但此刻我知道最应该做的是什么，于是我立即跪在地上叩头说道："臣妾这辈子已经将身心都交给了陛下，未来依然会忠心服侍陛下，会好好教导弘儿，不敢有丝毫懈怠。"

阿奴满意地点点头，嘴角露出了一丝微笑，直到我离开他那里时，他脸上依旧浮现着忐忑的神情，好像心中还有很多事情未解。

回到自己的寝宫后，我终于可以长舒一口气，好像刚刚经历了场拼杀般的劳累。说实话这两年我和阿奴独处的时间越来越少，尤其在令月出生后，我们夫妻的相聚更是少之又少。阿奴的身边不缺少女人，我和他之间就像每对夫妻一样，最终都要由爱情转变为亲情。

我已经不再像从前对待王皇后和萧淑妃那样，看到其他女人受到阿奴的宠幸便心生妒意，想方设法地加以报复，或许是因为我身份和地位的变化，让我有了足够的自信去面对他周围的人，要知道一人之下万人之上的感觉，绝不是用简单的词汇可以形容的。

我已经奋斗到了一个女人所能达到的顶点，身居皇后之位，母仪天下，统领后宫，甚至因为我的政治才能而成为皇帝的助手，那些大臣们也得看着我的脸色行事。自古以来除了汉朝的吕后，恐怕还没有哪个女人能够做到这一点。

我自认为对阿奴、对李唐皇室、对整个国家献出了我所有的忠心，但今天阿奴所说的话让我有一种压迫的感觉，我不知道他是有意试探我，还是出于真心对我说那番话。弘儿的能力未来也许真的无法挑起重担，但也轮不到我被当成最合适的人选。让一个女人来决定国家的命运，这几乎是史无前例的事情，这等于是毁掉了李唐列祖列宗开创的基业，是十足的大逆不道，阿奴无论如何也不会这样做事。

阿奴似乎在交代后事，但在我看来其身体状况又没差到交代后事的地步，教导弘儿本是我义不容辞的义务，这一点根本不用他提醒，他为什么要对我说这些话呢？

我越来越搞不清阿奴的真实意图是什么，这一晚我整个人都沉浸在一头雾水中,让我无法拨开迷雾见到晴空。

"朕已经做过努力了,有些事情是无法按照我们的设想去实现的。"

我的脑海里反复回想着阿奴所说的这句话,在我看来,这是句含义很深的话,难道阿奴背着我已经做了什么?

事实证明,我的猜想完全正确,阿奴所说的"已经做过努力"的确深有其意,直到那天宦官为我带回了一个我想都不敢想的消息,我才明白原来阿奴为了国本问题,已经事先进行了运作。

据身边的宦官讲,在我和阿奴那次对话之前的两个月,他曾经召集宰相班子成员议事,其中他含蓄地将让我代替他监国的想法传递给了群臣,没想到立即遭到了群臣的反对。

而群臣中反对最强烈的人是郝处俊。

郝处俊是目前群臣中资历最深的一个,为人耿直,做事遵循原则,他反对激烈也在情理之中。据说阿奴说完后,他一下子站出来,跪在地上说了一大串关于原则的问题,总而言之就是:大唐是李家建立的,皇上百年之后也应该是李姓子孙继承皇位,历史上从来没有把国家赠予外姓的,这根本不合乎法则。

坦白讲,如果抛开我的私心和欲望,站在原则角度出发,我要是郝处俊,也会当面提出反对意见,女人治国是自古以来从未有过的事情。孔子说过,唯女子与小人难养也。

在这个男权当道的时代,女人被看作是男人的附属品,即使是我这样一人之下万人之上的皇后,在那些饱读儒家圣贤经书的朝臣们眼里,也只是一个异类的代表,并不能就此改变他们脑袋里女人从属地位的观念,更何况是让一个女人决定国家命运,这简直是天方夜谭。

郝处俊的话得到了其他宰相成员的一致认可,我知道郝处俊是几个宰相中最受阿奴信任的,他的话具有一定的权威性,但宦官带回来的消息是,当时阿奴并没有就此放弃,而是耐心做宰相们的工作,希望他们能够考虑江山社稷,暂时由我监国。

而且阿奴为了让宰相们能够同意，承诺在诏书中写上"暂时由皇后监国，待太子李弘历练成熟后再继承皇位"的字样。

但即使这样，以郝处俊为首的宰相班子成员们还是表示反对，他们与抱病在床的阿奴进行了辩论，最终阿奴抵不过众人的唇枪舌剑，暂以妥协而告终。

听完宦官的叙述，我的心犹如波涛般的汹涌澎湃，我终于理解了阿奴说的"努力"所蕴含的深意。几年来他已经深刻了解了我的政治才能，看透了我不甘居于人下的性格。从国家大计角度来看，阿奴是想在他身后选择一个最有利国家的人；而从私心角度来看，他可能担心我现在的身份和地位，加上自身的性格和才能，在他之后朝廷难免会掀起一场滔天洪水般的斗争。为了平稳过渡，为了满足我那疯狂的权力欲，让我在最高权力的海洋中自由驰骋，他选择了我来掌控这个国家。

从某种角度而言，阿奴做出的是被迫选择，这源于我的才能以及当下朝廷人才断档的现状。

但让阿奴没有想到的是，阻碍他的并不是那些口若悬河的朝臣，也不是很长时间以来宰相们对我的成见，而是一千多年来形成的男尊女卑的观念。

对于这一点，我作为女人，真真切切地感受到了十足的悲哀！

无论我多么出色，多么忠心，终究只是大唐李家的儿媳。换句话说我改变不了外人的身份，而且也无法凭借我一己之力真正实现让我这个逐渐掌权的女人与那些男人们平起平坐。

就在这一天听完宦官带来的消息后，我平生第一次感觉是那么无助，但我心中对于权力的渴望又让我不甘心屈从于命运的安排。阿奴这次虽然没有运作成功，但却让我看到了一个女人主宰国家命运的希望，只是由于观念所限，这种做法不能被人们认可，但这绝不意味着对国家没有好处。在我看来无论男人还是女人，只要有利于国家，只要为民造福，就是有用的人。

我的心中此刻隐约升腾起一股想要改变命运的强烈力量,我知道这又是我那变态般的权欲在支配我的大脑。我该冲破命运的牢笼去开辟一个史无前例的时代吗?

我不知道!未知与迷茫的感觉再一次袭上了我的心头!

心态的改变

由于群臣的极力反对,阿奴最终放弃了让我监国的想法,依然选择让弘儿监国。在我看来由于弘儿身份的变化,他应该加速自己的历练,改变一些先前因循守旧、不够干练、过度仁慈的作风,让自己多些男子气概,以及舍我其谁的霸气。

弘儿自从监国后,虽然依旧知书达理、体恤民情,但还是没有克服先前的弱点,很多事情我是看在眼里急在心上,如果换在他监国之前,我会毫不犹豫地按照我的想法去处理,但现在他的身份不同了,我必须要按照传统,将权力放给他。

问题的关键是,弘儿对我参与处理朝政一事始终带有偏见,他坚持认为女人是不可以过多参与政事的,这一点从他当上太子后便逐渐显露出来。如果我不是他的母亲,对于我这个女性掌权者,恐怕弘儿早就上疏弹劾我了。

从性格角度而言,弘儿是不适合做皇帝的,这一点我和阿奴有着共识。我本想在他监国之后尽我最大的努力协助他,将我所有的经验传授于他,但他始终不愿意和我正面相对,几次对我提出的施政意见置若罔闻。

我明白改变他的观念有些困难,我也尝试着想从中抽身,避开那纷繁复杂的朝廷纷扰,让他自己放手去干,然而很多事情被他搞得一团糟,结果大臣们纷纷上疏阿奴请求想办法,而阿奴大笔一挥写上几个大字:请与皇后协商处理。于是事情就又堆到了我这里。

这些我都能忍，毕竟弘儿是我的儿子，自他出生之后，我将所有的爱倾注于他。他不愿意让女人参与朝政，我也能够理解，因为自幼就饱读圣贤史书的他是不可能产生离经叛道思想的。

但他无视我的存在，甚至是挑战我的权威，这一点我绝对不能忍受。例如他为两个姐姐数次求情，深深触碰了我的敏感神经，因为她们恰恰是萧淑妃的女儿。

……

"母后难道就不能看在父皇的份儿上释放义阳和宣城吗？"

当弘儿站在我面前提出释放萧淑妃的两个女儿时，我终于忍无可忍，断然拒绝了他的要求。

自从弘儿当上太子后，已经不止一次在我和阿奴面前为这两个同父异母的姐姐开脱，但是提出将她们释放出掖庭宫还是第一次。很长时间以来我对他为两个异母姐姐开脱，都尽量用一种积极的态度去理解，表明弘儿有一颗仁慈之心，但这段时间由于他坚持反对我这个做母亲的干预朝政，导致我和他的关系处于一种微妙之中。在我看来，弘儿这次要求释放两个异母姐姐，是有意和我搞对立。

二十年前萧淑妃带着两个女儿伴随王皇后一起被罚入掖庭宫后，虽然她们的日子过得甚是凄苦，但完全可以终老于掖庭宫，可是前年阿奴提出要去视察掖庭宫，当他看到王皇后和萧淑妃的凄惨处境，顿时心生怜悯，而且王皇后还希望阿奴不要忘记曾经的恩爱之情，如果决定赦免她们的话，就将她们所在的宫殿改名叫"回心院"，阿奴当时表示会加以考虑。

当我听到这个消息后，表现出了极大的愤怒，甚至是带有一丝恐惧，因为王皇后的话表明如果未来她有翻身的那一天，定会和我拼个你死我活。我绝不能让曾经的政敌有任何翻身的机会，此后不久我便利用阿奴抱病在床无暇顾及其他事的机会，对外宣称王皇后和萧淑妃有意煽动掖庭宫奴役外逃，下令将两个人断去手足，并放在酒窖中让她们饱受折磨，最终两个人含恨而死。

王皇后和萧淑妃彻底离开了这个世界，让我心中犹如放下千斤巨石，但这两年我却经常梦见她们浑身血淋淋地站在我面前。不知道这是不是我内心深处的一种自责时时在不自觉地涌现，还是这个世界上真有屈死的冤魂会找到仇家索命。

我残忍对待王皇后和萧淑妃的过程，弘儿是全都知晓的。我知道，以弘儿仁慈的性格，他是绝对无法接受的，只是他无法说出口，但心里一定会留下我残忍嗜杀的阴影。

我不知道弘儿这次请求释放两个异母姐姐，是不是在变相抗议我前年的做法，但请求释放仇家女儿这种话居然从我的亲生儿子口中说出来，这对我真是一种莫大的讽刺。

"不行！这绝对不行！不是不看你父皇的面子，而是如果放了她们，未来她们难免会兴风作浪，这一点难道你不明白吗？"我厉声说道。

"还请母后恕儿臣愚钝，您的理由儿臣真的不明白！"

我本以为我那强大的气场足以镇住柔弱的弘儿，进而让他知难而退，彻底打消这个念头，但他毫不犹豫将我的话顶撞回来，那一刻还真是出乎我的意料。

"你是真不明白，还是故意和我作对？为母后仇家的后人求情，你还是我的儿子吗？"那一刻我真是愤怒到极点，好像面前站着的是我的另一个冤家对头。

"可是义阳和宣城也是儿臣的姐姐啊，萧淑妃已经惨死，您还不放过她的后代吗？母后难道就不考虑父皇的感受吗？"

"惨死"这个词，让我终于明白这两年他对我折磨王皇后和萧淑妃的残忍手段一定是深恶痛绝。今天面对强势的我，弘儿丝毫不示弱，看来他是要力争到底。

"呵呵，好啊！"我略带嘲讽的口气说道，"看来两个异母姐姐还是比你的亲生母亲要亲啊！"

"儿臣深知母爱情深，做儿子的定要尽孝，但人世间还有一个'理'字，如果不懂做人的道理，何谈'孝'字？"

"放肆！你这么和我说话，难道就是懂道理吗？"我"啪"的一声拍案而起，近乎咆哮着说道。

"咳！咳！咳！"或许我的喊声吓到了弘儿，以至于他一口气没上来，猛烈咳嗽起来。

弘儿自幼身体就不好，十五岁那年由于受了风寒得了痨瘵病，虽然经过多方诊治见了好转，但却留下了经常咳嗽的后遗症。

看到弘儿在那里气喘咳嗽的难受样子，我的心一下子软了下来，我让宦官为他递上手帕，弘儿接过手帕后好像抓到救命稻草，用它捂住嘴继续不停地咳嗽，然而当他将手帕拿开时，我看见上边明显带有血迹。

据太医说，弘儿的痨瘵病是无法彻底治愈的，只能通过药物进行控制，当然如果方法得当，好好保养，应该不会有大问题，但前提是病人不能劳累、受寒、生气。

由于刚才我的情绪几近失控，那咆哮般的话一定会让弘儿气结于胸，本就柔弱的他绝对受不了这种冲击与惊吓，我担心他的病情会再次发作，于是等他咳嗽完后，立即换成一种平和的语调对他说："你对两个姐姐的深厚感情，母后其实能理解，但这件事情必须要和你父皇商议后才能决定，你先下去吧！"

猛烈咳嗽之后的弘儿，脸色显得很苍白，听到我这番话后，不顾浑身虚弱无力，立即跪倒在地叩头谢恩。

事实上，我说这件事情要和阿奴商量，无非是个借口，释放两个掖庭宫的公主我还是能做主的，我之所以这么说是想维护我的权威，即使妥协也要以一种体面的方式。

弘儿谢恩之后，颤巍巍地站了起来，转身向外走去。看着他那瘦弱的背影，我这个做母亲的又有些心疼，于是我开口说道："你父皇这几天说要到合璧宫调养几天，要不你也跟着一起去调养一下吧？"

"嗯！谢谢母后！儿臣定会陪同父皇、母后前去！"言罢，弘儿的脸上终于露出了一丝微笑。

那一刻我甚是欣慰，弘儿终究是个知书达理的好孩子，而我也想利用这个机会缓和一下我们母子之间的关系，但是我万万没有想到，合璧宫居然会是弘儿生命的终结地……

合璧宫是近年来营造的一座宫殿，不仅建筑豪华、金碧辉煌，而且配上假山池水、四方花卉后宛如仙境一般。在这样优雅的环境里，我、阿奴、弘儿三人相处得甚是融洽，一家三口共赴盛宴，极尽欢乐。为了消除我和弘儿先前的隔阂，我亲自赐给他食物以示慈爱，而弘儿对我们也是极尽服侍之事。

在此之前，我已经下令释放了义阳和宣城，并让宦官为她们找了夫家，虽然找的人是两个职位卑微年纪又大的禁军校尉，但对于我而言，能够如此对待仇家的后代，已经算是足够仁慈。如果不是出于对弘儿身体健康的考虑，我都不相信自己会如此高抬贵手地赦免两个仇家后代。

身在合璧宫的日子，让我再次体会到了久违的放松与舒心，让我重新复苏了体内那与生俱来对亲情的渴望，我很想这种日子一直下去，远离那些世俗的纷扰与权力斗争污浊晦暗的环境，然而这一切都随着那天宦官急匆匆地到来戛然而止。

上元二年（675年）四月，就在我们准备回返的前三天，宦官急匆匆地跑到我这里，说弘儿在绮云殿猝然离世，死前没有一丝征兆。

我得到消息的那一刻，只觉得眼前一片漆黑，四肢麻木，随后身体便不听使唤地向后倒去，如果不是身边的宫女及时将我扶住，恐怕我已经倒在地上不省人事。经过众人的努力，我总算恢复了知觉，然而我却顾不得自己，立刻带着众人赶往绮云殿。

"弘儿！弘儿！母后来了，你醒醒啊！"但是任凭我怎么摇唤，弘儿都一动不动，那一刻我犹如发疯一般，不顾一切地继续使劲摇唤他，泪水不禁夺眶而出，我不相信弘儿会这样绝情地离我而去。昨天我们还在一起宴饮娱乐，今天怎么就会阴阳两隔？

"皇后！太子殿下已经归天了，您别再摇唤了，求求您了！呜呜呜……"随着宦官一片抽泣声的提醒，我被拉回到了现实之中，看着躺在床上紧闭双眼的弘儿，我的心犹如被掏空了一样。

弘儿只有二十四岁，在这个花样的年华里，他却忽然间离开了这个世界，我曾经将全部的爱给予了他，无时无刻不准备着将他培养成一个合格的接班人。虽然我们之间存在裂痕，但出于一个母亲对儿子的爱，我丝毫没有动摇将他培养成合格皇帝的决心与意志，然而当我一切都在精心准备，并且认为有可能成功的时候，我才发现很多事情已经离我远去……

弘儿的死，让我体会到了犹如掉入深渊的痛苦和无助，但最不能让我接受的是合璧宫外那些不明真相、捕风捉影的人将矛头指向我，认为是我害死了弘儿。

"当年小公主就死得不明不白！"

"魏国夫人吃了一口鱼就倒地吐血身亡，据说当时只有天后进过厨间。"

"是啊！是啊！还有王皇后和萧淑妃被断去手足，她们两个弱女子怎么可能会煽动掖庭宫的人逃跑？"

"据说去合璧宫之前，天后和太子殿下大吵了一架！"

……

当心腹宦官将背后的这些非议一一传到我的耳朵里时，我实在没有想到，一个失去儿子的母亲，不仅要用这辈子余下的时间去承受丧子之痛，还要面对旁人的无端非议。如果我是个平常百姓，或许会得到他们的同情和泪水，但现在我的身份和地位，以及先前所做的一切，会让那些带有觊觎心态的人找到十足的借口来妄议我。

这是一个视权力如生命、疯狂清除政敌的女人所应该付出的代价吗？我陷入了苦苦的思考之中。我可以让他们匍匐在我的脚下，为我送上天下最华丽的吹捧之词，可以用权力左右一个人的生死，却无法挡住败坏我声誉的舆论。在我痛失爱子、身心受到严重伤害的情况下，这些人将所有的怀疑和最丑陋的人性赋予我身，貌似我是十恶不赦之人，视亲情于不顾，甚至连禽兽都不如。

可是又有谁能明白，我虽然视权如命，却也如同寻常百姓家的那些母亲，对儿子同样有着挚爱之情，因为他是我生命的延续，更何况他还是这个国家未来的希望。当年我亲手扼杀自己的女儿，不过是为了巩固自己的地位，因为在这深宫之中，对于权力斗争而言，不是你死就是我活。这种特殊结果的斗争，就必须要用特殊的方式。

如果我死了，属于我的一切也将很快消逝，而那时候不曾有的东西也就从此不会再有，例如我后来的四个儿子，还有令月。

好了！我不再纠结于那些非议我的人还会挖掘出什么。通过弘儿的死，我又一次体会到了什么叫人言可畏，但对我而言，既然已经被泼了脏水，那就让流言蜚语来得再猛烈些吧，而我所要做的，就是继续用我的权势和坚忍不拔之志，让那些制造流言蜚语的人全都闭上嘴巴，让他们深切地体会到胆敢非议我这个天后会付出何等惨重的代价，甚至是生命！

章怀之黜

弘儿突然离开这个世界，不仅让我倍受打击，更让一直抱病的阿奴遭受了严重的身心伤害。这些日子，从阿奴的眼神中，我分明读出了绝望，这既是一个父亲失去爱子的痛彻心扉之憾，更是一个皇帝突然失去接班人的无助与彷徨。

从阿奴处理弘儿的身后事宜来看，完全可以看出他对这个儿子爱有多深，丝毫不亚于我这个做母亲的。他不仅破例追赠弘儿为"孝敬皇帝"，而且以天子的礼仪下葬，这足以说明阿奴已经将弘儿当作大唐的皇帝，也是对这个"慈惠爱亲，死不忘君"的未来接班人一种深深的哀痛和惋惜。

对于外面流传的风言风语，阿奴倒是保持着清醒的头脑，虽然身在病中，但他却经常劝慰我要想开些，弘儿没有了，还有贤儿、哲儿、旦儿以及令月，一家人还要坚强地走下去，为国家、为李唐皇室也要坚强起来，因为接下来不得不面对选择继承人的问题。

继承人问题倒是不难解决，弘儿没有了，太子之位顺理成章地落在了贤儿头上。和弘儿比起来，贤儿的能力要出众一些。这个只比弘儿小一岁的弟弟，英俊潇洒，自幼酷爱读书，经常引用孔老夫子的"贤贤易色"作为自己的座右铭。

就是因为这句话，阿奴经常以贤儿作为皇子们的榜样。他曾经和李勣说过，如果所有的皇子都能像贤儿一样，国家就没有什么可忧患的了。

从贤儿的成长经历来看，他比弘儿更加有魄力，而且胆大心细，最关键的是，对于权力，贤儿有着天生的敏感。例如小时候和哥哥弟弟们一起玩耍，他必须要做孩子王，搞得弘儿每次都得谦让这个弟弟，大家才能玩下去。

随着时间的推移，贤儿对权力越来越渴望，这一点倒是和我很像，我时常隐约感觉对于弘儿当太子，贤儿有一种本能的嫉妒，总是慨叹自己为什么比哥哥生得晚，而且他的能力比弘儿要出众，心中更加对弘儿有种不服。

但贤儿是个有心计的人，在弘儿面前他依旧毕恭毕敬，从没有什么过分的言语，这也让弘儿对这个弟弟疼爱有加。从这一点来看，弘儿是个真性情之人，而贤儿则略带虚伪。

弘儿死后的两个月，贤儿顺理成章地被册封为太子。在册封大典上，贤儿虽然对死去的哥哥再一次追悼，但我依然能够察觉到他登上太子之位的那种兴奋。虽然他极力地掩饰，想要表现出自己能够登上太子之位完全是因为哥哥的早逝，自己是多么舍不得哥哥。但我作为母亲，实在是太了解他了，他的一个眼神、一个动作，我都能从中读出深意。

为了尽快让贤儿得到历练，阿奴在册封大典上宣布即日起便让贤儿监国，当然这也是对贤儿能力的认可，只是在我看来，以贤儿的人品和不顾一切的魄力，他能否顺利地走下去，我的心中实在充满未知，甚至不自觉地有种不安!

贤儿自从监国后,和弘儿一样一切都按照储君的标准去做,处理政事井井有条,只是唯一与弘儿不同的是,贤儿明显具有创造力。在监国的三个月后,贤儿召集太子左庶子张大安、太子洗马刘纳言以及洛州司户格希元等人注释范晔的《后汉书》。贤儿的做法显然是丰富朝廷正在进行的修史工作的,当然我知道他也是在迎合我。

贤儿的做法得到了阿奴的赞扬和赏赐,阿奴为此还号召诸皇子效仿贤儿,要时刻将国家社稷放在心上,这也使得贤儿因此名声大振,为他未来接手这个国家增添了重要的砝码。

贤儿做得很出色,按说我这个做母亲的应该感到高兴才对,但凭借这么多年对贤儿的了解,别看他的做法是在迎合我,但我内心却有种异样的感觉。在我看来,以贤儿的智商和心机,召集人手丰富修史工作的目的并不是那么单纯。

我曾经利用北门学士控制了朝廷的舆论,更形成了自己的智囊团,进而改变了朝廷的运作模式。现在贤儿也召集人手进行修史,我无法确定他究竟是不是想效仿我的手段,培植自己的势力。

贤儿通过自己的努力能够培育出一个以自己为核心执政团体,是一件令人欣慰的事情,至少说明在控制朝廷局面方面,他比弘儿要有远见,但刚刚监国的贤儿,很多事情还很欠缺经验,而我有责任和义务去提醒和指导他,可是在这一点上,贤儿好像总是回避我,这也是我怀疑贤儿目的并不单纯的一个原因。

于是,在贤儿监国的四个月后,我利用一次宫廷宴会结束的时机单独召见了他,我的目的是想听听他对于自己未来当上皇帝有什么打算,以及对目前朝廷格局的看法。我之所以要利用宴会结束的时机召见他,是因为他在席间喝了不少酒,我知道酒后最能让一个人吐露真言,我想要见到一个真实的贤儿,而不是经过伪装和掩饰,在我面前虚情假意的贤儿。

"你监国已经有段时间了,这段时间大臣们说你做得还不错,母后当然也看在眼里,今天召你来,是想问问你有没有什么压力,以及对朝廷政事有没有想和母后请教的?"

"谢谢母后夸奖!以儿臣的能力处理这些事绰绰有余,请母后放心!"

贤儿今天的确喝了不少,如果不是因为我在场,恐怕整个人会摇晃起来。

他的回答虽然是在宽慰我,但在我听来并不是那么顺耳,原因在于他面对我的时候应该谦虚一些。

我脸上依旧平静如水,等他说完后立即拿出早已经准备好的由北门学士们编撰的《少阳正范》和《孝子传》,让宦官递给贤儿,并对他说道:"母后知道你比孝敬(李弘)有能力,但未来要做个合格的皇帝,只有才能是远远不够的,还要在德行和修养上多下工夫。这两本书对培养德行很有好处,母后希望你有时间多读一读。"

"请母后放心,儿臣一定会多多用心去读的!"贤儿一边说着一边双手恭敬地接过两本书。

贤儿这次的回答倒是让我十分欣慰,他的这种态度也让我可以敞开心扉,将我最想说的话说出口。"国家这么大,朝廷事务这么多,都由你一个人去处理是不现实的,你要记住未来一定要多多网罗身边有才能的人,要充分发挥他们的才能,想着如何让他们多出力,多为你分担。不要小看这些,笼络人心是门深奥的学问。"

我本以为我说完后,贤儿依旧会像刚才一样谦卑地回答,虽然我先前已经对他的回答有所预料,但当他说完后,还是让我大吃一惊。

在我看来,我真的是为今天能够及时召见他而庆幸,原因在于他接下来的回答彻底暴露了他的真实想法。

"母后请放心,儿臣早就想到了这一点,以后您所重用的那些北门学士们,儿臣都要让他们以我为中心,而且儿臣还想扩大这个智囊团的规模,所以召入了张大安、刘纳言等人。"

"这么说你是早有规划了?"我故意问道。

"对啊！有了这些人，再加上刘仁轨、李敬玄、高智周、郝处俊那些宰相班子成员的协助，儿臣定能控制住朝廷！"

"那些宰相一个个刁钻得很，想要拉拢住他们可不是那么容易的事情，你得着实动一番脑筋啊！我在协助你父皇处理朝政之初，他们可没少在背后奚落我！"我提醒他道。

"哈哈哈！"贤儿借着酒劲儿大笑起来，然后故作神秘地对我说："母后可能有些事情没想到吧，我说的这些宰相班子成员，他们的另一个身份是我的东宫僚属啊！"

贤儿说完后，眼神中散发出一种自我陶醉的异样感觉，这让我十分不悦，而他所说的话我也明白，其实他是在告诉我，他平日对这些东宫僚属已经有意地进行了拉拢。

看着贤儿酒醉后有些轻慢的样子，我不禁皱起眉头来，说实话，此时的他与平时处理政事精明干练的形象相去甚远，甚至有些颠覆了他在我心中已有的印象，或许他此时的样子以及他所说的话才真正反映了他的本性。

"以后儿臣就是朝廷的主宰，做个像太宗先帝那样的一国之君是我的梦想，未来在那朝堂之上只有我可以左右所有人的命运，我可以让他生，也可以让他死！"贤儿突然张开双臂说道。

"你不觉得你太张扬了吗？太宗先帝当年是你现在这个样子吗？"我猛地站起身来，立即出言给他以警示。

"儿臣对母后还有什么可隐瞒的？哈哈哈！"

"那你想没想过，如果你父皇听到你现在所说的话，心里会是怎样的感受？"

我说这番话，是希望贤儿能够收敛下自己，阿奴虽然现在抱病在床，但依然是这个国家的皇帝，贤儿必须明白他现在的身份只是个储君。

"父皇？"贤儿眨眨眼睛，似乎是在嘲笑我说的话，然后说道："我就是考虑了父皇的感受才说这样的话啊，当年长孙舅爷那些人是如何让父皇难堪的，母后您最清楚，儿臣听人说如果不是后来抓住了长孙舅爷的失误而一举扳倒他，恐怕父皇还会受他的气，儿臣就是吸取了父皇的经验教训，所以才立志要成为未来的绝对权威者！"

"够了！"我用手狠狠地拍了下桌子，随后厉声呵斥道："你说的话和我的意思完全南辕北辙，我希望你能低调些做人，你今天说的话，我可以当作是一时的骄傲，也可以当作你宴席间多喝了几杯思维混乱，但一会儿从这里走出去后，无论你用什么方法，必须要恢复理智，如若不然今后你会吞咽自己酿下的苦果！"

说完后，我死死地盯着贤儿看，但我发现或许是因为酒醉的缘故，贤儿只是连连点头，但眼神依旧显得空洞迷离。

"你下去吧！"我没好气地对他发号施令。

"儿臣告退！"

贤儿躬身施礼后，转身就往外走。当他快走到门口时，我清晰地听他小声地自言自语："如果父皇当年能够拉拢住长孙舅爷，现在还用您辅政……"

"站住！你说什么？"我厉声叫住他。

"没，没什么！呵呵！"

我已然听清了贤儿所说的每一个字，但当我问他的时候他却极力掩饰。如果不是因为他酒醉，我可能永远不会知道他会有这个想法。面对他的掩饰，我没再阻拦他，而是任由他离去，但此时我已经认定这个孩子是个十足的危险分子！

贤儿临走前的自言自语终于让我看清了他的本来面目，原来他和弘儿一样，内心深处都是不满我参与朝政的，只是弘儿是直面抗议，贤儿则是早有预谋，采取的是软对抗策略，用以实际行动将我边缘化。

现在终于印证了我此前的想法。召集学士们增强修史工作力量，利用宰相成员东宫僚属的特殊身份不断拉拢他们，都是贤儿对抗我的手段。可是如果他像弘儿那样是个德行端正的人，我倒是愿意逐步退出，让他开创自己的时代。

然而通过他对我说的话来看，这个孩子不仅品行存在严重问题，而且野心十足，自我膨胀得厉害，这让我想起了阿奴的哥哥废太子李承乾和魏王李泰。

贞观十七年的那场储位之争，我可以算作亲历者，阿奴之所以最终得到太子之位，就是因为太宗先帝看到李承乾不成器所以废掉了他，但魏王李泰却又是个典型的阴谋家，太宗先帝担心他继位后会对皇族兄弟大开杀戒，所以也废掉了他，最终选择了忠厚老实的阿奴。

现在，在贤儿身上我仿佛看到了李泰的影子，而他醉酒后在我面前的表现，又让我感觉很像他那个不成器的大伯李承乾，一个野心十足、自我膨胀的人，未来会拥有这个国家最高的权力。把国家交到这样一个人的手中，前景会如何呢？

想到这里，我不禁倒吸一口凉气，因为一切都是未知，而未知的感觉是最折磨人的。如此说来，我对他的担心和不安并不是多余的，最关键的是，我想为他把关，他却反对我参与朝政，在未来可能会产生逆反心理，而因为逆反会做出什么，又是一个未知的谜题。

"以后儿臣就是朝廷的主宰，做个像太宗先帝那样的一国之君是我的梦想，未来在那朝堂之上只有我可以左右所有人的命运，我可以让他生，也可以让他死！"

这一夜，他所说的这句话在我的脑海中反复呈现。在这夜深人静的时候，当我卸下平日里那庄严威仪的面具后，作为一个女人，我对贤儿产生了深深的恐惧，尤其是他那突然张开双臂想要吞噬天地的样子，仿佛让我看到了一个嗜血的魔王要将他的反对者打入地狱。

或许他现在翅膀还没有完全硬起来，暂时还不会将他那伪装的面具卸下，但我仿佛已经看到他一旦聚集了足够的力量，便能产生清除一切阻碍的意志与决心，即使面对亲情他也会毫不手软。

事实上，我就是这样的人，或许贤儿遗传了我的性格，不过我有足够的定力控制自己，但在贤儿身上我却看不到他的自控能力。

作为母亲，我依然希望自己的儿子能够改正缺点，依然幻想未来他会是个能力与德行同样出色的皇帝，只是现在因为年轻还需要不断地磨练。

但作为国家政治活动的参与决策者，我必须要重新审视李贤这个未来的皇帝，因为我时刻牢记自己的使命，那就是必须要对阿奴负责，更要对这个国家负责。

这一夜我辗转反侧，或许没有人能够理解我的矛盾心理，这是一种亲情与责任相互交织的矛盾。我清楚地知道，从明天开始我必须要留心李贤的一切，我依然会尽到做母亲的责任，继续为他把关和掌舵，但我已经做好准备，在必要的时候决不会心慈手软。

随着时间的推移，我越来越发现贤儿的变化十分大，太子昔日那朗朗的读书声逐渐没有了，取而代之的则是无歇的歌舞，听说太子和一个名叫赵道生的东宫小奴仆关系非同寻常，还赏赐了她大量金钱。

我真不知道贤儿什么时候染上了这种恶习，这简直就是当年李承乾的翻版。以他的身份去衡量，这绝对算是丑闻，真不知道这个孩子要放纵到什么时候。

对于他的所作所为，我是看在眼里急在心上。我经常提醒他要时刻注意自己的言行举止，但效果却远非我想象的那样。本来就反感我参与朝政的他，虽然表面上恭恭敬敬，但我能看出来完全是在敷衍。

或许在他的心目中，根本就没有把我这个做母亲的当回事。做父母的可以一眼看穿儿女们的心思，但做儿女的却未必能够真正走进父母的内心，这也许是天下父母与儿女间的一种普遍规律。但从政治角度去想这个问题，贤儿也许并不明白他的命运还不能完全掌握在自己手里。

对于贤儿的表现，并不是只有我提醒他，据说他的东宫属官韦承庆就为贤儿上过两封启书，提醒贤儿要注意自己的言行，要戒骄戒躁。韦承庆的确是个负责任的僚属，但贤儿连我的话都置若罔闻，大臣的话他又怎么会听？

越来越多的人向我反馈贤儿的放纵行为，上到宰相班子成员，下到我的心腹宦官，就连不经常到宫里来的术士明崇俨也在我耳边说贤儿是个不堪大用的人。

明崇俨是我非常信服的一个道士，因为他算卦看相样样精通，属于前知五百年、后知五百年式的人物，不过我对他的信服也仅仅局限于他的算卦看相方面。我知道明崇俨是个善于察言观色之徒，他在我面前不断说贤儿的坏话，不止是因为他看出我对贤儿不满而故意迎合我，更因为贤儿对这个江湖术士有着强烈的反感。

明崇俨十分明白，如果未来贤儿当了皇帝，自己绝没有好果子吃，所以他经常在我面前说，贤儿从面相上看不具有天子之气，三子哲儿和四子旦儿的相貌类似于太宗先帝，是个当明君的才料，而且他还重点指出旦儿是大富大贵之相，必定能给大唐带来福泽。

对于明崇俨的话，我当然会加以分辨，不过除了他是为自己的利益而故意这样说之外，从贤儿目前的所作所为来看，明崇俨说的并不是不着边际。

最关键的是，自从大唐建朝以来，虽然我辅政之后极力抬高佛教的地位，但不能不说道教一直在李唐皇室的心中占据首要位置，明崇俨的话必定会在朝廷内传播开来，从宗教角度来看，他的话在众人心中无疑具有权威性。

事实证明，随着时间的推移，我越来越察觉到不利于贤儿的舆论开始四处蔓延，这也让我逐渐产生了废太子的想法。我还没有下定决心，因为贤儿虽然过度放纵自己，但并没有犯大错，那种再看看、再等等的心理，我始终摆脱不了。

直到有一天心腹宦官突然告诉我，明崇俨被人暗杀，凶手无处查找时，我隐约察觉到或许贤儿的命运会因为这件事而彻底改变。

艰难的决定

虽然在外人看来我对明崇俨宠信有加，但其实对于他的死我并不关心，他只是我利用的一个工具，对我有价值的是我可以通过明崇俨的死与废太子联系起来。

事实上，当明崇俨死亡的消息在宫内传播开来时，很多人就怀疑幕后的凶手是贤儿，原因是贤儿十分反感明崇俨，以及明崇俨经常在我面说贤儿的坏话。不过我却相信贤儿不可能是凶手。

对于贤儿来讲，明崇俨是个小得不能再小的人物，即使他要找个理由公开处理明崇俨，我这个做母亲的也肯定是支持自己儿子的，更何况在他与明崇俨矛盾如此公开透明的情况下，暗杀明崇俨实在不是明智之举，我相信以贤儿的智商是绝不会做出如此之事的。

听说贤儿得知明崇俨的死讯时表现得十分平静，并没有下令严查这件事，或许明崇俨死去倒是他愿意看到的结果。不过由于明崇俨是我的宠信之人，所以我的态度对于调查这个事件的走向起着关键作用，我是有着更深层次的考虑，所以相对于贤儿的平静，我内心虽然不关心明崇俨的死活，但表面上却大发雷霆，下令有关部门必须限期找出凶手。

找出凶手并不是目的所在，我的虚张声势是一种铺垫，在我做出最后的决定之前，我必须要知道阿奴对于贤儿是个什么态度。

我见到阿奴的时候，他正躺在龙床上闭目养神，多年留下的眼疾后遗症已经严重影响了他的视力，以至于如果不是宦官通报，他都看不清是我站在他面前。

"皇后来了啊！不必拘礼了，赐坐吧！"在我刚想跪倒施礼的时候，阿奴有气无力地说道。看来由于病痛的折磨，他已经不在意那些繁琐无用的礼节。

"谢陛下！臣妾今天来看望陛下，不知道陛下这些日子龙体可好？"

"嗯，还可以吧！就是眼睛还是看不清东西，而且头晕目眩的毛病也时常出现。皇后今天除了看望我之外，恐怕还有重要的事情吧？贤儿最近做得怎么样啊？据我所知，他可明显不如以前了啊！"

阿奴说完后，我顿时十分钦佩他那敏锐的洞察力，虽然他抱病在床，但依然保持着清醒的头脑，密切关注着朝廷的一切。

看来阿奴十分清楚我前来的目的，既然他已经开门见山，我反而不再那么有负担，于是我将贤儿近来所有的情况以及我内心深处的想法向他全盘托出。

"哎，这个孩子个性太强，说起来我们都有责任啊！"当我将所有的一切告诉阿奴后，他长叹一声说道。

对于阿奴所说的责任问题，我并不认同，原因在于弘儿、哲儿、旦儿都不像他这样张扬个性，怎么贤儿现在这样就说是做父母的责任呢？

当然，我表面上是不可能反对阿奴的，不过我还是说了句意味深长的话：

"也许他只是沾了排行的光，如果弘儿还在的话……"

"我知道，皇后的意思是说，当初选择贤儿做继承人时，从礼法上只有他合适，实际上他并不是个合适的人选。"阿奴打断我的话说道。

"是的！陛下！他是您的继承人，同样也是臣妾的儿子，我们都希望他成为合格的继承人，但现在看来，我们无法回避是否要换人选的问题。"

阿奴依旧闭着眼睛，表面看起来平静如水，但我知道他此刻内心早已经是翻滚如潮，因为更换储君已经超出了李唐皇室内部的事情，搞不好恐怕会掀起滔天巨浪。

在沉默良久之后，阿奴缓缓地对我说道："皇后觉得贤儿还可教吗？"

"依臣妾来看……"其实我十分不愿意就此否定贤儿，但理智告诉我，对国家的责任感必须要超出母子之情。

"很难！"在停顿了很长时间后，我终于还是说出了最不想说的两个字。

"那就废掉他的太子之位，立哲儿为太子！"

阿奴的话让我大吃一惊，我实在没有想到他居然这么果断，以至于他说完后，我呆呆地坐在那里，直到他又说了一遍我才反应过来。

"好！臣妾遵旨！"

"皇后，把你的手给朕。朕已经很久没摸你的手了吧！"阿奴忽然间柔情似水地说道。

"啊？好像……好像是吧！"我不知道阿奴意图何在，所以只能含糊着回答。

我一边说着一边将双手递给了他，他紧紧地握住我的手，然后一遍又一遍地抚摸起来。

"陛下，您……您这是干什么啊？臣妾都有些不好意思了。"我红着脸说道，我没有想到我和阿奴都老夫老妻了，他居然还有这种闲情逸致。

阿奴抚摸着，脸上露出了微笑，似乎很享受此时此刻。坦白讲，我虽然已经人过中年，但此刻被心爱的人抚摸着双手，心中还是禁不住泛起了涟漪。

然而，人世间的诸多美好总会瞬间消逝，此刻在我充分享受着阿奴的抚爱时，他突然说的一句话让我终于明白了他的意图所在。

"这是皇后的一双手，也是朕的手啊！"

阿奴的语气虽然依旧柔和，但这句话却让我醍醐灌顶，瞬间从他的抚爱中清醒过来，在经过瞬间的思考后，我立即缩回双手，然后跪倒在地说道："请陛下放心，贤儿的事情就交给臣妾去办，万一……万一陛下的决定是错的，这个千古骂名就由臣妾来背！"

阿奴的话是摆明了要借我这双手废掉贤儿，如果经过时间检验这个决策是错误的话，我还要承担一切骂名。但是成为别人手中的一把利剑，去砍断有可能让自己折断的对立物，这一刻我却毫无怨言，只因为阿奴是我所深爱的人，无论我们曾经有过什么隔阂，他依然是我最亲近的人，更何况我还有对国家的责任。

应该说在关键时刻，阿奴作为男人还是比我这个女人更有决断力，我还在亲情中不断徘徊的时候，他已经斩断心中的情思，果断地做出决定，我知道这是一个艰难的决定，或许他经过了反复的思想斗争，内心的焦灼与痛苦只有他自己才能体会，但当他果断说出自己的决定，而没有让任何人看出他内心早已经在滴血的时候，我对阿奴的钦佩之情已经上升到了极点。

贤儿！原谅我们做出的这个决定吧，如果我们只是普通百姓，你的个性与放纵或许还有调教的余地，但你的身份已经不允许我们再等，因为未来很多人的前途以及国家的命运会掌握在你的手中。我们都不希望看到一个不负责任的暴君任意践踏人的生命与尊严，更不允许一个不负责任的皇帝去毁掉一个国家的前途，否则我和你父皇都会被钉在历史的耻辱柱上，去承担永远不能卸下的历史罪责。

离开阿奴的寝宫，一路上我思绪万千，如果不是身边的宫娥问我为什么会掉下眼泪，恐怕我会这样一直呆呆地望着车外。随着思绪逐渐回到现实，我知道接下来我所做的是一件关乎朝廷稳定的大事，每个步骤都不能有任何闪失。

这么多年的历练已经让我能够很从容地面对一切，能够在处理不同的事务时找到不同的处理方法，现在面对贤儿这件事情，我决定采取快刀斩乱麻的策略，当然要实现这个想法，前提条件是必须要找出贤儿的把柄。

于是我让心腹宦官时刻密切留意贤儿的一举一动，随时将贤儿的行踪向我汇报。终于半个月后，当他又和那个小奴仆赵道生在寝宫里鬼混时，我派人拿着我的手谕，以太子贪色败坏李唐皇室声誉的罪名，将他和赵道生五花大绑地投进了大狱。

随后我下令让宰相班子成员薛元超、裴炎和御史大夫高智周审理此案，叮嘱他们一定要彻底清查贤儿所在的东宫，决不能放过任何一个导致太子殿下如此放纵的奸佞小人。

贤儿忽然被投进大狱，让很多朝臣大吃一惊，不过由于他确实有那些丑闻，所以朝臣们大多拥护我所做的一切，这其中不乏一些大臣揣摩出了我的深意。例如薛元超就向我汇报说在搜查东宫时，发现里边藏有上百件铠甲，怀疑太子李贤蓄意谋反。

对于薛元超的汇报，我内心着实一番好笑，这些政治投机分子从来都不放过任何一个拉人下水。以换取政治利益的稻草，但我表面上却表现得十分重视，因为这也是一项罪名。

至于那个赵道生，我暗中告诉审讯的人，要对他严刑逼供，引导他说出是贤儿指使他杀害的明崇俨。事实证明，奴才就是奴才，永远的墙头草，贤儿谋杀明崇俨的罪名已经逃脱不掉。

如此多的罪名集于贤儿一身，即使我现在不想废掉他恐怕都已经不可能，于是昨日还高高在上的太子殿下，今天已经成为了一个庶人，而且为了彰显国法威严，不久后我便将贤儿流放到巴州。我的本意是想让他在那里认真反省下自己，过段时间再让他回来，毕竟是自己的亲生儿子，我并不忍心看他受苦。

然而身在巴州的贤儿却并没有深刻地反省自己，这一点从他到巴州后写的那首《黄台瓜辞》就可以明显看出来。

种瓜黄台下，瓜熟子离离。
一摘使瓜好，再摘使瓜稀。
三摘犹为可，四摘报蔓归。

贤儿的确文采斐然，这首诗在格调上让我想起了当年曹植的那首的"本是同根生，相煎何太急"，只是曹植是比喻兄弟相煎的情形，贤儿则是比喻母子相煎。不过曹植的诗更多的是一种激愤的抗议，贤儿的诗更多的是一种哀婉。

但是我从中依然能够读出他那怨愤之情，贤儿借着这首诗表达了对我的抗议，认为我贬黜他完全是因为我想和他争权。他之所以会落到现在这个地步，完全是因为我权欲熏心。

"三摘犹为可，四摘报蔓归。"我嘴里反复念诵着最后两句，心中不禁有些怒气，因为他是在告诉我不要对自己的子女赶尽杀绝。看来贤儿的内心对弘儿的死一定认为是我从中搞的鬼，他从来没有对我说过他对这件事情的看法，现在随着他身份的改变，他终于借助诗句隐含表达了他的立场，这让我不禁有些诧异。

看来阿奴说的很对，这个孩子的个性实在太强，境遇的落差让他不顾一切地将内心所思所想毫无保留地流露出来，也让我从另一个侧面了解了更加真实的李贤。阿奴的决定是正确的,一个不反省自己却将所有责任全部推到别人身上的人,怎么可以领导这个国家呢?更何况我还是他的亲生母亲。

当这首《黄台瓜辞》摆在我面前的时候,贤儿已经没有机会从头再来,这样自负的人我绝不会再给他任何机会,而且我明显感觉到巴州上方有一股挥之不去的怨气所带来的潜在危险,我预感随着时间的推移以及我和阿奴逐渐的老去,这种危险会引发某种动荡。为了将这种危险消灭在萌芽状态,我派左金吾将军邱神勣带着我的手谕前往巴州,将贤儿软禁了起来,并告诉他没有我的命令,软禁的手谕永远有效。

我的本意只是想扼杀危险,但自从邱神勣走后,我却心神不宁,总是预感由于距离过远,这件事情可能会超出我可控的范围。我不断安慰自己这样做是为了李唐皇室,为了国家的长治久安,但时间越久我越是感觉事情似乎向着某种歧途转化。直到不久后从巴州方面传来的消息,印证了我心中的彷徨与不安。

WU MEI ZHUAN

武媚传

第四章 | 扬州,我铁腕儿的开始

怀疑一切者

弘道元年（683年）十二月四日，对于我来讲是黑暗的一天，因为与我相伴将近三十年的阿奴在经历了多年的病痛折磨后，带着对这个世界的无限留恋病逝于洛阳的贞观殿。

半个多月前，为了缓解阿奴的病痛，我提议让阿奴前往洛阳修养身体。当时不知道为什么，阿奴执意让已经被立为太子的哲儿和身为首席宰臣的裴炎相随，现在回想起来，或许他已经预感到自己将不久于人世，将两个人带在身边，是为了一旦自己撑不住，可以迅速让哲儿即位，由裴炎来辅政。

阿奴永远闭上双眼的那一刻，我守在他的身旁。我曾经无数次地看他闭上双眼，而这一次他的眼睛再也不睁开了，我们就此阴阳相隔。

洛阳城内被无限的哀伤所笼罩，虽然我此时承受着撕心裂肺的痛，但我不敢在人前掉眼泪。很长时间以来我在朝臣面前都以一种铁腕儿的形象出现，现在阿奴离开了这个世界，在哲儿还没有完全登基之前，我这个先皇的辅政者必须要控制住自己悲伤的情绪，继续以一个领头人的身份保证朝廷运转的稳定。

阿奴已经撒手人寰，但人们对他的评价永远不会停止，在我看来虽然他无法和高祖、太宗先帝开创的伟业相比，但他是个合格的守成之君。他登基三十年以来，辛苦维护高祖、太宗先帝创下的盛世基业，而且在此基础上不断开疆拓土，使得国家疆域大大扩张，完全可以称得上是一个守成良主。

然而他开创的功绩却无法掩盖他内心的遗憾，那就是他至死也没有找到一个理想的继承人。弘儿早逝，贤儿遭黜，哲儿虽然被立为太子，但也只是顺位传承而已，我对哲儿的能力实在无法高估，他既没有弘儿在朝臣中的威望，也没有贤儿的心机与才能。

眼看一个平庸之才就要成为国家的主宰者，我不禁对提议让阿奴来洛阳修养产生后悔之意，如果阿奴不经受从长安到洛阳的长途跋涉，或许身体不会突然垮掉，我们尚可以有时间仔细商量关于培养继承人的问题，哲儿可以多经历一段前期的历练。

在贤儿没被废掉之前，哲儿一定想不到太子之位会落在他的头上，更想不到他会这么快就坐上那个高高在上的宝座，以至于在阿奴驾崩七天后即位时，眼神显得是那么迷离。

群臣的朝拜并没有让他有一丝一毫的兴奋，仿佛他是被人绑起来强行按到那个宝座上的，也许阿奴临终前那个"军国大事有不觉者，请皇后裁决"的诏令让哲儿感觉自己就是一个傀儡。未来朝廷所有事情还会由我掌控，但无论如何我却已下定决心，利用阿奴驾崩、哲儿上位的机会，逐渐从朝廷中抽身而退，给哲儿一个宽松的环境，让他慢慢渡过这个生疏期，进而提高自己的执政能力。

我的设想虽然好，但实际情况却完全背离了我的初衷，以至于我不得不再次以掌舵者的身份继续干预朝廷事务。

在阿奴驾崩的七天后，哲儿顺利登基。可是自从即位以来，这个自幼便有些羞涩的孩子虽然也正襟危坐在宝座上，但他从不决定任何事情，即使朝臣们呈上的奏折已经堆成了山，他也无动于衷，似乎皇帝这个头衔与他无关。每当朝臣们焦急地等待批示时，他总是回复一句话：等和太后商议后再做决定。

一连十几天过去了，我虽然没有在朝廷中露面，但到我这里来的大臣可真是不少，这些人纷纷向我大倒苦水，希望我能督促下哲儿，让他尽快进入角色，充分行使做皇帝的权力，不能如此消极怠工。

我从大臣们的话中听出了弦外之音，在他们看来哲儿之所以消极怠工，原因在于我的强势导致哲儿不敢放开手脚，可是他们又怎么能明白这次我是下定决心无论哲儿做到什么程度，我也决不再插手任何事务。所以面对大臣们的诉求，我只能表示理解，并告诉他们自己上了年纪，朝廷的事情让哲儿放手去处理。

我十分明白哲儿的表现是有深层原因的，我的强势、阿奴临终前的诏令以及贤儿的被废，都是造成他畏首畏尾的原因，而且这个孩子的性格很像弘儿，甚至比弘儿更腼腆，但唯一不同的是，在某些关键时刻他的爆发力是相当惊人的。

在了解了哲儿的表现以及大臣们的想法后，我努力为哲儿营造一个宽松的执政环境，想让他改变先前的认知，所以从他登基后的两个月来，我始终没有干预朝政。随着时间的推移，哲儿似乎也摆脱了些思想包袱，开始放开手脚大胆决策，但事实证明，他虽然放开了手脚，但很多决策却十分不利于朝廷的稳定。

光宅元年（684年）正月初一，新年伊始，哲儿就诏令韦妃，将其立为皇后，将其父韦玄贞由普州参军提拔为豫州刺史。

韦妃和哲儿感情十分深厚，两个人成婚以来始终亲密无间，现在被立为皇后也是顺理成章的事情，但我这个做母亲的却始终感觉韦妃是个并不安分的人，虽然我也说不出她到底有什么过分之举，但每次看到她那双又大又圆且带有一丝媚意的眼睛时，我的心中总是会掠过一丝不安，只是这些年两个人感情不错，我也还算是放心。

我不知道这是否就是人们常说的婆婆和儿媳是天敌的表现，但我坚信我的眼睛是绝不会看错人的，最关键的是在韦妃被立为皇后不久，哲儿便执意要提拔韦玄贞为侍中，这等于让他进入了宰相班子。哲儿这个决定在朝廷内掀起了轩然大波，原因在于韦玄贞并没有什么实际功劳，受到破格提拔仅仅因为他是皇帝的岳父。

如果说在这件事上韦妃对哲儿没有影响，恐怕连她自己也不相信，但提拔宰相是关乎朝廷政局的大事情，中书令裴炎第一个站出来表示强烈反对，我知道裴炎反对一方面是出于公心，同时也有他自己的私心，毕竟谁也不希望自己的身边多个掣肘。据说裴炎当面苦苦劝谏哲儿，希望皇上三思而后行，但效果很一般。裴炎告诉哲儿应该因才赐官，决不能私授予亲近之人，如果执意如此，恐怕会引起诸多非议，导致人心不稳。

在我看来，裴炎不论出于什么动机，这番话说得绝对无可挑剔，但哲儿的反应却恰恰应了我对他的评价，那就是在某些关键时刻其爆发力是十分惊人的。

"朕就是把天下送给韦玄贞又怎样？何况是区区一个侍中？"

当心腹宦官将哲儿的这番话告诉我时，我即使再不愿插手朝廷任何事务，也终于坐不住了！

心腹宦官告诉我，当裴炎听完哲儿的这番话后，吓得浑身哆嗦，于是不敢再言语，默默地躬身退出殿外，哲儿却是显得十分焦躁，一脸怒气一直未见消退。

当我听完宦官的叙述后，顿时火冒三丈。为他营造宽松的执政环境，但绝不是让他为所欲为，或许哲儿只是一时冲动，表示的是对裴炎的一种抗议，但凭借我对这个孩子的了解，某种时候其惊人的爆发力很可能会成为未来国家动荡的导火索。

事实上，不在于哲儿这次说了什么，而在于他话语的背后凸显的是他思维方式的欠缺，这对于需要未来统筹众多事务的皇帝而言，绝对是致命的缺陷。

"太后！裴炎大人送来一封信，恳请您务必仔细审阅！"

在我仔细思考的时候，心腹宦官的话打断了我的思路，裴炎这个时候为我送来信，我知道信的内容一定与他反对加封韦玄贞有关。

果不其然，裴炎在信中详细叙述了他与哲儿的整个对话过程，基本上与心腹宦官和我说的一样，不过在信的最后，裴炎写了这样一句话："看来皇上还没有弄明白自己的角色有多么重要，更没有体会先帝和太后的良苦用心，恳请太后做出明断！"

做出明断？呵呵！在我看来裴炎的这句话是典型的投石问路！

我十分明白裴炎所说的"做出明断"是什么含义，看来我这次即使不想插手朝廷事务，恐怕也是身不由己了，多年来朝臣们形成的惯性思维，还是会将很多棘手的事情推到我这里来。

只是这一次面对哲儿的任性，我不再像先前面对贤儿的问题时会左右彷徨甚至内心纠结，因为实际经验告诉我，哲儿根本就不是一个合格的继承人。现在阿奴已经不在，我不需要再考虑任何人的感受，我的目的只有一个，那就是——凡是对国家不利者，必须成为我清除的对象。

我承认自阿奴离开之后，我的心态仿佛发生了重大变化，要么干脆退隐深宫，要么出手便是惊人之举，现在既然做不到彻底退出，我即可下定决心要成为一团乱麻的斩断者。

废掉李哲！如果当断不断，必受其乱！

"为裴大人修书一封，告诉他我已经做出了决策。"

那一刻我的脑海中已经形成了周密的计划……

光宅元年（684年）二月六日。

这天清晨，我在众多护卫的保护下，冒着严寒向着早朝的大殿走去，此时距离早朝还有不到半个时辰，部分大臣已经陆续来到门前，当他们看到我时，虽然显得有些不习惯，但因为裴炎早已经将我的决策告诉了他们，所以他们并没有显得过分惊讶。

我没有和大臣们寒暄交流，便径直走到大殿之内，坐在那个高高在上的宝座上等待早朝的开始。

我坐在宝座上，虽然外表依旧平静如水，但内心却是极度翻涌，我问自己为什么我总是充当那个在自己儿子看来算是恶人的角色，除了弘儿早死之外，无论是贤儿还是哲儿或许都对自己的未来有着无限的憧憬，尤其在他们登上皇帝宝座之后，犹如挣脱牢笼的小鸟，终于可以自由地飞翔，可是不曾想在他们的身后还有一个始终监督他们的母后，在他们的翅膀刚刚舒展的时候，我这个可恶的老太婆便一棒挥去砍断他们的翅膀。

或许这就是我的宿命吧，我知道当阿奴钦点我做辅政者的那一刻，我便承担了所有的责任，加之我是个权力着魔者，当一切平稳时，我心中的权欲或许会蛰伏，反之则要成为权力的主宰者。

我无法说清做出废掉哲儿的决定是不是权欲在作怪，但可以肯定的是，这个决定将是有利于国家的，从这个最高利益出发，即使有那么一些权欲在作怪，也已经变得不重要。

随着朝臣们脚步声的不断靠近，早朝终于要开始了，当大臣们全部站定后，便是哲儿的出场。不过与往常不一样的是，当哲儿出现在大殿之内时，他并没有听到往常那熟悉的山呼万岁声，取而代之的则是一片沉默。

哲儿显然被这突如其来的变化所震惊了，随后他便看到了坐在宝座上的我。

当我俩四目相对时，我明显感觉到他的脸色瞬间变得苍白。

不过哲儿还是立即冷静下来，低着头缓缓走到宝座下，想要到我面前请安，可是就在他刚要登上通往宝座的台阶时，却被裴炎拦住了。

这一幕我早已经指示裴炎彩排过多次，而且我发现今天裴炎很是神采奕奕，眼神中透露出一丝轻蔑。

"裴大人这是什么意思？"面对裴炎的阻拦，哲儿甚是不解地问道。

"太后有旨，李哲狂妄自大，有失体统，自今日起废为庐陵王，暂时拘禁宫中听命，钦此！"

裴炎说这番话的时候声音甚是嘹亮，与他和哲儿上次对话相比，颇有些翻身当家做主的感觉。

然而不知道为什么，我却对裴炎这一副小人得志的模样很是厌恶，如果今天的主要任务不是废掉哲儿。我恐怕要狠狠地批评这个当朝首席宰相。

哲儿听完裴炎的话后，立即惊慌失措起来，他做梦也不会想到今天的早朝居然会是这样一个场景。短暂的沉默之后，哲儿终于开始爆发。

"儿臣有何罪？"

我知道哲儿最终的矛头终将会指向我，不过他那种歇斯底里的喊叫还是让自认为已经做足准备的我浑身震颤了一下。

"你都要将天下送给寸功未建的韦玄贞了，难道还说没有罪吗？"我沉着脸威严地说道。

"那……那是裴炎逼儿臣太甚，儿臣不得已才说的！儿臣怎么可能会真的将李家天下送给韦玄贞呢？"哲儿激动地说道。

"哼！你又如何证明你不会把天下送给韦玄贞呢？"

"这……母后这么说是要将儿臣往绝路上逼！"

"放肆！身为一国之君，居然说出要把天下拱手让给外人的话，还敢在这里狡辩！左右护卫将庐陵王带下去严加看管！"我下令说道。

左右护卫立即上前拉住哲儿的双臂试图将他拖向殿外，哲儿却是拼命挣扎，嘴里不住地说道：

"这事说不通，这事说不通啊！母后一定是受人蛊惑了啊！"

哲儿力气再大，终究抵不过殿前武士们的生拉硬拽，直到他的声音渐行渐远，我的心方才安定下来。该做的已经做完了，按说我应该很有成就感才对，可是哲儿离开前的那番话在我的心中犹如刀绞一样。

"太后！庐陵王……"

"散朝！"我打断了裴炎的话，狠狠地瞪了他一眼，站起身来退回宫内。

"这事说不通，这事说不通啊！母后一定是受人蛊惑了啊！"

哲儿的这句话反复在我脑海里呈现，不知道为什么，整整一天的时间，我试图想将废掉哲儿的事情在脑海中淡化，但越是这样想，越是有一股莫名的烦恼袭上心头。或许哲儿才是看得最清的人？难道我真的受人蛊惑了？

随着我对这件事情深入地思考，我的心反倒乱成一团！

难道我错了？在这寂静的深宫内，当我冷静下来后，我却对自己做出的决定产生了深深的怀疑！

走出幕后

哲儿被武士们拽离大殿时的痛苦表情深深地印刻在我心里。作为母亲我十分了解自己的儿子在那样一种危机时刻，那种悲愤、痛苦、委屈的表情绝不是装出来的。

或许当我真的决定正付诸实践时,我才能彻底看清谁是谁非。通过哲儿在大殿内的表现,我感觉自己可能是被人蛊惑了。然而此刻我却找不出任何蛊惑我的人,即使是裴炎也是在事实求是地向我叙说他在哲儿那里遇到的困难,并且只说让我做出明断,丝毫没有煽动我废掉哲儿,所有的一切都是我的决定,如果硬要鸡蛋里挑骨头,那也只能说我可能误解了裴炎的话。

不过裴炎终究是个老滑头,他的话绵里藏针,居然可以让我这个经过大风大浪的人一时间被迷惑,进而轻率做出废掉哲儿的决定,最关键的是还会找到废掉哲儿的借口,此时我一想起自己在大殿上那句"你又如何证明你不会把天下送给韦玄贞呢"的训斥,便有些无地自容。

现在生米已经做成熟饭,改变先前的决定等于否定了自己,朝令夕改又是当政之大忌,眼下必须将错就错,只能未来找个机会再让哲儿回来吧。此刻我唯一聊以自慰的,就是哲儿的能力还不足以胜任皇帝的位子,将他废掉也是对他心性的一种锻炼。

我在心底无数遍告诉自己,废掉哲儿是有意锻炼他,但是我的良心又告诉我,自负的性格虽然没有让我在诸多大风大浪中受到蒙蔽与蛊惑,却在那些看起来温情脉脉的话语面前不小心被迷晕了头脑。

母亲曾经评价过我,她说以我的性格和能力不会让强力的竞争对手有任何胜算,却有可能会被那些看起来善意十足,内心却时刻充满算计的人有可乘之机。

现在回想起来,裴炎那封写满委屈的信件,虽然叙述的内容完全真实,但不经意间激起了我对哲儿的厌恶和愤怒。人在不理智的愤怒状态下,做出的决策很难客观公正,所以裴炎让我做出决策,等于是变相引导我按照他的套路去思考问题。

想到这里,我不禁对裴炎起了杀心,这个可恶老滑头在利用我的怀疑与愤怒,实现了阻止政敌与自己分权的目的,可谓是心机歹毒。以我的性格,恨不得立即将裴炎杖杀,可是我一时找不出裴炎的任何罪行,只能暂且将怒火压在心底，等待合适的时机再惩罚他。

如此看来，哲儿，只能暂时委屈你了，母后的决策失误所带来的后果必须由母后亲自来承担，虽然我的手中还有旦儿，可是旦儿和他的三个哥哥比起来，我这个做母亲的只能给他一个不符合我身份的评价，那就是两个字——废物！

所以立旦儿为皇帝只是为了完成仪式，这一次我必须要再次从幕后走向前台，去重整朝廷事务，让所有的一切重新回归我的掌控之下。

光宅元年（684年）四月，我诏令立旦儿为皇帝，不过为了暗示这只是个仪式，在旦儿刚刚成为皇帝后，我便让他居于别殿，暂时不得干预政事，理由是年纪尚轻，不具备独自处理政事的能力。

事实上旦儿已经二十二岁，这个年纪当皇帝虽然称不上成熟，但要说年轻也并非恰当，若说他不具备独自处理政事之能倒是十分准确。在我的四个儿子中，旦儿可以说是能力最差的，性格也是最弱的，我从来没看到过旦儿发脾气，即使遇到天大的事情或者再憋屈的事情，他也绝不会像哲儿那样反抗出惊人的反抗力。

旦儿的这种性格，养成了他随遇而安的心态，所以对于我不让他参与政事的安排，旦儿没有任何异议。或许在他看来，表示异议也不会起作用，三哥李哲的抗议不可谓不激烈，可是结果呢？我想旦儿一定从哲儿被废的事情上留下心理阴影。

四月十二日，我在武城殿内接受了旦儿和文武百官为我上的尊号，这标志着我再次由幕后走到台前。坦白讲，我是为了弥补废掉哲儿的失误而不得不再次出山，但从旦儿的眼神中，我还是能够读出一丝无奈，那是一种被人牵着走却又无法摆脱的无奈。

当所有仪式结束后，旦儿向我请求回寝宫，我没有犹豫便应允了他，我知道对于他这种性格的人，让他尽快脱离人群静心独处或许是最好的选择。

当旦儿转身向着大殿外走去的时候，我明显感觉到他的步伐略显沉重，犹如木偶般地被人牵行，那一刻我的心中着实不忍。虽然立旦儿为皇帝是礼法制度的必须选择，但我承认我是在利用旦儿的善良与温和来弥补我决策失误的后果。

对于旦儿来讲，离开暗流涌动的朝廷倒是一种解脱，不用再顾及我那阴沉的面容，不用在朝廷残酷的斗争中求得生存的一席之地。虽然现在名义上这个至高无上的宝座暂时没了主人，但谁都明白取而代之的是曾经在宝座帷帐后那个坚韧而多谋的女人。

现在终于开始了我的掌控时间，为了建立我可以信赖的执政团队，我将时任礼部尚书的侄子武承嗣带进了宰相班子，也算是对裴炎进行了变相回击，这个老滑头一定想不到，和韦玄贞比起来，承嗣是个更难啃的骨头。

同时为了彰显权威，我下令对武氏七代祖先进行追封并立庙祭祀。事实上我的这个做法并没有太多的政治目的，只是为了强化朝臣们要以我为中心，但是我的做法已经越过了礼法制度，一如所料，站出来反对的朝臣着实不少。

裴炎就是当时反对最为激烈的一个，他告诉我，只有皇帝才有资格为自己的祖先立庙。

皇帝？呵呵！一个连皇帝都敢于随时废立的人，难道还用遵循这些礼法吗？

我很明白裴炎的意图所在，虽然在废掉哲儿的过程中，裴炎主动充当我的马前卒，但这并不意味着他会始终和我站在同一战线上，而且裴炎本来就不是我的嫡系，不然我也不会让承嗣进宰相班子。

我决定追封武家的祖先并为他们立庙，裴炎一定认为我是想篡夺李家的天下，除了提醒我只有皇帝才可以为祖先立庙之外，还提醒我应该秉承公平的原则，不能偏私娘家宗亲，决不能重蹈当年吕后失去人心的覆辙。

事实上裴炎出于公心，即使我对他颇有怨言，但考虑到国家利益，我还是大都可以虚心接受的，可是他引用吕后的例子却是让我心中十分不爽。我和吕后虽然都是权力的膜拜者，但我和她有着本质的不同，自刘邦死后吕后一直为操控刘氏江山而努力，而我却是出于对国家负责任的态度，运用权力去维护李唐的天下。

或许千百年后，人们出于对女人干预政事的偏见，将我和吕后划为同一种类型的人，但那是后人们的事情，我不能因为后世史书是否秉笔，便让现在的自己消极逃避，我始终认为承担身前的责任远比考虑身后的评价要重要得多。

看来裴炎的确是个倔强的老头儿，我现在也终于理解了哲儿在面对他时为什么会发飙。不过我是个久经风浪的人，无论裴炎的话多么难听，表面上也不会流露出任何不满的情绪。

为了显示我的虚心纳谏，我采纳了裴炎奏请，改立庙为建祠堂祭祀，也算平复那些反对大臣的情绪，但只有我心里明白，裴炎作为一个首席宰相的老臣，未来可能会成为我前进路上的绊脚石。

所以，当我在立庙问题上向裴炎表示妥协时，我已经下定决心要将他清除。

然而不久后我便找到了清除裴炎的借口，而且这是他自己主动为我制造的，事情的起因还要从一篇文章说起。

光宅元年（684年）八月的一天，心腹宦官为我送来加急奏报，说扬州发生了叛乱，发动叛乱者是开国元勋李勣的孙子李敬业，理由是我擅权乱政废掉皇帝李哲。

这个消息着实让我十分震惊，倒不是因为他们的反叛理由，而是因为领导者居然是李勣的孙子。

想当年阿奴在处理废立皇后一事时，李勣也算是我的实际支持者，实在没想到他的孙子现在会起兵反对我。

"真是世事难料啊！李勣乃开国名臣，当年备受太宗皇帝的倚重，怎么会出了个这样的孙子。"我一边自言自语一边摇头苦笑。

"太后，这里还有一篇《讨武檄文》，据说是李敬业起兵之前专找才学之士所写。"心腹宦官继续向我汇报道。

"哦？《讨武檄文》？听这个名字，一定是骂我的文章了？我很久没听到骂我的声音了，为我念来听听，呵呵！"

虽然我明知道是骂我的文章，但我还是对这篇文章充满了好奇心。

爱与恨的边缘

"伪临朝武氏者,人非温顺,地实寒微。昔冲太宗下陈,尝以更衣入侍,泊乎晚节,秽乱春宫,密隐先帝之私,阴图后庭之嬖……"

"嗯?继续念啊!怎么停下了?"

当我仔细聆听宦官为我念那封《讨武檄文》时,不知道为什么,宦官念着念着忽然停下了,于是我低声埋怨他说道。

"太后!还是不念了吧,这篇文章言辞太恶毒了,分明就是在诋毁您啊!"宦官抬头怯生生地看着我,颤巍巍地说道。

"继续念!不要停,听起来文采很不错嘛!"

宦官显然对我的这种反应有些惊讶,只得低下头继续念起来:"入门见嫉,蛾眉不肯让人;掩袖工谗,狐媚偏能惑主……"

坦白讲,这篇《讨武檄文》言辞着实激烈,从我的出身寒微开始写起,什么嫉妒、媚主、败坏人伦、心如蛇蝎、残害骨肉、屠杀忠良、篡夺大权、阴图帝位等恶毒的词汇,全都一股脑地扔在了我头上,尤其是在文章的最后,还引用了西周因褒姒而亡的实例来说明历史正在我身上重演。

"请看今日之域中,竟是谁家之天下……"

"好!实在是太有文采了,真是一篇文采斐然的好文章啊!哈哈哈!"

当宦官念完最后一句话时,我不禁拍案而起,为作者的好文采所深深折服,全然忘记了这是一篇痛骂我的文章。

"这篇文章写得很有气势啊,看来叛军在李敬业的带领下发誓要将本后搞垮喽?呵呵呵!对了!知道这篇文章出自谁手吗?"我一边来回踱步一边问道。

"听说是出自一个叫骆宾王的人之手。"

"骆——宾——王?"我口中喃喃自语着,似乎对这个人有些印象。

我来回踱步,努力想让骆宾王这个人在我脑海中浮现出来,而随着一首《在狱咏蝉》忽然间闪现在眼前之际,一个性情高傲、愤世嫉俗却又才华横溢的年轻人形象渐渐清晰起来。

> 西陆蝉声唱，南冠客思深。
> 不堪玄鬓影，来对白头吟。
> 露重飞难进，风多响易沉。
> 无人信高洁，谁为表予心。

"原来是他啊！"

当我随口咏出这首《在狱咏蝉》时，整个人便陷入了往事的回忆中。

那一年阿奴要到泰山举行封禅大典，骆宾王在人们的推荐下写了一篇《请陪封禅表》，因文采俱佳而受到阿奴的赞扬，被封为奉礼郎，随同阿奴一同前往泰山，骆宾王也由此进入朝廷开始了仕途生涯。

可是骆宾王这个人性情高傲，在明争暗斗的朝廷内很难立足，六年前他刚刚被提拔为御史时，便被政敌栽赃陷害而入狱，这首《在狱咏蝉》便是那个时候他在狱中所写。

当时有人将这首诗呈献给我，说骆宾王写的这首诗明显带有反意，请求我杀掉他，可是在我反复读过这首诗后，从其中明显感受到一个愤世嫉俗、不肯同流合污的年轻人对现实的严重抗议，觉得骆宾王可能并非像那些人所说是个唯利是图、心术不正的小人，于是下令大理寺重新审理骆宾王的案件，结果证明他是被冤枉的。骆宾王被释放后，我钦点他担任临海丞一职。

后来听说他在任时过得十分不开心，最终辞官而去，这些年始终不知行踪，如果没有这篇《讨武檄文》，我早已经将他忘记。

"唉……真是可惜啊！如此有才能的人竟然流落民间不得重用，真是宰相之过啊！"言罢，我垂首凝神沉思。

"太后！骆宾王现在是个大反贼，您为什么还替他惋惜呢？"宦官不解地问道。

"你不会明白的！"我一声长叹说道，"世间难得一奇才，明君都是会爱惜人才的，当年太宗先帝就是这样，他用人不论门第、不私亲戚、不计仇怨，所以人才归顺如流水，进而才开创贞观一朝的盛世。太宗先帝辛苦开创的一代政风，岂可随意丢掉？"

"还是太后高明，让我们这些下人受教了！"

"嗯！火速召集宰相们到我这里商讨对策！"我下令说道。那一刻我决心已定，无论骆宾王文采多么出众，他既然已经站在我的对立面，我将会毫不留情地予以绞杀。

人才为我所用，定视之为珍宝。反之，必须要摧毁殆尽！

骆宾王，我爱其文，但更恨其人！如今你我既然水火不容，在爱与恨之间，我将义无反顾地选择后者！

宰相们听闻我的召集令，觉得事态紧急，无不全都火速赶到我这里。见众人站定，我便开门见山地向各位通报事态的进展。

"据扬州方面紧急奏报，开国名臣李勣的孙子李敬业发动叛乱，不仅剥夺了扬州长史陈敬之的官职，而且掌握了扬州地区的全部兵权，目前声势越来越大，已经拥兵十万之众，扬州俨然成了独立王国，现在召集诸位大人前来，是要商议如何处置之策。"

我将叛乱的形势如实讲给宰相们听，看得出来每个人听的时候心情都十分沉重，同时都在仔细思考应对之策。

"臣以为决不能姑息这伙反贼，应该立即出动大军予以剿灭。"

"臣也以为不能再等李敬业继续扩大势力，朝廷必须尽快予以剿灭。"

事实上我很清楚，我的讲述一旦完毕，大部分人一定会抢着慷慨激昂地站出来指责、声讨，但如果让他们拿出具体措施，这些人就又都会知难而退。

"诸位大人为什么就不问问，一个落魄的文弱书生李敬业何以能在扬州搞出如此声势巨大的叛乱呢？即使要出兵剿灭叛贼，也先要做到知己知彼啊！"

在众人慷慨激昂地发表意见时，我的思维并没有随着他们的引导去想，而是果断抛出了一个让众人始料未及的问题。显然这些人完全没有思想准备，因此面对我提的问题，顿时全都哑口无言。

"哎……"面对现场的鸦雀无声，我无奈地摇摇头，对这些佯装愤慨的宰相们鄙视至极。当然，这个问题除了具有平叛策略上的思考之外，还有我内心很实际的政治目的。

"还是让我来告诉大家答案吧！根据扬州方面的奏报，李敬业依靠自己曾经在官场上积累下的人脉，让与自己交好的已经退休的监察御史魏思温给现任的监察御史修书一封，说扬州吏治不清，请求这位御史大人巡查扬州，这位御史到达扬州后，李敬业便收买了他身边的随从，让随从向这位御史密报陈敬之谋反，陈敬之就这样被革职查办。"

"这个李敬业真是可恨，这位御史也真是糊涂……"

"别急着发表议论，事情还没结束呢！"面对承嗣的不满，我果断让他闭上了嘴。

"陈敬之被革职查办后，李敬业冒充新到任的扬州司马来到扬州府，具有讽刺意味的是，先前那位御史大人居然还一起陪同前往，李敬业到达扬州府后，将当地的官员们集合起来，假称自己在赴任之前曾经得到朝廷密旨，命他领兵讨伐谋反作乱的高州酋长冯子猷，并且当众宣读了伪造的诏令。于是那些扬州的官员就这样被李敬业蒙骗，轻而易举地交出了扬州府的大权。以上便是李敬业能够迅速起势做大，并且能够拥兵十万之众的来龙去脉。"

我的这段讲述让在场的每一个人听得全都目瞪口呆，他们怎么也想不到一个落魄的文弱书生、一个曾经的官场失意者，居然会拥有如此强悍的脑系以及活动能力。

"李敬业固然可恨至极，但如果没有那位御史大人的'帮忙'，我想他也搞不出如此大的动静。承嗣，刚才你也说这个御史着实糊涂，现在你想知道他是谁吗？"我缓缓问道。

"当然！我要是知道是谁，一定要奏请皇太后严惩他！"承嗣愤愤不平地说道。

"呵呵！这位御史大人的名字叫薛——仲——璋！"我故意将这个人的名字断开念，然后便将目光对准了裴炎。

"嗯？裴大人，众人刚才全都对这件事议论纷纷，只有你一言不发，这是为何？是不是你有什么更好的应对之策啊？"

当裴炎听我说完后,脸色已经变得十分难看,这倒不是因为他说不出什么想法,而是因为我所说的那位监察御史薛仲璋正是他的外甥!

裴炎之死

"太后!薛仲璋虽然是我的外甥,但他巡查扬州事先没有向朝廷汇报,属于违反朝廷条令,这件事情臣事先并不知情,不过臣一定会依法严惩薛仲璋,绝不会因私袒护。"

裴炎面对我的挖苦式提问倒是没有避讳,直截了当亮明了观点,不仅两句话就将自己撇清,而且其大义灭亲的态度让我这个朝廷主宰者实在不好再为难他。

"好啦!薛仲璋如何定罪就由裴大人定夺吧!"我随即也表现出宽容的态度。

"太后,李敬业在扬州搞到这种地步,固然有薛仲璋办事不力之过,但在臣看来也是必然。所以刚才大臣们所说的大举镇压不一定是最好的方法。"裴炎随后说道。

"哦?呵呵!我就知道裴大人会有不同于其他人的高见。继续说!"

"太后您想,李敬业发动叛乱的根源在于李哲被废,而且现在的皇帝的确已经到了足够年纪,可是却不能行使皇帝的权力,所以李敬业等人才会发动叛乱。"

裴炎躬身向我缓缓地陈述着,虽然他说的都是事实,但我已经敏锐地嗅到他的话似乎有些异样。

"还请裴大人直言,你到底是什么意思?"我略带不悦地说道。

"其实平定李敬业的叛乱并不难,朝廷无须耗费大量的人力物力进行镇压,如果太后认为现在的皇帝不能胜任皇帝之位,只需让庐陵王复位即可!"

裴炎的语调虽然平缓，但他的话却顷刻让我如鲠在喉，顿时我的脸色阴沉起来。如果不是我定力十足，此刻恐怕已经断然喝止。

我心中虽然陡升愤怒，但表面上并没过分流露，我略带讥讽的口气对裴炎说道："如此说来裴大人是想让咱们否定先前废李哲之举了？"

我故意用了"咱们"一词，是在强调废掉李哲的事你裴炎也是决策者之一。

"形势所迫，不得不如此啊！"

"嗯，裴大人的主意也算是一种应对之策，今天暂且议到这里，容本后仔细思考之后再做定夺，诸位大人回去后还要反复斟酌，如有更好的对策，随时向我禀报，都先退下吧。"

"希望太后能够尽快定夺，毕竟扬州局势已经十分紧迫……"

"知道了。"我瞥了一眼还想继续说下去的裴炎，淡淡地回应了他一句。

对我而言，今夜注定又是一个无眠的夜晚，我仔细揣摩裴炎那番话背后的深意，事非偶然的话，他建议我以恢复哲儿的皇位当作平叛的手段，其动机绝不是那么单纯。

我之所以对裴炎的话心生反感，最直接的原因是他居然当众否定废掉哲儿之举，而且话语间将自己撇得一干二净，仿佛废掉哲儿是我专权拍脑门儿决定的。

今夜当我一个人躺在床上仔细思考后，再联想裴炎先前一系列的表现以及今天在朝堂上的表态后，我意识到这个人不仅老奸巨猾，而且是个私心颇重没有原则的人！

哲儿固然是我最终决定废掉的，但裴炎在这个事情上无疑起到了推波助澜的作用，如果没有他的因势利导，我是不会就此轻易决定的，可是现在他又将恢复哲儿皇位作为平定李敬业叛乱的唯一手段，不得不让我重新对这个阿奴亲点的顾命大臣进行审视。

裴炎历经御史、起居舍人、黄门侍郎，于调露元年（680年）进入宰相班子，时任同中书门下三品。他的资历使得他在所有朝臣中深得阿奴的信任和倚重，所以阿奴临终前很自然地将裴炎委以顾命大臣。

可是阿奴那个"军国大事有不决者请皇后裁决"的诏令，又变相让我成为朝廷的主宰者，再加上我的能力，可以说裴炎并不能像当年长孙无忌那样实现大权在握。从裴炎主张废掉哲儿以阻止韦玄贞进入宰相班子，进而继续保证自己首席宰相的位置来看，他也是个权欲熏心的人，我始终认为如果不是我这个能力超强者掌控一切，说不定裴炎真的会像当年长孙无忌那样专权。

裴炎的算计不可谓不精细，他本以为利用我成功废掉哲儿，可以保证他首席宰相的位置，而且他也知道哲儿被废，后继者一定是旦儿，在政治高手如林的朝廷中，旦儿甚至连弱者都称不上，这样一来裴炎的地位依然会稳固，而我还会像哲儿在位时那样不再干预朝政，裴炎就可逐步实现他大权独揽的目的。

可是他一定想不到，那一天哲儿被废的时候，他在朝堂上爆发出惊人的反抗力也让我瞬间察觉了裴炎的私心所在，从那一刻起我开始对裴炎产生怀疑，但裴炎并不知道我内心深处的想法。当他看到旦儿继位，我又一次从幕后走到台前时，他可能才意识到形势不一定像他盘算的那样。

殊不知我从幕后重新走到台前，不仅是对废掉哲儿这个失误之举的弥补，更是出于对国家、对朝廷的公心，但是裴炎却完全是从自己的私利出发。谁都知道李敬业发动叛乱虽然是打着恢复哲儿帝位的口号，但其根本目的是想推翻大唐，身为朝廷首席宰相的裴炎怎么可能会不明白？居然当着所有人的面说出用恢复哲儿的方法来平息叛乱，这完全是借助形势满足自己的私利，因为目前情况下，只有恢复哲儿帝位，裴炎才有机会避开我这个强势者，在裴炎看来，韦玄贞和我比起来，他更希望韦玄真成为他的竞争者。

因此，虽然在废掉哲儿的问题上，我与裴炎暂时联合，但终究是志不同道不和。

在废掉哲儿之后，我曾经产生过惩罚裴炎的想法，现在我终于找到了借口。面对李敬业叛军的来势汹汹，身为宰相居然主张朝廷不去镇压，无论有什么遮人耳目的说辞，于情于理都是说不过去的，所以我决定以这个借口严惩裴炎。

"传我旨意，裴炎不主张出兵平叛，心怀叵测，立即将其押入大狱，听候处理！"我果断地命令道。

然而让我没想到的是，刚刚将裴炎下进大狱，一波又一波的朝臣就纷纷到我这里替他求情，这不禁让我对裴炎的活动能力另眼相看，甚至是倒吸一口凉气。

纳言刘景先和凤阁侍郎胡元范是最先到我这里替裴炎求情的，两位老臣认为裴炎是顾命大臣，多年来一直忠心于国家，如果因为裴炎不主张出兵镇压叛乱就认定他心怀叵测，显然难以服众。

这两位老臣作为第一波到我这里为裴炎求情的人，他们所说的话我还是认真听了的，他们走后我曾经一度想释放裴炎，但是此后一波又一波的人到我这里来为裴炎求情，甚至有的人在我面前信誓旦旦地力保裴炎，让我意识到这似乎有些不正常，尤其担保的人中还有程务挺这样的老将。

程务挺作为开国名将程明振之子，这么多年来战功赫赫，为守护国家的西北边境安宁可谓劳苦功高，在朝廷内也颇有威望，对于废掉哲儿一事，程务挺是坚决拥护者，不过现在看起来，他之所以旗帜鲜明，根源并不是因为他是我的支持者，而是他与裴炎穿同一条裤子。

程务挺在我面前力保裴炎的时候，虽然态度谦卑诚恳，但可能是因为武将出身的缘故，我总感觉他的话让我承受着巨大的压力，尤其他在西北边境经营了很多年，其势力已经渗透到了当地各个阶层，这一点也令我不得不防。

在程务挺力保裴炎之前，我仅仅是对裴炎这些年经营自己的势力会有如此成果感到吃惊，但是程务挺的出现让我的想法彻底改变，原来裴炎的能量如此之大，不仅可以驱使文臣，甚至将手臂伸向了武将。

从这些力保裴炎的人规格越来越高，态度越来越坚定来看，这些人显然是在向我逼宫。

放眼望去，为裴炎辩护的人实在太多，除了凤阁舍人李景湛和左仆阙崔湜为了讨好我，故意说裴炎心怀叵测之外，绝大部分人都向我上疏请求释放裴炎。可是他们的上疏越多，越是让我不寒而栗，我的耳际总是回响起监察御史崔察对我说的话:"炎受顾托,身总大权,闻乱不讨,乃请太后归政,此必有异图。"

是的!在叛乱形势如此危机之下,裴炎却请求我归政,他一定有异图,一定!

我十分明白裴炎想做权相的迫切心理,但我更清楚,一个权欲熏心的人手中握有足够的权力意味着什么,我心中有着十分肯定的答案。

因为三十多年前,长孙无忌用他的实际行动已经明确地告诉了我!

光宅元年(684年)九月,一心想做权相的裴炎带着他还未实现的理想,在洛阳都亭驿前街殒命。

在此之前,我反复权衡利弊之后,果断地下命令,将身在大狱之中的裴炎立即斩首。裴炎可能至死也没想明白我究竟为什么要置他于死地,当然他更不会明白,我为什么还要将那些力保他的人一并加以惩处。我之所以会做出一系列决定,是因为他临死前留下了一句万分感慨的话:"兄弟官皆自致,炎无分毫之力,今坐炎流窜,不亦悲乎!"

是啊!的确是"不亦悲乎"!

那些力保裴炎的人并没有敏锐地发现政治风向标的转变,或许他们内心并没有什么非分之想,只是出于情义而为裴炎鸣冤,却不曾意识到政治绝不是个意气用事的领域,我认定那些力保裴炎的人就是裴炎实现权相之路的柱梁,不除掉这些人,终究会再现三十多年长孙无忌那一派人的专权现象,为了杜绝后患,所以继续为他上疏鸣冤的程务挺只有陪着裴炎一起赴黄泉,而率先开启为裴炎求情之路的刘景先和胡元范也同样受到惩处被流放出京城。

我很清楚指斥裴炎心怀叵测有些牵强,说他想谋反更是没人相信,为了给他安一个死罪的名头,我专门在朝廷内下达一封通告,告诉所有人说裴炎为了达到专权的目的,早就有逼本后还政的想法,还曾经利用本后出游龙门时密谋要实行兵谏,不过因为当时下大雨,本后并没有出行,裴炎的阴谋才没有得逞。

下达通告之后,我让史官将这一切都记载在史书上,我要将裴炎永远地钉在谋逆者的叛臣行列,或许千百年后那些历史的探寻者们会逐步揭开我的谎言,但那是后世者的事情,而我的任务是要消除眼下潜在的危险,失去了当下,何谈后世者是什么看法,或许也会仁者见仁智者见智。

以裴炎为首的未实现专权的一派们,被我利用李敬业叛乱的机会果断地加以清除,也算是消除了朝内之患,但李敬业在扬州可谓做的是风生水起,对我而言内患暂时已止,但外忧却像越来越强烈的寒风不断凛冽地向我袭来。

警告

"剥夺李敬业的一切官职和'李'姓,并掘其祖坟,劈棺鞭尸!"当我处理完裴炎的事情后,面对李敬业这个叛臣,我首先做出了上述决定,也算是对《讨武檄文》的回应。

我知道这个决定一定会让恢复本姓的徐敬业发誓要和我血战到底,而且掘其祖坟的做法也对已经死去十几年的开国元勋李勣大不敬,但我已经顾不得那么多,这个决定昭示天下,即使平定了李敬业的叛乱,我依然不会放过和他有一丝牵连的人,那将会是一场血腥的屠杀,甚至是波及一家几代人。

我的决定一经文告发布,恢复本姓的徐敬业便立下重誓,发誓不报此仇,誓不为人。而且徐敬业的行动迅速,在扬州夺取兵权后,立即分兵向金陵进军。

坦白讲,我对行军打仗的事情并不在行,如何应对徐敬业的军事威胁,我必须找朝中军士来商量,于是立即令李孝逸前来商议对策。

作为当年驰骋沙场的淮安王李神通之子,这些年李孝逸为国家出力颇多,尤其是两次带兵击退吐蕃来犯,可谓是打出了大唐的国威。最重要的是作为李唐皇室宗亲的他,并没有因为我这一个李家媳妇的外人身份掌管朝政而有任何偏见，尤其在阿奴驾崩后，李孝逸对我更是忠心耿耿，这让我十分感动。

从辈分上来讲，李孝逸是高祖皇帝的堂侄，我应该尊称他为"皇叔"，所以请他到我这里来，我表现出了十足的尊敬之意，不仅免去其叩拜之礼，而且赐其与我对坐而谈，还另赏赐他黄金百两。

"太后！臣知道反贼徐敬业在扬州声势浩大，太后召臣前来，一定是为了平叛的事情，请太后放心，如果用臣平叛，定当竭尽犬马之力！"李孝逸是个精明人，一上来便亮明态度。

"呵呵！能得到皇叔相助，怎么能说是犬马之力呢？但不知皇叔有何良策？"

"臣先前听说徐敬业叛乱后也一直在关注这件事情，据臣所知徐敬业虽然在扬州声势浩大，但周边也只有楚州司马李崇福依附他，所以在臣看来，徐敬业不过是虚张声势。"

"据前方奏报说徐敬业准备分兵攻打金陵，皇叔怎么看待他的下一步军事行动？"

听我说完，李孝逸忽然站起身来仰天大笑，我顿时被他这个举动搞得莫名其妙，不过我还是能理解他，一个武将出身的人总是那么不拘小节。

"如果说徐敬业带领大军直奔洛阳而来是个麻烦，可他分兵去攻打金陵简直是自取灭亡！"李孝逸肯定地说道。

"哦？皇叔为什么这么肯定？"

"太后您想一想，徐敬业的兵马和朝廷比起来处于弱势，他应该在朝廷还没来得及做出任何应对之策时，领兵直捣洛阳或许还有成功的机会，现在分兵去打金陵，也等于给了朝廷充分的应对时间，即使打下金陵，凭借太后的天威和朝廷大军的英勇善战，小小的徐敬业能够抵抗多久？"

"嗯……皇叔所说有些道理，行军打仗的事情本后不擅长，本后心意已决，就将这平叛的重任交给皇叔！"

"请太后放心，臣愿立下军令状，一个月的时间即可平定叛乱！"李孝逸坚定地说道。

我当然愿意听到李孝逸说这样的话,但为了慎重起见,我还是否定了他立军令状的做法,允他只要平定叛乱即可,至于多长时间有时并非人力所能决定。

我这么说也是出于对忠心耿耿的李孝逸的一种保护,因为一旦出现闪失,将会使我会失去一员不可多得的虎将。

"皇叔此去万分小心,徐敬业虽然不入您的法眼,但他能在扬州瞬间夺取兵权,并聚众十万,绝不是酒囊饭袋,皇叔万万不可轻敌啊!"我叮嘱李孝逸道。

"太后!您就等着老夫凯旋吧!哈哈哈!"

望着李孝逸离去的背影,我总是觉得忐忑,虽然我坚信他定能凯旋,但直觉告诉我,此去平叛绝不会那么顺利!

带着左铃卫大将军、扬州行军大总管头衔的李孝逸,就这样在我的任命下带领三十万大军浩浩荡荡地向扬州杀去,我知道以李孝逸的资历,无论从哪个方面来讲徐敬业都无法和他相比,但决定战争胜负的因素有很多,李孝逸虽然能征善战,但劳师远征还是应该谨慎对待。

自从大军离开洛阳后,我便连续派人去提醒他要依据战场形势审时度势,万万不可麻痹大意,虽然我对行军打仗不在行,但战略上重视对手的道理我还是懂的。

时间一天天地过去,我的心始终忐忑不安,在此期间虽然李孝逸间隔不长时间便向我汇报军情战况,让我一百个放心等着他平定叛乱的好消息,然而在我没看到徐敬业的首级或者李孝逸没把他带回来献俘之前,我终究是放心不下的,此刻我期盼李孝逸能够不负我重托,也祈求上天能够保佑。

事实证明,我的担心并非多余,那天我在佛堂里正在为平叛的事情诵经祷告,宦官急匆匆地跑进来。看着他一脸的紧张表情,不惜惊扰我的祷告,我就知道前方战事一定进行得不顺利。

"太后!李将军现在已经进入江苏境内,不过先锋人马在临淮(今江苏泗洪）与徐敬业的人马遭遇，由于李将军不熟悉当地地形，所以遭到围攻，先锋人马接连受挫。李将军不得已退后三十里安营扎寨！"宦官上气不接下气地向我汇报。

我担心的事情终究还是发生了，为了稳住心神，我深深地吸了口气，开始思考如何面对这不利的开局。

我预料到以李孝逸的自负性格难免会受挫折，但我并不担心他平叛的能力以及最后的结果，我十分清楚扭转不利的战局不仅需要前方主将指挥得当和士兵们的英勇善战，更需要我这个掌握最高权力者面对形势尤其是不利形势时，如何发挥统筹全局的作用。

李孝逸就此安营扎寨，虽然有人马长途跋涉不得已的客观原因，但也有徐敬业给他当头一棒，令他始料未及，从而心底产生一种畏惧，需要先稳稳心神再寻破敌之策，所以依我看在开局不利的局面下，稳定军心是当务之急！

"告诉李将军！胜败乃兵家常事，不必放在心上，本后相信他定能找到破敌良策，一鼓作气平定叛乱。再次向他传本后的话，平叛没有时间限制，李将军身为前方统帅可以按照战场形势自行决定或进或退！"

我坚信自己亮明这个态度一定会让忠心耿耿的李孝逸再次感动，进而更加努力地平叛，因为我十分明白对于派往战场的将帅们，一定要做到用人不疑、疑人不用！

事实证明，我这份信任的效果十分好，当十天后宦官再次前来汇报战况时，从他那面露喜色的神情，我可以猜测到李孝逸打了胜仗。

宦官将前方奏报兴高采烈地交给我，我拆开后第一眼便看到"徐敬业已授首"的字样。

"太好了！太好了！"我兴奋地不顾自己已经老迈的身体，几乎跳了起来，吓得身旁的宦官一把扶住我，将我搀扶到床边坐下。

李孝逸虽然开局不利，但此后的仗打得十分漂亮，首先避过徐敬业大军的锋芒，领兵攻打守备比较薄弱的都梁山，再以都梁山为依靠，又以迅雷不及掩耳之势攻打淮阴，攻取之后，继而在距离高邮不远处的下阿溪用火攻重创徐敬业的主力大军，最终逼得徐敬业只能带领残部向东北方逃去，没想到在海陵（今江苏泰州）让急欲邀功请罪的部将王那相一刀砍下脑袋。

我一口气看完李孝逸的奏报，虽然上面只有短短的几行字，但我已经读出了前方奋战那未知的危险以及死亡杀气的弥漫。为了给予李孝逸等人高度奖赏，我决定等他班师回朝后在宫中举行盛大的庆功宴会。

在我看来，徐敬业虽然打出了匡复唐室、拥护哲儿复位的旗号，但纵观整个国家形势，他的做法并不得民心。大唐已经建朝七十余年，历经高祖、太宗、阿奴和我的治理，百姓们早已经安居乐业，对于他们而言，朝廷的权力斗争与他们无关，他们所关心的就是自己能否衣食无忧，以及能否有一个稳定的生存环境。从这一点上来讲，大唐已经给了他们这些。徐敬业的叛乱虽然轰动一时，起一州之兵，拥十万之重，也终究逃不过覆灭的命运。

哼！徐敬业啊徐敬业！这就是你想要的结果吗？你不仅身首异处，还有无数人成为了你一己之私心的殉葬品，更重要的是你的祖上要一起和你承受这奇耻大辱，可怜李勣一世英明，竟然毁在你这个不孝子孙的身上，想来的确让人唏嘘不已啊！

没有带来疾风骤雨，也没有留下点点露珠，这就是对抗我的结局，到头来如风吹云雾般地飘散于天际。

光宅元年（684年）十一月，我在宫中举办了盛大的庆功宴会，平定徐敬业的叛乱让我十分兴奋，因此我喝了不少酒，以至于脸上泛起了红晕，可以说我活了六十一年很少像今天这样贪杯，那些很会见风使舵的大臣借此机会纷纷恭祝我青春永驻。

虽然我已经是六十一岁的老太婆，但由于平常十分注意保养，所以看起来并不显老，当然几十年来我始终在政治风浪中挣扎、搏击，宫廷斗争的险恶环境不仅锤炼了我的意志，也强健了我的体魄，所以大臣们的话着实让我心花怒放了一把。

但是我并没有醉，也没有被胜利冲昏头脑，我时刻保持着清醒。此刻坐在宝座上开怀畅饮,虽然看起来轻松、愉快、怡然自得,但我的心中仍是个不平静的世界,我时刻没有忘记和停止政治上的精心计划,每天都在思考如何给我的敌人以无情的打击。徐敬业的叛乱虽然已经平定,但透过这场叛乱的现象看其本质,说明潜在的危险无处不在,我必须要以更强硬的姿态清除所有可能的危险,甚至以非常规的手段去震慑人心。

三天后,在乾元宫里,一场由我主导的没有歌舞、没有酒宴、没有欢声笑语的朝臣集会开始了。我端坐在高高的宝座上,用咄咄逼人的目光扫视着在场的所有人,没有人敢仰视我的目光,气氛紧张得有些窒息。

"本后自亲政以来,自认为从来没有辜负于众卿,更没有辜负于天下,众卿认为呢?"我严肃地发问道,语气明显尖刻。

"太后功高德厚,天下尽知!"所有人一起跪倒,高声应答道。

在我看来,这些人还真是一群猴精的人啊,在我接连废掉贤儿、哲儿,出手整治完裴炎一党,以及迅速平定徐敬业的叛乱后,他们终于看出我是个绝顶强势的人,而非他们认为是个死掉丈夫的软弱可欺的寡妇,所以面对我今天这种有目的的发问,他们像事先互相通过气一样异口同声地回答。

我轻声叹了口气,然后继续缓缓地说道:"本后侍奉先帝将近三十年,始终心怀天下,众卿的富贵是本后赏赐给你们的,而天下人的太平更是本后努力的结果。先帝驾崩后,将天下托付于本后,本后唯恐不能上承天意,下顺民愿,所以尽量爱护百姓和众卿,可是在你们之中,为什么总有人辜负本后呢?"

我的情绪开始激动,说完后便用凛冽的眼神环视所有在场的朝臣,似乎要猎杀每一个人。

我的这番话既是说给大臣们听,也是在发泄很长时间以来压抑在心底的委屈和愤怒。

朝堂上异常寂静,我观察到每个人都低头屏息,不敢吱声,朝臣们当然明白我今天情绪如此激动,一定事出有因。徐敬业等人刚刚被灭,我这是在以裴、徐二人为例,对所有人进行训诫。

他们能看出来那是再好不过，我便可以继续按照我的思路和方式完成今天的计划。

"你们中间有先朝老臣，可是像裴炎那么倔强的人有几个？你们中间也有很多是名将之后，可是有徐敬业那么胆大妄为的吗？他们与本后为敌，本后轻而易举就可以解决掉他们，敢问诸位谁能比他们更厉害？"

我特意将调门提高了很多，我要用声音震慑到每一个人心灵的最深处。

"如果没有谁能比他们更厉害、更大胆，那就请你们老老实实的，免得身败名裂，贻笑天下！"

我的话铿锵有力，像重锤一样敲击着在场每个人的心灵，我已经看到有的人开始浑身颤抖、大汗淋漓。

"天后天威，臣等愿效犬马之劳！"

我的嘴角露出了一丝微笑，我早已经习惯了大臣们这些恭维的话，在我看来除了话语要有震慑力之外，还必须要用实际行动继续敲击这些人。

于是在集会之后，我带着朝臣们前往一个很久没有人去的朝堂，我坚信当他们到了那里后，一定会更加胆战心惊！

我带着众人向着那个朝堂一路走去，这些人跟在我的后边，就像犯了错的孩子一样，全都低着头畏畏缩缩前行着，不久后一座半隐没在黑暗中的朝堂大门出现在我和众人面前。

这是一座说起来让任何人都感觉毛骨悚然的地方，里边摆放的东西足够触发人心底最深的恐惧感，而随着那厚重的大门吱吱呀呀地打开后，很多人已经不自觉地用手捂住鼻子。

一股血腥之气夹杂着霉臭味扑面而来！

"众位爱卿随本后一起进去吧！"看着众人一副恶心的样子，我从心底对他们有种蔑视。

随后我大踏步地走进这个朝堂，众人虽然实在不愿意走进这个让人浑身发麻的地方，但无奈之下只能硬着头皮跟着我一同进入。

借着灯光可以看到朝堂的案桌上摆着两个用红布盖住的圆乎乎的东

西，但此时绝大多数人都不知道那东西究竟是什么，当然他们更莫名其妙的是我带他们来到这个似乎已经废弃的朝堂，究竟意图何在。

"承嗣！将红布拿下来！"我对站在身旁的侄子武承嗣命令道。

承嗣得到我的命令后，快步走到案桌前掀开了两块红布，刹那间我听到已经有人忍不住发出惊呼声，虽然他们已经在极力压低声音，但还是被我听到了。

我对这样的反应早已经预料到，我要的就是这个效果，因为那两个圆乎乎的东西是两颗人头。

裴炎和徐敬业的人头！

虽然两颗人头赫然显现，那殷红的血光似乎依旧闪动在每个人的面前。

"都看到了？"我故意发问。

没有人敢回答，但我能感觉到所有人的心理防线瞬间都已经崩溃。

"回宫！"空旷的朝堂里我的声音再次响起，所有人全都像得到赦免令一样，紧跟着我急忙走出朝堂。身后厚重大门关上了，一切归于平静。

这就是我用自己特有的方式对朝臣们进行的一场有着产生强大震慑作用的警告，让他们明白对抗我就要付出血的代价！

从效果上来看，我还是十分满意的，尤其看到那些大臣们浑身颤抖、冷汗直流的窘态时，内心有一种强烈的征服感，可是当他们散去之后，静下心来想一想，我觉得似乎还缺少什么，徐敬业叛军的呐喊声、刀剑的撞击声似乎依然回响在我耳畔，我清楚地知道现在的平静绝非是万事太平。我虽然身居高位，但还远远没有达到"普天之下，莫非王土，率土之滨，莫非王臣"的理想状态。

所以，既为天下尊，斗争不能停！

WU MEI ZHUAN

武媚传

第五章

拦腰斩断你,大唐!

酷吏们的春天

从平定徐敬业的叛乱，我总结出了一条常被忽略的教训，那就是保证我的旨意下达通畅的重要性。要知道徐敬业这样一伙官职级别很低的人公开在扬州扯旗造反，而朝廷居然在他聚众十万人后才得到消息，这充分暴露了朝廷之外各地方政府反应迟钝，以及由此而导致的情报梗塞。

如果不解决这个问题，终究会有隐患！

因此为了改变这种情况，我决定制造四个铜匦分别置于朝堂的四周。所谓铜匦，就是类似于四个信箱的盒子，放在东边的叫"延恩匦"，用来投放劝农务本以及吏治的信件；南边的叫"招谏匦"，用来投放批评朝廷得失意见的信件；西边的叫"申怨匦"，专门为冤屈者投诉申冤；北边的叫"通玄匦"，专门搜集天象灾变或军事机密之类的报告。

为了管理好四个铜匦之内的投书，以便我能及时了解其中所报详情，我设立专人管理，并规定每天的投书都要在傍晚前由专人进行分类和整理，然后在第一时间呈送给我。

设立四个铜匦的好处就是可以让我更及时充分地了解朝政和民意，起到一些能够迅速处理问题的积极作用，也让那些顾虑颇多的朝臣们能够将朝堂之上不便说出来的话写在纸上只让我一个人看到。

对于我而言，这四个铜匦的作用彼此不分轻重，但它们却无法和第五个铜匦相比。因为除了我要随时随地掌握朝政和民情之外，更重要的是要掌握那些想法颇多的大臣们的所思所想和行踪轨迹。

所以，这个铜匦我给它起名叫"告密匦"！

我深知我之所以有资格去了解朝政和民意，那是建立在我掌握权力的基础之上，如果有一天我被人从那个宝座上一脚踹下去了，我还有什么资格去关心别人，然而巩固权力就必须要时刻掌握那些既是合作者又可能会成为危险制造者的动向，一旦出现异常情况，我便能在第一时间拿出应对之策。

当然，为了保护告密者的安全，告密匦的制作方法要区别于其他四个铜匦。具体制作方法就是中间分为四格，各开一个小洞，信件可入不可出，只有管理告密匦的专人才能打开，而且这个人是我的绝对心腹。

除此之外，我在全国范围内大开告密之风，规定凡是进京告密的人，任何人不得阻拦，各地官府要予以保护。告密之人沿途享受五品官的待遇，如果揭发事情属实，将破格提拔授予官职，如果不属实也不会追究责任。

事实上，我如此想方设法实在也是有不得已的苦衷，除了上述提到的一些原因之外，还有不能对外人讲只好埋藏在我心里的原因，那就是贤儿的死令我久久不能释怀。

贤儿前往巴州的时候，我便已经决定早晚会让他回来，虽然他不是皇帝的合格人选，但他依旧是我的儿子，让他去巴州只是要让他反思下自己，直到我看到那篇《黄台瓜辞》，才知道贤儿根本就没有深刻认识自己的错误，反而在诗中用隐晦的语言发泄对我的不满。

我让丘神勣带着我的手谕去见他，是想当面训诫他一番，也算是我对他的警告，目的也是要让他尽快认识到自己的错误，可让我没有想到的是，不久后丘神勣却为我带回了贤儿自杀的消息。

我不知道丘神勣究竟是怎样向贤儿传达我的手谕的。自从丘神勣走后，我就有种不祥的预感，总感觉对于贤儿的问题我有些鞭长莫及，或许是因为距离过于遥远，又或者是因为我们彼此的心灵已经隔得山高水长。

事实证明，我的预感是对的，这也许就是人们常说的女人具有天生的敏感性，当我越来越感觉贤儿的问题似乎超出我的可控范围时，丘神勣带回来的消息让我顿时犹如晴天霹雳。

这么多年历经诸多风雨和无数凶险历练的我，早已经练就了一颗坚毅的心，听到贤儿的死讯，我并没有表现出肝肠寸断、痛彻心扉，在为贤儿举行了盛大的哀悼仪式后，回到深宫开始反思自己所做的一切。

在我看来，贤儿的问题之所以会超出我的可控范围，除了有巴州距离洛阳过远的原因之外，最重要的是我无法通过有效的手段去真正了解他的内心。我只是通过《黄台瓜辞》看出他有怨言，他在巴州究竟经历了怎样的心路历程，我并不曾真正了解，以至于贤儿究竟为何自杀，我到现在依旧没有搞清楚。是因为我的手谕让他感觉到了死亡的威胁，还是因为丘神勣在传达手谕的过程中有什么过分之举，抑或是因为他自幼生长在锦衣玉食的深宫内而无法忍受巴州那艰苦的条件？

可以说我完全不得而知！

如果有人能够随时告诉我贤儿在巴州的情况，或许我可以找到更好的办法解决他的问题，但现在我已经永远不可能再有机会去弥补，我只能将丘神勣外贬来宣泄心中的愤懑，但这又有什么用呢？依然换不回贤儿的生命。

贤儿的问题尚且如此，那么其他的事情呢？朝廷之内、全国上下究竟还有多少已经超出我掌控范围而我却一无所知的情况呢？可以说贤儿自杀事件，让我更加坚定了必须要大开告密之门的想法。

要想让所有人都无法脱离我的掌控，就必须要采取非常规手段！

不过我更知道掌控一切的前提是对一切都了然于胸，但如果没有解决问题的强有力手段，那么即使明白一切也只是徒增烦恼，所以在大开告密之门的同时，还必须要拥有另外一群人去充当我的刀斧！

我虽然刚强坚毅、深谋大略，但作为女人，在那些传统观念根深蒂固的人眼中，我始终是个名不正言不顺的掌权者。面对众多或明或暗的对手，为了巩固自己的地位，我一直在布满荆棘的政治征程上寻求依靠，现在随着告密之门的大开，我决定培育一股新兴力量，来展现我特有的掌控手段。

于是在告密成风的那段日子里,我除了每天利用很多时间翻阅告密匦中的投书,以使我对任何动向全都了如指掌之外,还随时观察究竟有哪些人适合加入这股新兴力量。由于这群人是一个特殊群体,所以我的选用标准不以道德为准绳,不以出身论门第,但这些人一定要热衷功名利禄,以告密事业为己任,以整治我的反对派为荣耀,如同一群随时听命于我,并能时刻准备着不顾一切地为我撕咬任何对手的猎狗。

总之一句话,这些人要足够狠!

经过我的挑选和提拔,有大批人加入了这股新兴力量,而且这些人的悟性出奇的高,经常是每寻找到一个目标,便立即捏造出各种的理由,一齐向我告发,使那些危险分子或者是有可能威胁我地位的人百口莫辩。

从某种角度而言,这些人实在具有良好的天赋。我本以为他们入门后,我要经过很长时间去调教他们,但现在看起来我可以省去这个环节,我所需要做的就是为他们提供一个更能发挥才干的平台,去充分施展他们整人的手段。

因此,我特别在洛阳城的丽景门旁为这些人设置了一个审判机构,名为"新开狱"!

新开狱是座特别的监狱,不是所有罪犯都有资格进入这里,只有我的反对派以及可能为我带来危险的罪犯才可以进入这里。凡是进了新开狱的人,如果没有我的特赦令,基本上是必死无疑。

新设机构里的人们手段毒辣、行事狠绝,所以时人送给这群人一个很精辟的官称,名为酷吏!

由于我对酷吏们做法的鼎力支持,多次加以赏赐,所以增加了他们做好这件事的动力,而且很多具有酷吏潜质的人看到这个新兴力量具有光明的前途后,纷纷争相效仿,于是酷吏变得越来越多,当然随着人数的增加,我也会将他们分成等级,最高等级者无疑是办事能力突出、对我忠心耿耿的酷吏,可以说他们是我最得力的干将。

皇族大反叛

酷吏们在我的重用下，日渐春风得意，有我这个强势的太后做靠山，他们如鱼得水般地在杀戮中体验着成功的快乐，当然最终的受益者还是我，这不仅在于我的一个个政敌如我所愿地倒下，更因为随着这些人的消失，朝廷内开始出现一种舆论倾向。

垂拱四年（688年）四月，侄子承嗣利用早朝的机会向我进献了一块刻有"圣母降临人间，帝业永远昌盛"字样的紫石，说是雍州人唐同泰在洛水边得到的。

看着这块普通得不能再普通的石头，再联想起唐同泰不过是一个普通百姓，我忽然意识到什么，于是当众问承嗣说道："这是什么意思？"

或许我的问话有些生硬，让承嗣感觉出了我的不悦。他略微沉吟一下后，说道："这块石头上边刻着这样的字，说明上天都在肯定您啊，说明大唐在您的治理下国运亨通，您是大唐帝业永远昌盛的守护者啊！"

"哼！我看没这么简单吧！"我冷冷地说道。

"其实这块石头的出现也反映了百姓们对太后的爱戴啊！"承嗣继续打圆场说道。

我瞥了一眼承嗣，没有接着他的话说下去，又一次仔细端详了手上的石头后，带着教训的口气说道："'圣母降临人间，帝业永远昌盛'，这句话让人容易误解哦！"我说完后将石头递给了宦官，示意他还给承嗣。

我相信众人都明白我所说的"误解"的含义，不过为了表示对上天的感谢，我还是决定到石头出现的地方洛水去祭拜一下。

然而让我没有想到的是，就是这样一个丝毫不带任何政治企图的决定，却让宗室诸王感受到了强烈的恐惧！

自从哲儿被废后，我在多个场合提及过废掉哲儿的深刻原因，但这些年来无论我向宗室诸王们如何示好，这些人似乎总是对我怀有敌意，在他们看来我是李家天下的窃取者，而且还是个女人。

在徐敬业叛乱的时候，就有人提醒我要密切监视诸王的一举一动，防止他们趁机在宫内作乱，我虽然对诸王们也有戒心，但总认为这些人毕竟是李唐的子孙，我和他们之间有矛盾，尚不至于兵戎相见，但是这一次祭拜洛水的事，让我第一次感受到了来自诸王们的死亡威胁。

为了组建祭拜洛水的强大阵容，我让所有的朝臣，包括各地方官、各州都督一起随行，规定他们在祭拜大典开始的前十天务必在洛阳城外集齐，其中也包括宗室诸王。

正当我积极为祭拜洛水认真准备的时候，周兴秘密向我报告说诸王在暗中串联，准备在祭拜洛水之前共同举事推翻我，夺回本应属于李唐皇室应有的皇位，然后他将一封密信交给我，上边只有两句话：

"内人病浸重，当速疗之，若至今冬，恐成痼疾。"

据周兴说这是时任通州刺史李撰写给越王李贞的一封信。虽然信中李撰是在说他妻子的病应该尽快治疗，但实际上是暗语，真正的意思是：李唐皇室的天下已经极其危险，应该尽快想办法，否则必定会成为太后的清除对象。

"这些王室子弟简直疯了！"我狠狠地将信扔在地上，思索起对策来。

我丝毫不怀疑周兴这些酷吏兼告密者呈报消息的真实性，这些人既然将消息报告到我这里来，肯定事先做了认真的调查与核实，没有十足的把握他们是不会报告这些消息的。

周兴为我带来的消息让我终于明白，无论我如何努力地向这些王室子弟们示好，这些人永远也不可能和我站在同一条战线上，像李孝逸那样的人真是少之又少。

在我看来，这些王室子弟们大多都是平庸之辈，只知道挥霍先辈们为他们创造的财富，但其中也不乏有识之士，例如高祖皇帝第十一子韩王李元嘉、十四子霍王李元轨，太宗皇帝第八子越王李贞和儿子琅琊王李冲、第十子纪王李慎，以及写信的李元嘉之子李撰。

上述这些人都是宗室诸王中的佼佼者，如果这些人互相联合起来共同对付我，我还真的需要费些脑筋拿出过硬的手段去应对。

我并不缺少应对这些人的勇气和手段，然而摆在我面前的问题是，他们并不在洛阳，全都是手握兵权的地方大员，对于我而言时间实在紧迫。我的本意是想先按兵不动，等祭拜洛水之后，再将他们一个个除掉，目前难料这些人会不会赶在我之前动手，因此最稳妥的是在祭拜洛水之前将他们解决掉，可是时间紧迫我该采取什么措施呢？

思虑再三我还是决定采取擒贼先擒王的策略，在祭拜洛水之前召集诸王前往洛阳新建成的明堂参观，等他们到了那里，将这些人一网打尽。

目前来看，我似乎别无选择，这也许是最迅速、最有效的良策，至于如何善后那将是另一个问题，现在迫切需要的是先解除他们对我的威胁。事不宜迟，我随即将参观明堂的命令向诸王发了出去。

事实证明，这道命令出乎我意料地起到了引蛇出洞的效果。

在参观明堂的命令发出去之后的第六天，心腹宦官向我报来消息说，说李贞、李冲父子起兵造反了，目前李冲正在攻打武水，李贞已经发兵蔡县，看样子父子二人是想渡过黄河后会师攻打济州。

看来他们终究还是在我出手之前想先发制人，说明他们已经识破了参观明堂的计谋，我最担心的是上述几个人联合起来共同对付我，因此忙问心腹宦官其他地方有何动静。可是心腹宦官回告说，除了李贞父子之外，暂时还没有得到其他诸王起兵造反的消息。

"嗯？这是为什么？"我心中充满了疑问，依我所料，先前提到的那些宗室诸王应该联合共同起兵才正常，为什么现在只有李贞父子跳出来呢？

我知道要想得到准确的答案，还得问周兴。

我看到周兴的时候，这个慈眉善目的家伙保持着一脸平静的神色。很长时间以来无论多么紧急的事，在他那里似乎都不叫事。周兴告诉我，经过一番周密调查，他已经知道为什么只有李贞父子起兵的来龙去脉。

从周兴的叙述中，我得知参观明堂的命令下发后，的确让宗室诸王们感到恐慌，他们也想到了此去凶多吉少，但接下来该如何应对却是有些不知所措，而先前为李贞写信的李撰此时认为不能坐以待毙，所以他开始煽动诸王，不如趁早起兵造反。

李撰首先假造一封皇帝玺书，密送和他关系密切的琅琊王李冲，大意是现在皇帝被困，希望诸王发兵相救。李冲得到假玺书之后大喜过望，于是又伪造了一封玺书，说太后想要倾覆李家天下，移国祚于武氏。然后李冲将这封假玺书连同李撰的那封一齐遍传诸王，并特别告知李元嘉、李贞、李慎等人，与他们约定各自起兵，最终在洛阳会师。

"那为什么现在只有李贞和李冲起兵，其他人呢？"听完周兴的叙述，我依然没听到我最想知道的答案，于是便急忙开口问道。

"呵呵！依臣看来，李冲还是想得太简单了，他可能认为诸王都是李唐皇室的子孙，而且已经约定好共同起兵，只要他振臂一呼，肯定会四方相应，因此没等诸王回应，便在博州率先起兵。"

"其他人为什么没有回应呢？"

"观望！"

"观望？"

"是的！"

"为什么？"

"太后想一想，这些人平常和您暗中作对是不假，但真的让他们将脑袋绑在裤腰带上去造反，这些过惯了锦衣玉食生活的王爷们又有几个能做到呢？"

听完周兴的话，我默然良久。

"太后，这就是人性使然啊！或许那些人现在还在持观望态度，哼哼！"周兴看我不说话，又跟着说了一句，从他的冷笑中我顿时对"人性"二字有了一种悲怆的认知。

是啊！人性使然！人性的阴暗与丑陋，有时会让很多可以达成的美好愿望瞬间破碎！

周兴的一番人性论调，让我从心底着实感慨了一番，但这种感慨随着现实的紧迫形势而转眼淡化，此时我更关心的是除了前方战况之外，周兴为什么会对这件事情知道得如此详细？

"爱卿所说的这来龙去脉准确吗？"

"呵呵！请太后放心，臣确保千真万确！"

"千真万确？"我若有所思地说道，"依本后看来，要想知道得这么详细，爱卿要下多大工夫啊！"

"其实臣早已经暗中派人监视诸王了，诸王的身边早就有臣的眼线，他们的一举一动臣全都了如指掌。"

"哦？这么说来你可以在任何地方布置眼线了？"我讥讽道。

周兴或许没听出我话里有话，略带得意地说道："太后放心，无论太后想知道什么人的动向，臣都可以为太后了解得一清二楚。"

听完周兴的话后，我不仅没有高兴起来，反而发自内心地产生一种忧虑，这样说来他难保不会在我身边也安插眼线，这个杀戮欲望极强而又权欲熏心的家伙也许现在不敢这么做，但未来一切皆有可能。

"好！太好了！本后以后要了解的事情还有很多，还希望爱卿多多出力啊！"我依旧不动声色地说道。

"臣愿为太后效犬马之劳！"言罢，周兴深深地作揖。

周兴的任务算是完成了，接下来如何平定叛乱不是他所负责的范畴。周兴退去后，我的心却七上八下跳个不停，既有对周兴的猜忌，也有对李贞父子起兵后局势走向的担心，但我是个能分清主次的人，周兴的问题现在是次要矛盾，眼下急需解决的是平定李贞父子叛乱的问题，虽然他们的规模远不如徐敬业，但他们的身份和地位却是徐敬业所不能比的，一旦他们进展顺利，说不定真的会博取民心，那样一来我将陷入极其被动的境地。

我忽然想起了李孝逸，这个平定了徐敬业叛乱的皇叔并没有因此得到好下场，原因在于我担心他功高盖主，去年便因为自身名字的问题，在承嗣检举他之后，将他流放到偏远之地。

如果李孝逸还在朝廷内，或许他是最有资格担当这次平叛重任的人选，但让他去打自己的血亲，他还会不会像平定徐敬业叛乱时那样尽心尽力？我的心里还真是没底。

现在面对这种局面，究竟谁是合适的人选呢？

就在我选择挂帅之人时，忽闻奏报说武水县顶住了李冲的进攻，导致李冲被迫返回博州。

按说李冲是个很有能力的人，他在武水进攻不顺不应该是他退回博州的根本原因，料想其中一定另有缘由。

短命的匡复

我知道李贞、李冲一旦起兵造反便不会半途而废，而且李冲是个能力很强的人，为什么在小小的武水受到一点阻挡就退兵回去了呢？

我让心腹宦官不分昼夜地随时向我奏报前方战况，以便采取相应的策略去应对李冲接下来的行动，我已经准备和朝臣们商议派丘神勣带领大军前去镇压叛乱，可是一天后心腹宦官又带回了消息：李冲兵败被杀！

这局势变化得也太快了，让我有些摸不着头脑。

据前方奏报说，李冲最初向武水进兵时，武水县令郭务悌自知凭一己之力难以抵挡李冲的大军，便向不远处的魏州莘县县令马玄素求援。

马玄素接到求救信后不敢怠慢，带领仅有的一千多名士兵赶往救援，然而正是因为他的到来，让李冲的几次攻城全都无功而返。

不过李冲终究是个头脑灵活的人，在看到正面进攻未果后，便想借助南风之势实施火攻，意图火烧武水南门，打开缺口后乘势突入城中。

就在李冲命令士兵点燃柴草车一路冲到南门时，风向忽然改变，南风瞬间变成了北风，士兵们推着柴草车还没到南门时，柴草已经烧了个精光，南门的防御完好无损，李冲手下的很多士兵反被灼伤，瞬间军心开始涣散起来，很多士兵只好四散逃跑。

面对这突如其来的变化，李冲极力想稳定军心，拔剑冲上前去砍杀了几名逃兵，但越是这样做效果反而越差，于是他的手下人彻底动摇了，在李冲后撤三十里囤兵后，这些士兵趁李冲不注意，犹如鸟兽散一般逃离了军营。

辛苦组建起来的五千兵马就这样一哄而散，李冲心灰意冷，无奈之下只得退回博州，当他刚刚入城就被守城士兵从城楼上一箭射穿了头颅。

"这就叫罪有应得！"宦官为我讲述完来龙去脉，我毫不掩饰内心的兴奋，脱口而出。

"看到没有？就连上天都在帮助我，竟然瞬间改变了风向，哈哈哈！"

"是！太后自有天命，那些自命不凡的王爷们终究是不能成事的。"宦官趁机献媚说道。

不过我并没有被胜利冲昏头脑，这些年来我始终紧绷着神经，在没有最终亲眼确认结果之前，终究是放心不下。

"告诉丘神勣，就算李冲死了，也要把他的首级送到我这里来！"

现在李冲的问题我可以暂时搁置不管，但李冲死了还有李贞，都说打虎亲兄弟，上阵父子兵，在我看来如果李贞知道儿子李冲已死，恐怕会困兽犹斗啊！

和儿子李冲比起来，李贞早已经过了莽撞的年龄，他明知道造反是一条不归之路，但儿子既然已经扯旗造反，作为父亲当然不能袖手旁观，所以在诸王都没有响应的情况下，他依然拍案而起，给予儿子最大的支持。

虽然他们是我的敌人，但我对李贞这种孤注一掷不惜牺牲生命也要保护儿子的如山父爱，发自内心地产生敬佩之情。

正如我所预料的那样，在得到李冲战败被杀的消息后，前方陆续送回来的奏报说，李贞犹如疯了一般，挥剑连续砍断军营中的十多张桌子，发誓与我对抗到底，拼死也要打到洛阳，声称要亲自摘下我的项上人头。

李贞为了鼓励军队能够继续作战，隐瞒了李冲死亡的消息，对士兵谎称李冲率军已经攻破魏、相二州，并聚集了二十万人马，等到攻破蔡县后，就能和李冲大军会合一起向洛阳进发。

不过另有传闻说，李贞在得到李冲战败被杀的消息后，本想只身来到洛阳向我负荆请罪，希望我能宽恕他的罪行，却被蔡县县令傅延庆阻止。傅延庆警告李贞，目前造反已经成了既定事实，以太后的性格怎么可能会法外施恩呢？

呵呵！如果这个传闻是真的话，我只能说，李贞作为李唐皇室的宗亲，居然还不如一个小小的县令了解我，这样的人怎么可能成事？

不过我还是相信前方送来的奏报内容，李贞已经决心死战到底，我必须要立刻应对，为此我派出了左武卫大将军趣崇裕担任中军大总管，辅以岑长倩为后军大总管，张行辅为监军，即刻带领十万大军前去平叛。

他们出征的那一天，我告诉趣崇裕要和丘神勣一样，将李贞的首级带回来，我只有看到他的首级才能安心。

趣崇裕等人领命而去，看着大军浩浩荡荡出征的背影，我忽然心生许多感慨。我不知道这些士兵还要为我征战多久，究竟还会不会有下一个"徐敬业""李贞""李冲"涌现出来呢？这些士兵可能只是为了完成自己的职责，至于为谁而战他们或许并不关心。

膨胀的权力或许可以掌控人的生死，但真能掌控得了人的灵魂吗？

十天后，心腹宦官为我带来前方奏报，李贞战败服毒自尽，他的小儿子李规勒死母亲后也自杀身亡，女儿和女婿也都自缢。据说在趣崇裕到达之前，李贞的军队听到朝廷派大军前来镇压的消息，立刻一哄而散，李贞觉得大势已去便服毒自尽，此时离他儿子李冲的死亡仅仅过了十四天。

宦官念完奏报后，我终于长舒了一口气，不仅因为李贞、李冲已经相继死亡，更因为直到现在其他诸王依旧没有回应。我知道那些王爷们是不可能再冒出来了，因为李贞和李冲的下场已经告诉他们对抗太后的下场只有一个——死！

当丘神勣和趣崇裕带回李贞、李冲父子二人的首级后，我在洛阳城内举行了盛大的庆功宴会，不过我观察到，这次宴会的氛围和平定徐敬业叛乱时明显不同，朝臣们尤其是李唐宗室们的脸上全没有看到当初徐敬业首级时的幸灾乐祸，取而代之的则是无奈与同情。

我的兴奋瞬间被这种尴尬的氛围所冲淡，我知道叛乱虽然已经平定，但这件事情的消极后果才刚刚开始显露。

血腥清洗

那些宗室诸王们虽然没有响应李贞父子的叛乱，但他们既然已经知道这场叛乱会发生，竟然没有一个人向我报告，这本身已经说明他们对我掌控朝政有着怨恨心理，只是因为造反实在是条不归路，没有人胆敢毫无顾忌地参与其中，正像周兴所说的那样，观望或许是他们当时唯一的明智选择。

我十分清楚如果造反是一项以低代价获益的行为，这些王爷们一定会一哄而上，没有响应李贞父子，是因为他们无法确定能否成事，以及是否能获取丰厚的政治利益，所以在我看来这些人是十足的潜在危险分子，必须利用这次平定叛乱的机会开展一场清洗叛乱余党的捕杀，目标就是这些潜伏在暗处的宗室诸王。

因此在庆功宴会结束的次日，我便命令御史台调查诸王与这场叛乱是否有关系，我始终认为这些王爷们虽然没有跳出来，但暗中一定为李贞父子出谋划策，可是监察御史苏珦告诉我，经过御史台的详细调查没有查到诸王在暗中勾结的证据。

这个苏珦倒是个认真办事的好官员，可是他却无法满足我现在的政治需要，因此我只能将苏珦这个老呆板撤换掉，换人重新进行调查，周兴无疑是最合适的人选。

对于周兴而言，我将调查诸王的任务交给他，犹如将一条刚从河里捞上来的新鲜鲤鱼摆在了一只饿了许久的老猫面前，他一定会很快施展罗织的本领，将那些隐藏在暗处的诸王一网打尽。

周兴简直是完成这种任务的天才，没过多久便捏造出了诸王暗中勾结的证据，将李元嘉、李撰等人全都抓了起来，并在我的授意下逼令他们自杀。

我仔细看着周兴呈上来的奏报，我明知道关于那些诸王暗中勾结的证据是他捏造的，但他捏造得实在太真实，让我看着看着不自觉地真相信了，当然我最关心的还是奏报后边附着的因这次叛乱受到牵连的李唐宗室成员名单：

鲁王李灵夔（李渊第十九子）、常乐长公主（李渊第七女）、霍王李元轨（李渊第十四子）、江都王李绪（李元轨之子）、虢王李凤（李治之子）、纪王李慎（李世民第十子）、济州刺史薛颢及其弟薛绪、薛绍。

看完这份名单，我陷入了沉默，这份名单只是朝廷之内的叛乱余党，京城外各地方究竟还有多少，我真的不知道。

"新开狱这回可有的忙了！"我调侃着对周兴说道。

"是啊！太后放心，我会让这些人找到合适的归宿，不过……"

"有话直说，不必遮遮掩掩的。"

"是！这些人全都是罪有应得，不过虢王李凤可是先帝的亲生之子啊！"

周兴的话让我顿时明白了他的含义所在。

面对周兴的提醒，我不免有些踌躇。阿奴虽然已经离开这个世界五年了，但这五年来我总是在梦境中与他相见，依旧是那个阳光明媚的春天，依旧是我初次见他时那种懵懂的眼神，然后我们共同走过很多个春秋，直到他躺在病床上还依旧握着我的手。

曾经很多次我醒来时，发现泪水依旧模糊着我的眼睛，无数个静夜里我思念着阿奴，思念着这个我一生挚爱的男人，虽然皇家的爱情故事不可避免地带有政争色彩，但这么多年的相伴，已经让我和阿奴产生了不可分割的情感，那是一种浓浓的亲情，早已经超越了激情与浪漫。

"太后？太后？"

"啊？哦！"周兴发现我在出神地想着什么，因此轻声叫唤我，毕竟他还没有从我这里得到如何处置李风的指示。

"虢王李风的事情……"周兴继续提醒我。

李风虽然不是我的亲生儿子，但毕竟也是阿奴生命的延续，从我对阿奴的感情角度来讲，我是可以对他施以仁慈免除其罪行的，但这显然与我这些年坚持对异己彻底清除的做法背道而驰，而且也不符合我的性格，我该怎么做呢？

"爱卿有什么高见？"我将这个问题抛给了周兴，也许他作为旁观者可能会有合适的办法。

"嗯……本来这是太后的家事，臣是不应该多嘴的，但太后既然问臣，臣斗胆将内心真实所想禀报太后，不然就是不忠。"

"那当然！"

"臣就怕说出来……"

"恕你无罪，讲！"

"杀！"

刹那间我惊呆了，我本以为周兴提醒我这件事是想为李风求情，直到他说出这个"杀"字，我才明白他原来早已经计划好一切，之所以要提醒我，原来是在顾虑我。周兴的这个"杀"说得极其果断，更让我再一次领教了酷吏的残忍，那是一种只要闻到血腥就不顾一切的疯狂撕咬，没有任何感情可言的冷血。

没有人性，何谈忠心？

周兴说完后，依旧保持着作揖的姿态，低着头等待我的答复，而我此刻正用一种凌厉的眼神看着他，如果不是我刚才说出恕他无罪，此时我恐怕已经拍案而起，一百个周兴也会死在我的刀下。

然而我终究还是控制住了愤怒的情绪，周兴或许已经为那些叛乱余党安排好了归宿，而此刻我的心里也为这些酷吏定下了结局。

"判流放吧！"我冷冷地说道。

我说完后，周兴的脸上明显抽动了一下。

"太后，虢王李凤可是诸王的同党……"

"不必多说了，本后累了，退下吧！"我阻止周兴继续说下去，然后起身返回内宫。

今夜寂静的深宫之内，我躺在床上翻来覆去睡不着，此前我让所有人全都退下，没有我的命令绝不能进来，就是想利用这清静的时刻来平复我这一整天的情绪。

周兴是个酷吏，对无罪的人他都恨不得给上一刀，他的想法我早就应该能猜到，不过这些酷吏们早晚是要解决的，他们的问题可以暂时抛在一旁。

我自认为对李凤已经仁至义尽，这完全是出自我对阿奴的感情，但其他人我是一个也不能宽恕的，我相信，以周兴的性格这些人都不会有好果子吃，当然每个人最终是个什么结局，那要看他们的造化以及本后的心情，总之利用李贞父子叛乱的机会，我又清除一大批危险分子，而且是分量十足的皇室宗亲。

可是犹如我先前所担心的那样，朝廷之内的诸王同党算是一网打尽，但是各地方呢？是不是也有诸王的余党？对此我深信不疑，我坚持认为诸王的影响力绝不仅仅在朝廷之内，更何况他们很多人还兼任地方大员，甚至是手握一方兵权，如果不在各地方开展一场清算排查诸王余党的行动，我实在是寝食难安。

不过我也明白，朝廷的诸王余党可以任由我的喜好而决定是杀是留，但到了地方上则不能由着性子来，目前其他宗室成员已经是人心惶惶，如果继续让那些酷吏去地方上搞清算，搞不好会出大乱子，我可不想看到遍地烽火连天。

因此地方上的清算排查活动不能使用朝廷内的方式，必须要一个稳妥的人来办这件事情，现在放眼整个朝廷，也许只有文昌左丞狄仁杰比较适合。

说起来，狄仁杰也算是老臣子了，贞观年间经工部尚书阎立本的推荐进入仕途，担任并州都督府法曹，不过他给我留下深刻印象的还是仪凤年间升任大理丞后，因为他在任期间公正处理了很多棘手的案子，判决了大量的陈年积压案件，涉及人数多达一万多人，令人称奇的是，这一万多人居然没有一人上诉申冤，其处事公正可见一斑。

就是从那个时候开始，我对这个办案好手开始持续关注，阿奴在位时，对他也是多有重用，我掌控朝政后，对他更加重用，先是提拔他为冬官（工部）侍郎，充江南巡抚使，想给他一个更高的平台让他去展示，也算是对他进一步的观察。狄仁杰倒是没有辜负我，在任时针对当时吴、楚多淫祠的弊俗，依然拒绝了当地官员的贿赂，奏请我焚毁了当地祠庙一千七百余所，只留下了祭祀夏禹、吴太伯、季札和伍员的四座祠庙。

从这件事情就可以看出，狄仁杰是个性情刚直的人，按说我是信佛之人，如果换了其他那些圆滑的官员，恐怕不会斗胆上奏请求焚毁当地祠庙，因为搞不好可能会触怒我，但狄仁杰则没有这样的顾虑，说明他是一个内心纯净没有任何杂念的人。

最重要的是，狄仁杰并不像那些固守传统观念的僵化分子，将女人掌权视为离经叛道，这些年来他始终对我忠心耿耿，也正如此，我继续提拔他，直至现在官居文昌左丞。

以狄仁杰的人品和能力，我相信他到地方上办这件事情不会出现什么差错，但唯一让我担心的，就是他的性子太直，会不会因此而得罪某些人呢？

看来在派他到地方完成任务之前，我应该见他一面，听听他的想法，同时也要对他进行一番叮嘱。

在一个阳光明媚的午后，我单独召见了狄仁杰，之所以不让旁人在场，是希望能听到他真实的想法,而且有些话我也可以直言不讳,况且午后的惬意时光总会让人的情绪舒缓,可以在一种平和的心态下畅所欲言。

"本后此番将排查地方诸王余党的任务交给爱卿,不知道爱卿愿不愿意承担呢?"

"如果太后已经决定了,臣便尽心尽力去完成!"狄仁杰依旧是那副不卑不亢的态度,但是从他的话中,我可以听出他本心是不愿意承担这个任务的,他之所以答应下来,实在是出于对我的忠心。

"本后知道爱卿一向秉公办事,无论多么难办的案子到了爱卿手里也是可以轻松处理的,所以将这个任务交给爱卿,在本后看来爱卿足能胜任。"

"臣不才,愿竭尽所能做好!"

"嗯!除了爱卿竭尽所能之外,本后还想知道爱卿此去想要如何去做呢?"我终于切入今天谈话的重点。

"至于具体的做法,还要到地方上视情况而定,但臣会坚持一个原则,那就是不会冤枉一个好人。"狄仁杰坚定地说道。

"嗯!正对本后的心意,但如果碰到一些不能确定是不是诸王余党却又有着重大嫌疑的人呢?"

"臣会按照四字方针处理。"

"哪四个字?"

"厚德载物!"

狄仁杰说完,我没有继续说下去。这一次我不再是像和周兴对话时那样情绪激动、满心愤恨,此刻我对狄仁杰有一种说不出的感觉。眼前的他确实是我所希望的样子,但对于他要完成的任务,我又希望他能顾及到我的政治需要,哪怕只是那么一点点。不过从他的回答来看,恐怕我的愿望要落空。

"此刻周围没有旁人,本后可以开诚布公对爱卿说说心里话。爱卿也知道本后决定在地方清算排查诸王余党的目的所在,如果地方上存有诸王的余党,本后实在寝食难安,而且这些人一旦遇到风吹草动,还会兴风作浪，这些人虽然打着兴复李唐的旗号，但无一不是怀揣不可告人的政治目的，所以……"

我说话的时候狄仁杰一直在认真聆听，从他的表情上看不出来他到底作何感想，所以在我说出最想说的话之前，我停住了。

"还请太后明示。"狄仁杰说道。

"好吧！本后就直说了吧，希望爱卿到了地方后除了维护稳定之外，要尽全力追查诸王的余党，不能因为爱卿的仁慈而让危险分子漏网！"

我说完后目光紧盯着狄仁杰，然而狄仁杰依旧是面无表情。

"请太后放心，臣自有分寸！"

"好！希望爱卿早日回来，本后等着你的好消息，退下吧！"

狄仁杰施礼过后，转身准备离开，就在他刚刚迈步的时候，我似乎觉得还有什么未尽的事宜，于是叫住了他语重心长地说道："爱卿到了地方少不了与当地官员以及平叛的人打交道，希望爱卿讲究些方式方法，目的只有一个，完成好这次任务，本后的话爱卿能明白吗？"

"臣谨记太后的话！"

望着狄仁杰离去的背影，我的心开始沉重起来，从他最后的答复来看，他并没有读懂我那番话的含义，或许这就是性格使然吧，看来他还需要历练啊！

事实正如我所料，狄仁杰初到豫州追查李贞的同党时，便经历了一次重大考验。

据狄仁杰呈报给我的奏折来看，他到达豫州时，领兵在豫州平叛的宰相张光弼已经拘捕了六七百家人，准备在审讯过后一并处斩，并将他们的财物没入官府。

狄仁杰的意见是赦免这些人的死罪，因为豫州目前已经成为全国的焦点，这六七百家人有很多都仅仅与李贞有着正常往来，实在称不上是共同谋逆的同党，如果一并处斩，虽然绝了后患，但也会因此而失去民心。

狄仁杰为我上这道奏折，我能看出他除了遵循"厚德载物"四字方针之外，也是在为我着想，我知道处斩这些人很简单，但因此失去民心，甚至再次点燃很多人复仇的火焰，实在是得不偿失。

因此权衡再三我同意了狄仁杰的请求，赦免了这些人的死罪，改为发配充军。

应该说狄仁杰的处理意见与我任用他的初衷还是比较符合的，但就在这件事情刚刚结束之后，张光弼的奏折便跟着到了我这里。

张光弼在奏折中说，狄仁杰在追查李贞的同党时，处处和他作对，明明证据确凿的人却被狄仁杰释放，而且对他出言不逊，甚至说如果手中有尚方宝剑斩了张光弼也不后悔，请求我将狄仁杰治罪。

看完张光弼的奏折，我忽然笑了起来，因为我知道张光弼之所以如此愤怒，一定是狄仁杰坏了他邀功请赏的好事。

我并没有立即处理这件事，而是先让心腹宦官详细调查这件事的来龙去脉。宦官经过调查告诉我，张光弼仰仗平叛有功，想利用这次追查诸王同党的机会大肆搜刮诸王同党的钱财，然后进献给我，以博得我的丰厚赏赐，可是偏偏碰到了耿直的狄仁杰。狄仁杰阻止了张光弼的行为，进而引起了张光弼及其部下的严重不满。

此后的事情倒是和张光弼奏折上说的一样，张光弼去找狄仁杰理论，想用自己的官位压住这个朝廷派来的钦差大臣，但没想到狄仁杰的脖子梗得更硬。他告诉张光弼他是奉了太后懿旨前来豫州稳定大局，现在看到叛乱虽已平定，但杀伐依旧不止，必须要站出来阻止，不然的话一个李贞倒下了，还会有更多李贞冒出来，如果手中有尚方宝剑，一定当场斩了张光弼。

"狄仁杰！你记住今天说过的话，你会后悔的！"

当宦官在我面前模仿完张光弼对狄仁杰说的最后一句话时，我不禁再一次大笑起来，看来狄仁杰真是一个阻挡人升官发财的"丧门星"，难怪张光弼会如此气急败坏。

"哎……狄仁杰终究还是没把本后的话听进去啊！"我自言自语道。

我十分清楚，像张光弼这样有平叛功劳的人，一定会借着平叛的机会敛财，名义上是收缴赃款上交朝廷，但自己肯定会贪污一部分的，旁人虽然都知道其中的内情,但因无法掌握确切的证据也只好听之任之,即使到了我这里也不能例外,这算是一种"经手三分肥"的潜规则。

无论换了谁去,都是这种潜规则的坚定拥护者和执行者,由此说来狄仁杰倒是个异类,所以在张光弼眼里,狄仁杰挑战的不仅仅是他自己,而是这种"经手三分肥"的潜规则,如果不把这样的人拿下,恐怕未来谁也捞不到好处。

狄仁杰得罪了张光弼,未来在豫州当官会遇到极大的阻力,因为身为宰相成员的张光弼并不是一个人在战斗,他的身后是一个利益集团,狄仁杰或许浑身是胆,但以一人之力对抗这种潜规则,终究会一败涂地。

我事先叮嘱狄仁杰要讲究方式方法,其中就隐含着这层意义,但我是无法将这些事挑明,只能看狄仁杰的悟性,这件事证明,狄仁杰虽然勇气可嘉,但悟性还是差了点儿。

"传我懿旨,停止狄仁杰在豫州的一切差事,同时免去文昌左丞之职,贬为复州刺史,随时听候朝廷调遣。"

我终于做出了一个艰难的决定,因为这个决定并不是出自我的真心。

狄仁杰,你公正治案,心中光明磊落,并使数千人免受屠戮,我全都看在眼里,你所做的一切让我明白了你的心中始终在坚守两样东西,这个世界上什么都可以抛弃,唯有这两样东西不能丢——理想和良知!

但这个世界不仅有光明还有黑暗,只以一己之身无畏地对抗污浊与晦暗,终将如飞蛾扑火。当你接到我的懿旨,或许会对我贬黜你的决定心怀怨恨,但请你原谅我,我这个决定是不想看到一个怀揣理想和良知的崇高之人在经过那些晦暗的侵袭后,逐渐颓丧成一个随波逐流,如行尸走肉般的寄生虫。

内心的强大与坚韧是你已经具备的,但如何与那些晦暗与污浊保持不懈的斗争则是你现在必须要修炼的课程。

我坚信你迟早还会回来的,而那个时候重新站在朝堂之上的你,会凤凰涅槃般地以崭新的姿态成为这个国家真正的栋梁!

君临天下

终止了狄仁杰在豫州的差事,我也决定同时终止在各地追查诸王余党的行动,在我看来,狄仁杰在豫州已经树立了榜样,有时候宽恕远比杀伐更有力量,不过即使是我终止了追查行动,在全国各地已经揪出了不少诸王的余党,这些人该杀的杀,该流放的流放。随着追查行动的终止,在我的心中这场叛乱才真正结束,心总算可以安定下来,半年多前计划祭拜洛水的事情终于可以提上日程了。

李贞父子的叛乱就是因祭拜洛水而起,现在李贞父子已经败亡,多少人人头落地,这俨然成了上天一定要我祭拜洛水,于是在处理完追查诸王余党一事后,我便命承嗣张罗这件事。

垂拱四年(688年)十二月,我带领着一只浩浩荡荡的队伍前往洛水,坐在銮舆上,抬头张望着那些让人目不暇接的羽扇、团扇,以及如长龙一般的车辆、乘马等,还有那宫娥、侍卫身穿着鲜艳的服装组成一组色彩斑斓的人流,都让我觉得兴奋至极。

我似乎已经很久没有像今天这样拥有十足的好心情,宗室成员和朝臣们依旧躬身随行,这绵延数里的队伍引来了众多百姓的围观,能够在有生之年一睹我的尊荣,这是他们一生的荣幸。面对这绵延前行的庞大队伍,很多百姓惊讶得合不拢嘴,皇家威严的气势足以震慑每个人的心灵。

虽然此时是隆冬时节,但洛水并没有完全封冻,岸边已经建起了一座高大的祭坛,我看到坛上设立了一座洛水神像,仰望这高大的神像,一众人马都显得有些渺小起来。在神的面前,人类不过如蝼蚁一样,倾尽一生的力量也挣扎不出烦恼与苦闷的丛海,只有此刻在神的面前闭上眼睛、凝神静气,才能涤去那阴晦的杂念,让纯净能够驻足片刻。

我不自觉地向着洛水神像躬身施礼,此时我的耳边响起了威严壮丽的乐歌《昭和》:

九玄眷命,三圣基隆。

奉承先旨，明台毕功。

宗祀展敬，冀表深衷。

永昌帝业，式播淳风。

这气势恢宏的歌词让我陶醉其中，就在我还沉浸在《昭和》歌词的美境中时，《致和》歌声紧跟着响起：

神功不测兮运阴阳，

包藏万宇兮孕八荒。

天符既出兮帝业昌，

愿临朝祠兮降祯祥。

两首乐歌唱完后，我的祭拜也算完成，而后在众人的簇拥下徐步登坛，旦儿和太子李成器在我左右随行而上，文武百官分左右立于坛下。

在整个祭拜仪式中，最重要的一环就是受图仪式，自从承嗣说在洛水河边得到这块石头后，它就一直被宦官小心地保存在深宫内院，此时这块石头就摆放在我眼前的案桌上。今天在这个祭拜仪式上，我将顺应上天接受它，心中自然是激动万分。

我再一次面对神像缓缓地跪了下去，闭上眼睛双手合十，专心聆听宣祝官宣读祭文。此时乐歌声再次响起，我听到了，是我最熟悉的《显和》：

菲躬承睿顾，薄德忝坤仪。

乾乾遵后命，翼翼奉先规。

抚俗勤虽切，还淳化尚亏。

未能弘至道，何以契明祇。

伴随着嘹亮的歌声，我慢慢睁开双眼，依旧跪在地上用双手恭敬地从案桌上将刻有"天授圣图"字样的那块圣石捧在手心，然后移到新建造的受图亭中。至此，祭拜洛水的整个仪式才正式完成。

我缓缓站起身来，转过身准备和众人走下祭坛，可是就在此时，承嗣忽然跪在我的面前，高声呼叫道："请太后顺应天意荣登大位！"

承嗣的这个举动实在出乎我的预料，可是我还没反应过来时，就见祭坛之下所有朝臣全都跪倒在地，山呼海啸般的声音顿时灌入我的耳中。

"恭请太后荣登大位！"

刹那间我被震慑住了，呆立住不知所措，听见旦儿也说道："太后这些年劳苦功高，旦儿无才无德，儿臣愿意让太后执掌李唐江山！"言罢，跪倒在地。

"你们……你们都疯了吗？"我咆哮道。

"天后已经接受圣图，这已经是顺应天意，不可再违背天意啊！"承嗣急切地说道。

我忽然意识到，所有朝臣随声附和承嗣，说明他们事先一定通过气，原来今天这场祭拜仪式暗藏玄机啊！

"放肆！"我呵斥承嗣说道，"自高祖、太宗开国以来，还没听说过有外人敢图谋皇位，徐敬业、李贞、李冲的下场你们都看到了吧，难道你们也想让我和他们一样吗？"

"太后！他们都是利欲熏心的小人，乃是逆天而亡，而太后则是上天庇佑啊！"

"上天！上天！难道我真的要做李唐江山的篡夺者吗？"此刻我不禁质疑起自己来！

洛水祭拜仪式结束后，回到深宫的我心里开始矛盾起来，祭拜仪式上以承嗣和旦儿为代表的朝臣们说我是顺应天意荣登大位，显然这是经过他们事先谋划的，或许从承嗣说得到那块圣图开始，我就已经落入了他们的"算计"之中。

如果不是我在祭拜仪式上暂时采取妥协的态度，让回宫之后再从长计议，承嗣他们恐怕也很难妥协。但是我知道在这些请愿的人中，每个人的出发点并不一样。承嗣是坚定的支持者，因为我是武氏家族唯一的靠山；朝臣们大多是顺势而为，前提则是我已经树立了绝对的权威；在我看来内心最苦涩的恐怕就是旦儿以及那些宗室王亲。

这一点，我在返回宫中的路上，从旦儿那忧郁且落寞的神情中便感受到了。

以我的推测，承嗣在祭拜仪式上导演的这一出，一定会被人说成是我故意制造的一种舆论手段，而且从整个效果来看，确实达到了目的，这一切都会成为这段时间朝野上下议论的话题。在他们看来，种种离奇的传闻，蛊惑人心的说教，都能编成一张神秘的、具有非凡控制力的大网。在这张网的笼罩下，或许人们的意识会开始出现一些奇异的改变，那就是当皇帝未必都是男人们的事情，女人照样可以穿龙袍戴皇冠。

因为这是天意，所谓的天意就是天然合理！

而此时我的心情却是跌到了冰点，因为我知道传统观念是不会轻易从人们的脑海中消失的，之所以成为传统，是因为已经渗入到人们的血液中。

所以我必须要保持超强的定力，作为比众人站得更高看得更远的我，已经手握这个国家的最高权力，而一个皇帝头衔的虚名在有可能毁掉我多年经营的架构时，还是让它远离自己为好。

从洛水祭拜仪式结束后，我就一直在思考该如何让承嗣他们打消推我当皇帝的想法，可是在我还没真正决定如何应对时，永昌元年（689年）七月，法明等十余名僧人联名向我进献了一部《大云经》，他们说这部经书是当年凉国（东晋十六国时期的后凉）的昙无谶所译，他们之所以向我进献这部经书，是因为经书内容中有两段谈到了女人当皇帝的事情。

法明利用整整一个下午的时间为我详细讲述了这两段经文，大意就是女人当皇帝不是个新鲜事，佛经上就有记载，而且女人不仅可以当皇帝，还可以成佛。

那个下午我耐着性子听完了法明的讲述，之所以这么说，是因为我的心思根本没在法明那里，我十分清楚这一切的幕后操纵者肯定是以承嗣为代表的朝臣们，在他们看来向我请愿还不足以让我下定决心，借助佛教的力量或许可以转变我的观念。

毕竟我是虔诚的佛教徒，佛旨的力量我是不可能不在意的。

承嗣他们用心良苦，可是他们又怎么能理解我的苦衷呢？从我二十九岁重新回到皇宫以来，近四十年的艰难历程，独自一人在宫廷的险恶环境中奋斗，不知闯过了多少险关，战胜了多少劲敌，宫廷的斗争绝不亚于战场上刀光剑影和嗜血厮杀。我承认我是权力的膜拜者，但绝不想做李唐的窃国者，可是如今当我成为这个国家最高权力者的时候，蓦然回首我才发现，原来自己是命运之神掌控的玩物。我得到了什么，是不是就要负载这些利益带给我的重量？

为了表示对法明的尊敬，以及我对佛教的虔诚之心，我虽然对《大云经》那些关于女人当皇帝的理论不屑一顾，但还是封赏了法明等九位僧人，下令在各州兴建大云寺，并且各寺都要珍藏一部《大云经》。

我越来越感觉到在称帝这个问题上，似乎无法掌控其走向，以我的性格，对那些请愿者完全可以棍棒伺候甚至是杀剐流放，可当我面对他们时，内心居然有些不知所措，可能我的心中真的隐藏着窃国的欲望，只是我不愿意去直面最真实的内心。当一切都水到渠成之后，我那股最本真的欲望便会跃出，进而彻底淹没我的理智。

没有人告诉我该如何去做。是顽抗到底，还是顺势而为？我连这股势是不是真的存在都很难判断，也许这就是人们常说的当局者迷吧！

我为这件事情大伤脑筋，可是载初元年（690年）九月，侍御史傅游艺率领关中九百多人到宫中上疏，居然请求我不仅要立即荣登大位，还要改国号为"周"，之所以要改成"周"是因为《周书》上有一篇《武成》，正好与我的姓氏相吻合，可以被视为详谶。

傅游艺率领这九百人在宫门前集体请愿，高声呼喊请求我即刻登基，而且他上的奏文言辞华美，对我极尽恭维，说我是千古一人，古往今来任何贤明的皇帝不可与我相比，李唐气数已尽，应该速革唐命，上应天意，下顺民愿。

呵呵！我当时真的想冲出去质问他，你把高祖、太宗皇帝的位置摆在哪里？

我很了解傅游艺的为人，很多人都说他是个典型的投机分子，这次他带着人请愿，或许并非是承嗣他们的安排，但在我看来这次请愿可视作上次洛水祭拜仪式请愿的延续，看来无论是真心者还是投机分子，不达目的誓不罢休啊！

"赏赐他们！赶紧让他们离开！"我对心腹宦官说道。

不久后宫门前的请愿声逐渐平息，但我知道这只是暂时的偃旗息鼓，其实依旧会树欲静而风不止。

果不其然，在傅游艺等人得到赏赐离去后，请愿的事情在此后一段时间内居然成为一种争相效仿的时尚，我的本意是想通过赏赐的手段让那些人赶快退去，可是却让更多的投机分子看到从中有利可图。

在那段日子里，文武百官、皇室宗亲、远近百姓、四夷酋长、僧人、道士等，只要是个人就都到皇宫门口进行请愿，一时间仿佛大家都看到了请愿这件事情是一个升官发财的捷径。

我虽然对这些人反感透顶，但依旧硬着头皮进行了相关赏赐，既然先前已经开了弓，就没有回头箭。可是在这之中，我也清楚地看到了各个领域、各个阶层对于我称帝的强烈愿望。

现在，随着请愿规模的不断扩大，这件事情已经不再仅仅局限于朝堂之内，而是成为一件关乎国家命运的重大事件，可是我依旧心存疑虑，一个女人成为史无前例甚至可能是后无来者的皇帝，即使是当下民意所向，但千百年后人们会如何评价？是颂歌不断，还是极尽诋毁？

然而称帝的事情发展到如今这个地步，我已经无法再掌控，我不可能将主张我称帝的人全部杀掉，我可以死撑到底拒绝称帝，但人们已经俨然将我看成李唐天下的替代者，武氏家族的荣辱全都系于我一身。当年汉朝吕后去世后，吕氏家族的悲惨命运我是无论如何也不会忘记的。

六十七岁的我，此刻忽然开始变得踌躇满志、意气风发起来，洛水请愿、佛旨昭然、民意笃诚，从外部环境看我称帝的时机已经到来，我只需跨过自己内心深处的那道坎便可以顺利登上那个宝座，开创自己的新王朝，既不沿袭李唐的旧制，也不效仿古代的模式，在这个属于自己的王朝打上武氏烙印。

我可以向世人宣示，这是我的新王朝——一个女人坐天下当皇帝的史无前例的朝代！

既然形势如此，我就顺势而为吧！前方或许并不平坦，但既然我已经被"势"推向了万众瞩目的顶端，那就让我成为名正言顺的武氏女皇。无论千百年后世人如何评价，但所有人都不会否认在男尊女卑的社会里有一个女人登上了至高无上的皇帝宝座，仅凭这一点足以傲视天下、光耀千古！

"告诉那些请愿的人从现在开始可以不必再来了，不久后让他们一起去明堂参加我的登基大典！"

此刻，我的目光深沉地凝视着远方。大唐的太阳！你是否已经注定就此沉沦？

明堂，一座矗立于洛阳乾元殿基址上宏伟而高大的建筑物，是自古以来每个朝代发布政令、祭祀天地的地方，自大唐开国以来太宗皇帝和阿奴都十分重视明堂的建设，到了我掌权之后，新改建的明堂规模更加宏大，并具有独特的艺术风格。

明堂扩建之后，共分为三层，通高约二十丈，四周镶金装饰，在太阳照射下闪闪发光，数十里外即可望见。因其宏伟、富丽、绚烂夺目，所以我为这座宫殿起了个属于我自己的名字——万象神宫。

明堂刚刚扩建完时，我曾在那里接受百官朝贺，祭祀先祖，告祭神灵，同时大赦天下，改元"永昌"，然后又布政明堂，进行了一系列属于武氏家族的"维新活动"，我将父亲武士彟追尊为"周忠孝太皇"，将母亲追尊为"忠孝太后"，除此之外，上追祖先，凡是有名有姓的，全被追尊为王。而那一次承嗣因发现洛水圣图，也被我提拔进了宰相班子。

现在回想起来，也许在那次大享明堂的时候，我的意识深处可能已经有了另外一个自己，窃国的欲望已经开始显露，只是我的理智还能控制自己，可是在众人看来这已经是个明显的信号，所以后来的诸多请愿活动都是建立在这个基础之上。

现在，这座宏伟瑰丽的神宫将成为我登基称帝的见证！

天授元年（690年）九月十九日，清晨。

阳光明媚的日子里，述说着大唐王朝历史值得特别大书特书的一笔，这一天也是我为中国历史上添加的浓墨重彩的一笔，因为我——一个意气风发的六十七岁女人，经历过怆然的青年、拼杀的中年之后，在即将步入古稀之年时，居然成为了前无来者的女皇！

五更过后，皇宫大门缓缓开启，百官们陆续入内，静静地排列好序列后，等待着明堂禁门开启后进入，而此时的我早已经梳洗打扮完毕，头戴朱红花冠，身穿黄色龙纹长袍，佩十三金玉革带，脸上神采奕奕，就等着时辰一到，在百官的朝贺声中完成登基大典。

今天的朝贺与往日完全不同，在我一切准备妥当后，随着三声礼炮鸣响，禁门终于开启，文武百官依次而入，按照品级排列两厢后，只听见三声炮响，随着十二面金鼓齐鸣，登基大典正式开始。

宣祝官首先宣读我的即位诏书，宣布改唐为周，同时改元"天授"，以应天意授予之意，紧接着献上皇帝宝玺，高呼"拜贺"，文武百官、皇室宗亲、四夷酋长依次向我拜贺。当所有人用虔诚恭敬的态度向我行过大礼时，我平生第一次认为自己是伟大的，是可以主宰天地、主宰人间的圣主！

"从即日起，朕不仅是皇帝，更是圣神皇帝！"

"吾皇万岁！"明堂之下，一片震耳欲聋的恭贺声！

"朕宣布大赦天下，全国大宴七天！"

欢腾声持续着，而我也早已陶醉在这史无前例的仪式中……

明堂之下已经是歌舞声一片，我陶醉其中却也凝视着这看似一片和谐的场景，多年的历练使我早已被理智占据了头脑，此时我陶醉其中但并没有得意忘形，因为现在仅仅是个开始。

前方更遥远、更荆棘的路在等待着我艰难地跋涉，在寻常百姓中我这个年龄早已经是享受天伦之乐的年龄，而我还要为国家、为家族，为我那几十年来始终暗藏于心的权欲所奋斗。这究竟是我的荣幸,还是我的不幸呢?

继续向前走吧!皇帝?明君?

虽然国号已变成"大周",但我无论如何是无法将大唐的印记抹去的,我会像太宗皇帝那样将这个国家的盛世局面延续下去,将贞观精神发扬光大!

WU MEI ZHUAN

武媚传

第六章

酷吏们只是我的狗

摆脱危机

我能当上皇帝，虽然有"势"的存在，但对于李唐旧臣来讲，终究还会有不可思议的感觉，不过这些人能在有生之年看到女人当皇帝，这辈子也算是开了眼，毕竟在这些人的头脑里，对"雌代雄鸣则家尽，妇夺夫政则国亡"的儒家古训有着深刻的印记。

我知道，虽然那天很多人在明堂上高呼万岁，但他们的内心一定愤愤不平。这一点从我登基后一些人明里暗里地指责我，甚至是指桑骂槐就可以看出来。

不过在我看来，只要这些人没有出格的行为，我基本上都能容忍，毕竟和过去当皇帝之前不同了，此一时彼一时，彰显新君的容人度量是我必须要表现出来的，而且当了皇帝后主要的任务是维持和谐与稳定的局面。

说起和谐与稳定的话题，去年冬天的牡丹事件至今还让我心有余悸，如果不是我当时顺势改变主意，让心腹宦官到上林苑看看是不是真的开了牡丹花，说不定我到了上林苑就会有一场腥风血雨，幸好我充分发挥聪明才智，不露声色地以诗文形式向禁军密传了我的命令，最终才没有出什么意外。

直到今天，这依然是一桩悬案，那封请我去上林苑观看冬日牡丹花开胜景的信居然没有署名，这本身就是问题。送信者究竟是谁？为什么要骗我说上林苑冬日开牡丹花？究竟意欲何为？一年来我派人进行四处侦查，但始终没有结果，看来这件事情想要查个水落石出恐怕很难，但这件事情很显然提醒我，和谐稳定虽然是皇帝首要保持的大局，但任何时候宝剑绝不可以收鞘！

通过牡丹事件，我断定送信的人一定是受宰相班子某个成员的幕后指使，因为通过这一年来的观察，宰相班子里还是有反对我的人，我的位子坐得并不安稳。

我不想时常挥起屠刀去杀人，已经当了皇帝的我应该带给更多人以新的希望，而不是整天惶恐不安，可是我在当皇帝之前营造的紧张氛围一时难消，使这个问题现在解决起来颇为困难。

我发誓要将太宗皇帝缔造的贞观盛世精神发扬光大，但先前受重用的那些酷吏已给社会造成了人心惶惶的严重局面，我曾利用这些酷吏凶狠地镇压了一批又一批的反对者，最终保证我坐上了女皇的宝座。

但现在，这个原本我十分依赖的酷吏势力反又严重制约着我的理想，而且我虽然曾经也是告密的疯狂鼓动者，告密者让我的敌人一个个坠入了刑网，但同样也使一些小人投机其间，告密成了他们牟取私利、陷害好人的工具，因此我越来越觉得如果不改变这种现状，恐怕会陷入一种自己先前布下的危机。

最关键的是，告密者现在已经渗入了各个层面，就连皇族宗室也不能幸免。

驸马崔宣本来是个耿直之士，可惜家门不幸，有人和他的奴婢私通，但是这个人担心事情败露，便将那个奴婢偷偷藏了起来，然后诬告崔宣蓄意谋反，说崔宣为了掩盖自己谋反的罪行，将这个奴婢杀人灭口，并将尸体投进水井里。

我得知这个事件后，派御史张行岌调查此案。张行岌调查了半天也没找到崔家奴婢的尸体，当得到张行岌的复命时我很是不满，想让来俊臣接手这个案子，结果张行岌因为害怕来俊臣刑讯逼供而将自己牵连进去，便在我面前拍着胸脯保证十天之内破案，最终费尽周折，才将藏匿崔家奴婢的真凶找了出来。

虽然这个案子最终得到了一个圆满的结果,但过程可谓是一波三折。这样的案件本可以避免,如果不是时下告密成风,告密者可以得到丰厚的利益,那个与奴婢私通的人恐怕也没有胆量诬告崔宣这样的皇亲国戚,从而也就没有张行岌担心遭到来俊臣的陷害在时间紧迫的情况下才破案。这一切都是源于时下紧张的氛围,当然我知道根源是在我这里。

告密者不仅将魔抓伸向了皇亲国戚,甚至连寺庙里与世无争的和尚也不放过。

恒州鹿泉寺净满和尚是个德行高深之人,深得寺内方丈的器重,引起了其他僧人的嫉妒。嫉妒他的人为了陷害他,就偷偷画了一幅画,画中一个和尚拿着弓箭向着一个女人射去,最终这幅画通过告密者到了我手里。

显然这幅画的寓意是净满拿着弓箭在射我,我看到这幅画后十分愤怒,马上命令御史裴怀古调查此事,并暗示他在必要的时候可以先斩后奏,但裴怀古是一个和张行岌一样正直的人,他经过调查发现这是一件冤案,然后原原本本地汇报给我。

现在回想起来,如果不是因为张行岌和裴怀古是正直的人,恐怕这两个案子又会牵连出一大批人,到时又是一片腥风血雨,而因为他们办案公正,这两个案子受到了一致赞赏。

幸好朝廷里还有张行岌和裴怀古这样刚正不阿的御史,不然的话真不知道那些酷吏会将整个国家搞成什么样子。

当然,我既然能大开告密之风,将酷吏推向朝廷政治前台,也就有信心和能力开创一种新风气,来形成一股与告密之风相对抗的风气,我已经想好了,这股风气的名字就叫"秉公之风"。

在我消除政敌登上权力宝座的时候,告密者和酷吏们起到了积极的推动作用,但凡事都有两面性,我当了皇帝后,目前面临最大的问题就是告密者和酷吏们扰得朝廷乌烟瘴气,作为手握最高权力者,我当然不希望自己始终处于危机中,所以我逐渐认清现实,开始利用一些手段,让那些告密者失望而归,以此扼制酷吏们的嗜杀欲望,甚至让这些人威信扫地。

这其中，我自认为做得最漂亮的一件事就是成功保护了刚正不阿的徐有功。

论起资历来，徐有功也是老臣了，他本名徐弘敏，青年时期举明经及第，历经蒲州司法参军、司刑（大理）寺丞、官至秋官（刑部）郎中，是一个长期就职司法领域的官员。

谁都知道徐有功是个秉公执法的好官员，在这一点上人们对他的评价不次于狄仁杰，不过他也有自身的缺点，那就是过于直率，甚至会面折廷争！

在我派狄仁杰到豫州追查李贞、李冲的同党时，徐有功针对这个问题就暴露出他那股牛脾气，当着众多朝臣和我争辩不休，认为大肆搜捕同党容易导致人心惶惶。我相信如果不是因为我钦佩他以死谏言的勇气，换个稍微冲动点儿的皇帝，恐怕他早已经人头落地。

徐有功以死谏言的勇气深深地打动了我，我认为在朝廷内刚正不阿的官员比较缺少的情况下，徐有功是一个我开创"秉公之风"极好的标杆，可是从他与我激烈争辩的情形来看，我隐约感觉未来他一定会惹上大麻烦，所以我常提醒自己，一定保持冷静，凡是遇到徐有功的问题，都必须要谨慎再谨慎。

事实证明，我的预感极为精准。天授元年（691年）道州刺史李行褒兄弟被揭发有谋反企图，结果负责这个案子的周兴审结定罪要灭其九族，我大笔一挥同意奏请，可是时任秋官郎中的徐有功坚决反对这个判决，最终和周兴争吵了起来。

当时周兴兼任秋官侍郎，是徐有功的顶头上司。结果可想而知，面对徐有功的顶撞，周兴试图痛下杀手，向我密报说徐有功是李贞的同党，建议立即杀掉。

在周兴看来，诛九族最终是我决定的，徐有功反对这样处置，也就是在反对我，再加上他的煽风点火，徐有功必死无疑，然而他又怎么会知道，我的心思已经和当皇帝之前不同，所以这一次我并没有立即同意周兴的意见，而是告诉他我会谨慎处理这个事情。

坦白讲，我欣赏徐有功守法护法的忠心和才干，但同时内心深处也对他不懂圆滑，阻碍我清除敌对势力有所不满，所以我对徐有功的态度始终在这二者之间摇摆，这也是我谨慎对待这件事的根本原因。

我认为自己已经改变了许多，如果换作从前，徐有功即使有八个脑袋，也早已经被砍下，但这一次我并没有听信周兴的一面之词，不知道周兴能否悟出这是我对酷吏们释放的一个信号，至少是一种怀揣戒心的信号，酷吏们的问题是必须要尽快解决的。

思虑再三，我决定采取一种折中的处理办法，下诏禁止逮捕审讯徐有功，但罢免他的官职，削职为民。这个处理一方面显示了我对酷吏已经不再信任，另一方面也是变相打压一下徐有功的倔脾气，同时对他也是一种保护。和当初处理狄仁杰一样，我也坚持认为徐有功未来是要回来的，因为开创"秉公之风"无论如何是不能少了这样人的。

现在回想起来，当时处理徐有功的办法算是绝佳的，而且通过后来的很多迹象来看，周兴可能已经意识到我对他们这些酷吏态度已经产生了变化。

我开创"秉公之风"的同时，已经决定对酷吏施以重拳！

请君入瓮

虽然老早就已经下定决心要解决酷吏的问题，但真的要动手时，必须慎重地选好对象和时机。当皇帝以后我一直努力营造一种宽松的政治氛围，力争消除曾经的恐怖气氛，现在看来效果不错，这种宽松的政治氛围正在逐渐巩固，标志就是人们正在一天天地加大对酷吏的排挤，而且从我的角度而言，酷吏们已经明显不如我当皇帝之前那样如鱼得水，所以清除酷吏的适当时机已经到了。

现在关键是选择对象！

索元礼、周兴、来俊臣算是酷吏中的大佬，综合三个人的能力和心机，我选定周兴作为清除酷吏的开始，原因在于周兴不仅位高权重，而且其心机远不是其他酷吏所能比的。来俊臣的"罗织经"固然让人不寒而栗，但周兴可谓是将"厚黑学"在实际中运用到了极致，在我看来他就像隐藏的变色蜥蜴，可以在人们毫无防备时发动闪电攻击，这样的人在我身边，我实在是寝食难安。

我之所以会有这样的感受，原因在于我称帝后没过多久，他就上奏建议我清除李唐皇室的宗正属籍，其为人凶狠狡诈可见一斑。

周兴那慈眉善目的背后终究掩饰不住狼心狗肺，在绝大多数人还没有完全适应没有大唐的旗帜时，周兴居然可以面不改色心不跳地将给予他丰厚政治利益的大唐来个落井下石，如果未来有一天武周遇到什么挫折，相信周兴也一定会故技重施！

所以必须以周兴为清除的第一目标，幸好不久后我便找到了机会。

那一天有人向我密报说，周兴和已经死去的丘神勋以前有着较深的来往，建议我调查一下周兴。

在此之前，丘神勋因为与人谋逆被我诛杀，到现在为止我也没证据表明丘神勋真的参与了谋逆计划，我诛杀他的原因还是源于贤儿当年自杀的事情，我始终认为在这个问题上，丘神勋负有一定的责任，至少没有将我的意图有效地传达给贤儿，所以我借着有人状告他谋逆的机会将他诛杀，也算是公报私仇吧！

现在有人将周兴和丘神勋扯上了关系，他一定想不到这么多年以诬告别人为专长的他，今天也有被人反咬一口的时候，恰恰正应了那句俗语：常在河边走，哪有不湿鞋。

我当然不会错过这个机会，不过在我看来解决周兴的最好方式，不是将他关进大牢打个半死，然后一纸供状上有他的签字画押，而是用他最擅长的方式去对付他。

于是，我想到了来俊臣！

很长时间以来，来俊臣和周兴虽然同为酷吏中的大佬，但彼此却是面和心不和，正所谓同行是冤家，两个人经常在我面前很隐晦地诋毁对方，我虽然心知肚明，但表面上却装作什么也不知道，因此他们都认为自己才是我最信任的酷吏。

周兴一定不会想到，我居然会派另一个与他齐名的酷吏去审讯他，而且审讯他的来俊臣在心底一定会感谢我让他找到了出气的机会，而对于周兴而言则是一种精神上的折磨。

我坚信来俊臣的审讯技巧一定会让周兴惊讶得目瞪口呆，因此我没有过多地指示来俊臣应该做什么，只是告诉他我想要的结果，然后坐等他的好消息。

三天后我接到了来俊臣的汇报，周兴认罪伏法！

我重赏了来俊臣，从他的脸上我可以看出他很是得意，于是我问他到底用了什么方法就让周兴这么快地认罪伏法，来俊臣笑呵呵地回答我，说他是以其人之道还治其人之身。

"陛下！我先是以请周兴喝酒的名义将他骗到自己的住处，席间跟他说最近有犯人就是不招供，向他请教该怎么办。"

"那他怎么回答？"我好奇地问道。

"他说臣有十号大枷还怕犯人不招供，臣告诉他那十个枷虽然厉害，但天底下有很多宁折不弯的硬骨头，所以很是难办，臣还举例说了一个人……"

"谁？"

"郝象贤！"

当来俊臣脱口说出"郝象贤"时，我便知道他的用意何在，因为在周兴审理过的无数案件中，郝象贤的案子给他的印象最为深刻。

郝象贤作为资深老臣郝处俊的孙子，本应该有个不错的前途，但在垂拱年间被其家奴告发，说他蓄意谋反。当时我将这个案子交给周兴审理，可是无论周兴在审讯过程中运用何种手段、动用何种刑具都无法撬开郝象贤的嘴，最终周兴强行定其灭族之罪，并且得到了我的批准。

在行刑的那一天，郝象贤对我破口大骂，并挣扎着夺过路人的木棒试图击打行刑之人，结果被士兵当场击杀，我得到奏报后下令肢解他的身体，并掘其祖坟，毁棺戮尸。

后来周兴经常对我说，郝象贤的案子是他这么多年来接手的最棘手的一桩案子，更对郝象贤受刑时的表现为之惊愕，因为在他的案件中，那些凡人从来都是一经酷刑便瘫坐一团，好似魂飞魄散，但郝象贤那临死时不屈的眼神始终印刻在他的脑海中，经常让他感到不安。

作为相当熟悉的同事，来俊臣当然知道郝象贤的案子在周兴的心中留下了阴影，所以他故意说起郝象贤，目的就是要再一次打击周兴的心灵，让周兴的心理防线慢慢崩溃。

"那他什么反应？"

"呵呵！臣一说出郝象贤的名字，周兴夹菜的那只手立即停在半空，臣观察到他的脸色有些变白，但瞬间又恢复了，便知道他一定受到了刺激。"

"嗯，你这是在耍他啊！后来呢？"

"周兴说过去的事情不提也罢，郝象贤虽然是把硬骨头，但最后还不是落个粉身碎骨，脖子再硬也硬不过钢刀啊！臣听他说着，心中就在盘算待会儿不知道你的骨头有多硬，可是嘴上就让他帮臣想想好办法，尽快让那些罪犯招供。"

"然后他就说出了他最擅长的请君入瓮之法，再然后你就将他的方法用在了他的身上！"我淡淡地说道。

来俊臣本想向我讲述他最得意的部分，可是却被我一下子说破，立即收住笑容，脸上的肌肉开始紧绷起来。

"陛下！您是怎么知道的？"

"朕能坐在这个座位上，你知道靠的是什么吗？"我的语气依旧十分轻缓。

"陛下恕臣愚钝，臣……"

"不说这个了，朕只想知道你对如何给周兴定罪有什么意见？"

"陛下！自垂拱年间以来，周兴陷害的人不计其数，天官侍郎魏玄同、地官尚书韦质方、左领军将军黑齿常之，包括郝象贤在内，可以说这些人都死在了周兴手上，而且又和丘神勣谋逆，臣认为应该判灭族之罪！"

"陷害？难道你不知道最终决定这些人命运的是朕吗？"我反问来俊臣。

面对我的这个问题，来俊臣一时间显得有些不知所措，脸色已经开始变得惨白！

"这些年死在周兴手上的人固然不少，但死在你手上的人难道就少吗？不要觉得现在周兴穷途末路，你就可以落井下石，要知道你们可是干着一样的事情哦！"我字字都在冲击来俊臣的心灵，这既是一种警告，也是很长时间以来我内心深处最想对来俊臣说的话。

"臣明白！请陛下恕臣无知之过！"言罢，来俊臣跪在地上叩起头来。

"哎……"我轻轻叹息一声，"好啦！周兴这些年没少为朕出力，依朕看死罪就免了吧，改为流放如何？"

"陛下圣明！"

来俊臣转身离开我这里的时候，我感觉到了他的失落，但他也许不知道我这双充满杀机的眼睛在紧紧地注视着他，这只和周兴同样凶残的猎狗将是我接下来主要清除的目标，只是现在他还有利用的价值，而且任何事情都必须要循序渐进，步子如果迈得太快，恐怕就会出问题。

坦白讲，我这个人还是很讲感情的，周兴如果没有走上酷吏这条道路，我是很想让他做一个良臣的，但走上了这条路，就无法再回头，但即使我内心已经厌恶他的存在，也并没有对他赶尽杀绝，他就算没有功劳也还有苦劳。周兴被判流放后，走到半路上被仇家截杀，也算是报应循环吧，这就不是我所能左右的了。

通过周兴的死，我越来越感觉这个世界还是有规律的。周兴走上酷吏的道路无法再回头，我篡夺李唐的天下就能再回头吗？会不会未来有一天我也会像周兴一样，为现在自己所做的一切付出沉重的代价，以救赎斩断大唐国运的罪孽呢？

如果真是如此，我也只能在无法再回头的路上，用自己的实际行动去尽量洗刷内心的愧疚与不安！

……

成功清除周兴，算是我拉开进一步大举打击酷吏的大幕，与此同时另一名酷吏索元礼因为收受贿赂被人告发，我便不失时机地将索元礼诛杀，现在时人并称"来索"的酷吏双星就只剩下了来俊臣。

种种迹象表明，随着周兴、索元礼的死去，以及我有意无意地打压酷吏队伍，来俊臣感受到了很大的压力，每次我传他问话，他都有一种噤若寒蝉的感觉，而且我发现他对我越来越恭顺，做事越来越尽心，也越来越小心翼翼，或许在他看来周兴、索元礼是因为目中无人触犯禁忌才导致被杀，只要他自己不重蹈覆辙，依旧会前途光明。

呵呵！这就是政客与政治家的区别！

不过，来俊臣的小心翼翼还真是起作用，我依旧像等待有人检举揭发周兴、索元礼那样，等待有人揭发来俊臣，然而随着时间的推移，我始终没有等到这样的机会，看来清除来俊臣还要着实费一番脑筋。

致命黑手

当周兴和索元礼以及很多酷吏被我逐一清除的时候，已经被我流放很久的狄仁杰重新回到了朝廷内。天授元年（691年）四月，狄仁杰被我提拔为地官侍郎，同时参知政事，等于进了宰相班子。

重新回来的狄仁杰，给我的感觉是成熟了不少，有一次我和他说有人在我面前诋毁他，问他想不想知道这个人是谁，他的回答却让我对他产生敬佩之情。

"陛下如果认为臣有错误，臣愿意改正，陛下如果认为臣没有错误，那是臣的幸运，所以臣实在不愿意知道是谁向陛下诋毁臣。"

狄仁杰的回答让我感慨万千，很多人都绞尽脑汁想要知道的事情，在狄仁杰这里居然就这么轻描淡写地一言带过，这样大方得体、光明磊落的回答，让我对他多了几分欣赏，也更加坚定了我对他重用的决心，可是正应了那句话：天将降大任于斯人也，必先苦其心志，劳其筋骨，饿其体肤，空乏其身。没过多久一顶蓄意谋反的大帽子被来俊臣扣在了狄仁杰的头顶上，一同受到牵连的还有司礼卿崔宣礼、御史中丞魏元忠等人。

我十分明白来俊臣的意图，重新回来的狄仁杰对于来俊臣而言是一个巨大的挑战，因为两个人是水火不相容，一个是我开创秉公之风的先锋，另一个是制造恐怖的酷吏。在来俊臣看来，狄仁杰的回归有可能标志着酷吏的彻底失势，因此他这算是投石问路，看看我究竟是什么意图。

"务必严查此案！"这是我对来俊臣的叮嘱！

我知道在尚未得到绝好机会的情况下，最好不要轻举妄动，因此我顺水推舟地将这个案子交给来俊臣审理，只是这样就苦了狄仁杰，在那阴森的新开狱中，狄仁杰少不了要受皮肉之苦。

我始终没有抓到来俊臣犯错误的把柄，清除他必须要动用一些手段，现在他已经将狄仁杰牵涉了进来，在我看来这是可以利用的。我自认为是一个挖坑高手，我必须要为来俊臣挖一个巨大的坑，而且要让他心甘情愿地跳下去……

事实上，我很担心狄仁杰是不是能忍受来俊臣的那套刑讯逼供的手段，很希望狄仁杰能够挺住，我已经做好了准备，一旦来俊臣刑讯手段用得过甚，我便以狄仁杰遭受了刑讯逼供，反咬来俊臣审案不利而将其治罪，但让我没想到的是，狄仁杰被投进新开狱没多久，便承认了自己蓄意谋反。

这完全出乎了我预料，刚正不阿的狄仁杰怎么可能会承认自己谋反？看着来俊臣呈给我的狄仁杰的认罪状，我一时间搞不懂狄仁杰到底是什么意思。难道来俊臣的审讯手段又提升了一个档次，可以轻而易举地就让狄仁杰招供？我百思不得其解，直到那一天心腹宦官为我送来了他的申冤书，我才真正读懂了狄仁杰的心思。

当无边的黑暗袭向狄仁杰时，他或许猜到了结果，他知道稍有不慎，自己的结局或许会比郝象贤还要惨，他更明白在新开狱里，如果和来俊臣宁死不屈，连申冤的机会都不会有。

所以他选择了招供，这样来俊臣就不会将他逼死，肯定会将供状递到我这里来，于是他便有机会向我申冤。不过我好奇的是，在戒备森严的新开狱里，狄仁杰是如何将申冤书送出来的呢？

"这申冤书你是怎样得来的？"我问宦官。

"是狄仁杰的儿子狄光远给老奴的，说务必要呈给陛下！"

"他的儿子？"

"是啊！听他儿子说，狄仁杰向新开狱的看守提出请求，说天气逐渐炎热，请将他的棉衣送回家，让家里人送几件单衣来，看守同意了他的请求，于是他将这封申冤书藏在了棉衣里送回了家。"

"哦！原来如此！真是绝顶聪明之人啊！"我听完恍然大悟，不禁为狄仁杰的机智而称赞叫好。

"那陛下觉得狄大人的这封申冤书写的……"

"哼！你跟了我这么多年，你认为我应该相信谁呢？"我打断了宦官的话，意味深沉地对他说道。

"陛下圣明！"

"马上叫来俊臣到朕这儿来，他不是说狄仁杰已经认罪了吗？朕倒是要问问他，既然已经认罪，为何狄大人还要写这封申冤书！"

"你不是说狄仁杰已经认罪了吗？为什么他还会给朕呈上申冤书？你说说这到底是怎么回事？"当来俊臣跪在我的面前时，我便将狄仁杰的申冤书"啪"地甩给他，然后用一种极其严肃的口气质问他。

来俊臣小心翼翼地拿起申冤书，仔细辨别真伪后，我看到他的脸上呈现出一种百思不得其解的表情，他无论如何也不会想到，在阴森恐怖的新开狱里，居然有人可以将申冤书送到皇上这里。

"陛下！这……"

"我知道你会问朕这申冤书是怎么得来的，这个你用不着管，朕想知道狄仁杰为什么要这样做？"我打断来俊臣说道。

"陛下！虽然狄仁杰是谋逆之臣，但自从他到了新开狱，臣念在他是陛下曾经信任过的大臣，因此对他照顾得很好，不仅没有用刑，还经常对他嘘寒问暖，所以他招供绝对不是臣强迫的，这一点陛下可以派人去新开狱看看狄仁杰的状况便可知晓。至于这封申冤书，臣认为狄仁杰这是在垂死挣扎，他到了这种地步，即使有一线希望也不会错过的！"

来俊臣几乎是没有停顿地说完了整段话，而在我看来他的确是一个非常狡猾的人，透过我的质问，他已经意识到我可能会拿刑讯逼供做文章，因此他将话说在了前头，等于将我的话彻底封死。

看来我想就此治其罪遇到了困难，我必须要及时调整策略来应对他。

"好！既然你说狄仁杰一切安好，那朕就派人到新开狱走一遭。"

我努力寻找来俊臣的漏洞，期望找到他的软肋，找个罪名将其治罪，于是我派通事舍人周綝和来俊臣一起到新开狱看看狄仁杰到底是什么情况。

我认为凡是进到新开狱的人没有人能够逃脱刑讯逼供，只是手段轻重不同，可是周綝给我的回复是狄仁杰一切安好，而且他还为我带回一份狄仁杰书写的《谢死表》。

所谓《谢死表》，就是被判死刑的人在临死前表达自己对所犯之罪的一种忏悔。

问题的关键是，狄仁杰到现在为止还没有被最终定罪，为什么就急不可待地忏悔呢？如果他真有忏悔之心，为什么还要向我呈上申冤状呢？

从申冤状到《谢死表》，狄仁杰的态度可谓是水火二重天，完全不符合常理，因此我断定这封《谢死表》一定是伪造的。如果我的推断成立，那就说明周綝被来俊臣买通了。

看来这一次我必须要亲自前往新开狱，去揭露那双看似无形的致命黑手！

在见到狄仁杰的那一瞬间，我便被他一身的整齐穿戴所震惊了，看来来俊臣并没有说谎，他的确没有对狄仁杰采取刑讯逼供，不过从狄仁杰的表情以及脸上暗含的疤痕来看，这些日子他也没少受苦，相比那些受到十号大枷"伺候"的刑犯，狄仁杰已经很幸运了。

狄仁杰跪在我的面前一言不发，他很明白我既然能够亲自来到新开狱，就说明对他谋反这件案子有着深深的怀疑。他无须多言，等待我亮明态度即可。

我稍稍稳定了下心神，便开门见山说道："为什么要承认自己谋反？"我的这句话等于洗刷了狄仁杰的冤情。

"臣如果不承认谋反，恐怕早已经死在酷吏们的刑具之下了。"狄仁杰有些自嘲地说道，而站在旁边的来俊臣表情则有些尴尬。

我装作没有看到来俊臣的表情，继续问狄仁杰："那《谢死表》是怎么回事？你写的？"

"臣从未写过《谢死表》啊！"狄仁杰惊讶地说道。

"陛下！狄仁杰是不是写过《谢死表》，验证笔迹即可得知！"此时站在一旁的来俊臣终于忍不住了，立即抢着说道。

来俊臣的表情异常坚定，我知道，一个有着多年审案经历的酷吏想要伪造一份犯人的笔迹十分简单，既然他敢伪造表文，就说明他做足了一切功课，因此验证笔迹是没有用的，笔迹的问题无法查清。

看来想以狄仁杰为突破口进而清除来俊臣还真不是件容易的事，经历过无数风浪的我早已经练就了气定神闲的本领。我为来俊臣挖的坑还不够深，还不足以引诱他跳进去，因此我决定采取迂回策略，暂时稳住来俊臣。

"《谢死表》的事情朕自有主张。"我瞥了一眼来俊臣，没好气地说道。

来俊臣自讨没趣地退到了一旁，我紧接着便对狄仁杰说道："即使没有谋反，恐怕也有些非分之想吧！"

"臣万万不敢！"狄仁杰始终没有抬起头来。

"哎……"我轻声叹了口气，"念在爱卿曾经公忠体国的份儿上，朕赦免卿的死罪，但也不要待在长安了！"

"谢陛下隆恩！"

那一刻我努力隐藏住即将流露出来的怜悯之情，因为我知道再次贬黜狄仁杰其实是我为来俊臣挖下的一个坑，在没得到我最终想要的结果之前，一切都必须做得滴水不漏。

狄仁杰，希望你能理解我，犹如上一次你离开一样，你始终肩负着我的使命。你曾经承受的苦痛与冤屈，不仅深深地印刻在你的心里，同样也会让我难以忘记。

你为我承受的一切，我知道，也只有我知道！

狄仁杰再一次扛起行囊离开了朝廷，与他一起同行的还有魏元忠。狄仁杰的目的地是三百多年前陶渊明曾经待过的彭泽（今江西九江彭泽），在那里他将出任彭泽县令。我之所以要为狄仁杰选择这么个地方，是想让他能够像当年的陶渊明一样，虽然历经宦海沉浮，但却始终没有就此消沉，依旧保持着积极向上的乐观态度，我坚信已经经受过历练的狄仁杰一定会体悟出我的良苦用心。

狄仁杰的案子处理完毕，接下来该是怎样面对来俊臣。在来俊臣看来，狄仁杰、魏元忠等人侥幸从自己的虎口逃出是个意外，但是他不会明白，我是在下一盘很大的棋。那天离开新开狱的时候，我看到来俊臣的脸色显得很苍白，这么多年来，凡是他来俊臣盯上的人基本上都是必死无疑，可偏偏狄仁杰等人是个例外。

我不知道来俊臣是否能隐约感觉到我的用意，但不管怎样，事后我特意对来俊臣给予了褒奖，不仅夸他及时化解了危机，而且对其给予了很高的奖赏，同时告诫他做得还不够。

"那臣还需要怎样去做？恳请陛下明示！"

"朝廷里隐藏的危险分子着实不少，不仅仅有狄仁杰这样的大臣！"

来俊臣若有所悟地点点头。此时我已经将他逐渐拽到了坑前。

在此后的日子里，来俊臣继续为我效力，哪里有危险，他便冲向哪里。由于我的支持，他从先前的小心翼翼逐渐回归到高调霸气，但从他很长时间以来的行事看，他始终记得我的"嘱托"，坚持在朝廷内排查危险分子。事实上我要的就是这个效果，因为我知道他无论怎样做都做得不够，这根本就是个伪命题，而且我也推测出他终究会牵涉进哪些人。

终于，神功元年（697年），来俊臣触碰了他最不应该触碰的人，我终于等到了机会。当看到来俊臣那秘密写下的清除名单时，我便知道酷吏的时代即将终结！

"反来联盟"

来俊臣无论如何也不会想到，他秘密写下的清除名单居然被承嗣得到后交给了我。承嗣交给我这份名单的时候，双手颤抖得快要将名单掉在地上，直到我看到名单上的名字时，我才明白承嗣为什么那么慌张。

名单的人员是：旦儿、令月以及承嗣！

虽然很长时间以来我逐渐引导来俊臣将他的触角伸向我的至亲，但当我真的看到他准备这样做时，还是禁不住倒吸了一口凉气。看来上天想要灭谁，必定会让他释放最后的疯狂。

我仔细琢磨来俊臣拟定的这份名单，发现他的这份名单拟定得实在够水平，原因在于无论是李家还是武家，他都找到了要清除的代表，甚至兼有李家和武家双重身份的人也被他挖了出来，这个人就是令月。

令月是我和阿奴所生的最小的孩子，由于我和阿奴只有这一个女儿，所以生下来就对她倍加宠爱。令月八岁的时候为了替我给已经过世的母亲祈福，出家做了女道士。

令月虽然自称是出家，却一直住在宫中。那年吐蕃使者前来求婚，点名想让令月嫁过去，我和阿奴当然不希望宝贝女儿嫁到那么远的地方，但又不好直接拒绝吐蕃，便修建了太平观让她入住，对外宣称她正式出家，借口公主已经出家，以避免和亲。令月的道号叫太平，所以后来人们也习惯称她为太平公主。

令月十六岁那年，在阿奴的撮合下嫁给了城阳公主的二儿子，也是阿奴的亲外甥薛绍，后来薛绍被牵涉进李冲的谋反案，下狱不久后便病死，因此这段短暂的婚姻被迫终结。

我原本以为薛绍的死会让令月肝肠寸断，毕竟年纪轻轻便死了丈夫，在对爱情怀有无限憧憬的年岁里遭受如此打击，会让她就此消沉一段时间，然而让我没想到的是，令月除了在刚刚得知薛绍的死讯后大哭了一场，很快便从悲痛中走了出来，以乐观积极的态度去迎接新的生活。

也就是从那时起，我开始对令月刮目相看，我越来越感觉这个孩子很有我的影子，刚强、坚毅、永不认输的劲头儿完全像我。

我之所以说令月兼有李家和武家的双重身份，是因为天授元年（690年）时，令月改嫁给我的堂侄武攸暨，两个月后我便正式登基成为皇帝，令月因此成为武家的儿媳。

来俊臣为拟定名单可谓是绞尽了脑汁，但他怎会明白，他越是绞尽脑汁变着花样地在我面前卖力表现，便越是掉进了我为他挖下的那个巨大的坑。因为我知道以令月的性格和脾气，她是不可能甘心受此侮辱的，这一次我坚信，我即使稳坐龙椅，也很快会有人找上门来，而我只需顺势而为即可。

那天早朝之后，令月并没有回自己的住处，而是跟着我一起回到了内殿，我知道她是有很私密的话对我说。落座之后我们娘儿俩唠叨了一些家常，而后令月忽然发出了哀叹之声，我知道她这是想切入正题，于是便问她是不是有什么解不开的心事。

没想到我问完之后，令月并没有回答我，眼睛却开始湿润起来。

"怎么了？谁欺负你了？快和娘亲说说！"由于令月是我最小的孩子，备受我的宠爱，以至于我当了皇帝后，我们娘儿俩也不拘泥于君臣之礼，非公开场合她都叫我娘亲，而我也愿意她像平常百姓家的孩子一样称呼我为母亲，让我本能地产生一种慈母般的感觉。

"娘亲，您知不知道您辛苦建立的大周又要重新回到李唐皇室的手上了？"令月一边说着一边起身跪倒在地，颤抖地说道。

令月开门见山的话一下子让我惊呆了，我一时搞不懂她究竟想要表达什么，因此只得跟着她的思路说道："难道又有哪个地方出现了徐敬业那样的人？"

"不是！娘亲现在是万民归心，要窃取您基业的人不是在外边而是在朝内。"

她的话一出口，我便知道今天她是有备而来，我隐约猜到了她的目的所在，但在还没真正弄清她的意图时，我决定还是先听听她怎样说。

"朝内？"我用疑惑的眼神看着令月，期待她能给我一个完整的答案。

"是的！"

"早在你父皇在位、娘亲荣登后位之时，就一直有人反对娘亲。哼！女人为什么就不能当皇帝？娘亲现在不是做得好好的？百姓们不也都安居乐业吗？令月你说说，到底是谁又反对娘亲？！"

令月低头沉默了一会，抬起头来坚定地说道："娘亲，现在想要窃取您基业的人是个比徐敬业更为狠毒的人，徐敬业是在明处，而这个人是在暗处！"

事实上我很明白，令月是在告诉我这个人是谁，而她之所以还没有说出这个人的名字，是想知道我到底有多大的决心，毕竟我当了皇帝后政治气氛已经宽松了许多。

我联想起先前承嗣给我的那份名单，断定令月要说的人肯定是来俊臣，但我依旧故作惊讶地厉声问她："无论他在明处还是暗处，娘亲都要把他揪出来！快说！是谁？"

"来俊臣！"

"他？"

令月终于从袖中拿出一份奏状呈给我，这是一份控诉来俊臣诸多罪行的奏状。其实里边的诸多内容我根本没有仔细看，因为写的什么内容我都了然于胸，我最关心的是落款人，那是一串长长的人名，其中有宰相班子成员，有李唐皇室宗亲，也有武家的人，还有宦官之类的内臣，然而最醒目的还是三个人名：承嗣、旦儿和令月。

刹那间，我知道一个以清除来俊臣为目的的联盟已经形成，我姑且将这个联盟称为"反来联盟"。

等了这么长时间，终于等到了我期望的局面，我当然不会错过这个清除来俊臣的绝好机会，但我不想过早露出自己的真实意图。于是在看完这封联名奏状后，叹息一声，缓缓地对令月说道："娘亲知道你们痛恨酷吏，但他们确实帮着娘亲铲除了很多异己，当然，娘亲也知道他们的确狠毒了些，可是娘亲也在着手改变啊！例如周兴，娘亲不就是顺应民心将他处理了吗？"

我一边说一边观察令月的表情，只见她眉头紧锁，似乎很不认同我说的话。

"娘亲，请恕儿臣直言，来俊臣或许不是有意为之，但他的行为已经惹了众怒，所有人都知道娘亲是来俊臣背后的强力支持者，儿臣真的担心，因为一个小小的来俊臣，所有人会思念李唐，盼望唐室复兴。如果真是这样，娘亲辛苦创下的基业岂不毁在来俊臣之手？"

令月说到最后，已经近乎哽咽。

我的内心却在窃喜，这与令月的表现大相径庭，这个结果是我很长时间以来迫切需要的，那封联名奏状加上现在令月的表现，一切都在说明来俊臣已经成了过街老鼠，清除他已经是水到渠成的事情。

令月说完后，我闭上眼睛低头沉默了片刻，然后以一种试探性的口气问令月："娘亲如果要是处理掉来俊臣，会不会赢得众人心？"

"一定会的！这一点儿臣绝对能保证！"令月似乎看到了希望。

"是时候了，该结束了……"我轻轻地点着头说道。那一刻我笑了，是发自心底的笑，没有人能够想象得到我为了今天隐忍了多久，也不会有人明白我为清除一个小小的来俊臣如此费尽心机。

我想说的是，任何事情都有它发生或发展的理由。抛开来俊臣的个人生死不谈，酷吏时代是我开创的，我不能轻易地彻底否定自己，至少不能轻易地将这标志性的旗杆连根拔起，但是当风向开始改变的时候，当我可以获取比开创酷吏时代更大的政治利益时，我又有什么不能做呢？

还是那句话——酷吏们只是我的狗！

直到来俊臣下狱的那一天，他也没弄明白到底是谁在他背后拍了黑砖。自从来俊臣被下狱后，要求处死他的奏疏犹如雪花般地飞到了我的面前，事实上如何为来俊臣最终定罪，我心里很是矛盾，和当初为周兴定罪一样。我是真的想终结酷吏政治，可是对来俊臣这个人，如果就此定其死罪，我还是有些于心不忍。

我很想和来俊臣进行一次长谈，当面告诉他我为什么要清除他，或许他没有周兴那样做良臣的潜质，但念在这么多年他对我忠心耿耿的份儿上，只要未来他能遏制嗜杀的欲望，不再为所欲为，我还是希望能够保住他性命的，可是那一天我在明堂里骑马欣赏景色的时候，有个人所说的话让我彻底否定了这种想法。

这个人的名字叫吉顼。

吉顼的官职是明堂尉，也就是专门管理明堂一切事务的人。从个人素质角度来看，吉顼如果不做明堂尉而去做酷吏，可能会是个和来俊臣、周兴同样出色的人，只是他没有得到这样的机会。

每次我骑着马在明堂欣赏景色时，都是吉顼在前面为我牵马，他的官职虽然不高,但因为可以经常和我接触,久而久之他和我之间也不再拘束。别看吉顼官职卑微,但上到朝廷重臣,下到宫娥宦官,他都可以接触到,所以我经常询问他朝廷里的动向,要知道我可能掌握不了的情况,他这种小人物反而可以在第一时间了解到。

今天我依旧和前面牵马的吉顼聊着天,我问吉顼最近朝廷上下有什么动向,他的回答有些出乎我的意料。

"回禀陛下,臣倒是没听闻有什么动向,就是很多人对陛下迟迟没有判来俊臣的死罪而议论纷纷。"吉顼平淡地说道,仿佛这件事与他无关。

"朕知道,可是来俊臣对朕有功,朕必须要谨慎处理啊!"

"以前于安远说李贞要谋反,后来李贞真的谋反了,可是于安远这么有功劳的人,到现在为止也不过当到成州司马,来俊臣作为三品大员,陛下如此信任他,他还结交那些不法之人,不仅陷害朝廷忠良,就连陛下的至亲都不放过,听说还收受贿赂,简直是国家的祸害,臣觉得这样的人不值得同情。"

我坐在马上认真听他说着,直到他说完也没回头看我一眼,他的话似有心又似无心。

吉顼的话让我陷入了沉思,如果说他的话让我的心中出现了一个天秤,那就是如何衡量来俊臣对我的个人功绩,以及他现在对整个国家的危害。在这天秤两端之间,我忽然发现他对国家的危害远远重于功绩,现在连一个小小的明堂尉都对来俊臣产生了极大的怨恨,更何况那些支撑这个国家运转延续的朝廷大臣。

我当皇帝为了什么?我开创秉公之风为了什么?除了满足自身的权欲之外,更有对这个国家的一份责任,我决不允许任何人蚕食这个国家,无论他是李唐还是武周!

"我知道该怎么做了!"我自言自语着。

此时吉顼一定听到了我的话,但他依然牵着马往前走,再也没有多言一句。

神功元年（697年）六月三日，来俊臣被处斩。

当天城内流行最广的一句话就是：从今天开始可以睡个安稳觉了！

这种舆论让我感叹了很久，来俊臣的死可以算是我亲手开创的酷吏时代的终结，虽然我知道此后酷吏依旧会存在，但未来已经不再属于他们。

我下定决心处死来俊臣，除了有"反来联盟"的坚持，也有吉顼的建言，但我很清楚，对酷吏的宣判是我政策改变的标志。我曾经因为政治的需要重用酷吏，现在同样因为政治的需要，毫不手软地将一个又一个酷吏送进坟墓。以前借助酷吏之手消灭了政敌，现在也需要酷吏这些猎狗们的头颅来平息怨恨。

残忍是酷吏的本性，杀戮是酷吏的手段。看到那些被自己诬陷的人临死前的痛苦状，这些酷吏们变态地感受到了快感，但他们不知道畸形与邪恶或许能盛极一时，但最终都逃不过上天的惩罚。

从这一点来讲，我也算是替天行道吧！

当人们争先恐后践踏来俊臣的尸体时，内心一定会对我的皇恩浩荡由衷地感激。百姓们是最单纯的人，只知道现在我为他们创造了一个睡好觉的安稳环境，殊不知曾经制造恐怖气氛的幕后推手也是我，只记得我给予他们的好处，却不曾想世界本来就应该是平静的，之所以产生波澜，是因为有人推波助澜。

善良的百姓们对我顶礼膜拜，我这个国家的最高掌权者当然不能辜负他们的殷切期望。女皇的意义是什么？是要比那些男性皇帝们更努力、更出色！

我知道开创秉公之风，终结酷吏政治只是个开始，深宫帷幕之内，我已经开始了筹划治国安邦的大计。

WU MEI ZHUAN

武媚传

第七章　女皇的意义

放手招贤

终结酷吏政治之后,我决定在开创秉公之风的基础上进一步笼络人才,将各种不同的人才聚集到自己身边,就像当年的北门学士一样,为我治国的方略献计献策,先前的那些酷吏不过是我用人的一种类型,根本就谈不上是人才。这些人限于价值的局限性,不可能成为治国的能臣,而事实证明,只有单一的使用价值,待价值失去意义时,便会被历史的洪流如弃敝屣般地抛弃。

历史经验告诉我,真金不怕火炼,能够长盛不衰的是那些拥有治国才能的国之栋梁!

如果抛开某些人的偏见,如果不是出自狭隘的政治需要,我坚信人们对我的评价一定是定位在颇具政治才能这个概念上。人们都看到我以令人惊异的谋略击败强大的敌对势力,成为这个国家最高的、最稳固的掌权者,可是我的理想绝不仅限于此,我希望人们对我的评价除了政治手腕高超之外,还能对我的治国才能认可,当然,要做到这一点,我必须拿出足够多的政绩。

我始终认为皇帝的责任莫过于选贤任能,而臣子的功劳莫过于进献忠言,招收有才能的人一定要放眼四海、山林草泽,我希望在我的治理下,人才之多能够比得上当年强盛的周朝。

在这种指导思想下,我开始将招收人才事宜付诸行动,文人、儒生、孝子、贞洁者乃至勇猛善战者,无不在我的任用范围之内,这等于为各个阶层的人打开了入仕之门，可以让更多湮没无闻者参与国家大事。

对于如何选拔优秀的人才，我也有着自己独特的方式，例如六年前举行的殿试就是我发明的一种招揽人才的新制度。

我之所以能够想出殿试的方式，主要是因为科举制已经日趋完善。

说起科举制，这可是我们国家选拔治国人才的一项重大发明，魏晋南北朝时实行的是九品中正制，当时由于士族势力强大，经常左右中正官考核人才，后来甚至所凭准则仅限于门第出身，于是就造成了"上品无寒门，下品无士族"的现象，这样不仅限制了民间人才，还让士族得以把持朝廷的人事权，进而影响皇帝的权力。

前朝建立后，隋文帝杨坚为了适应政治关系的发展变化，也为了扩大底层人才参与国家建设的要求，加强中央集权，将选拔官员的权力收归中央政府，废除了九品中正制，开始采用分科考试的方式选拔官员，规定"诸州岁贡三人"参加考试，合格者可以做官。

到了大唐，高祖、太宗和阿奴都十分重视科举考试。细数建朝五十多年来的宰相，绝大部分都是科举进士出身。科举常科的考生有两个来源：一个是生徒，一个是乡贡。由京师及州县学馆出身，送往尚书省的受试者叫生徒；不由学馆而先经州县考试，及第后再送尚书省的应试者叫乡贡。由乡贡入京应试者称为举人。州县考试称为解试，尚书省的考试统称省试或礼部试。礼部试都在每年春季举行，因此又称春闱。

我创造出来的殿试制度，就是建立在上述这样一种选拔官员人才的考试制度之上，所谓殿试就是我省去了礼部试，亲自面试举人，一旦发现十分优秀的人才，当场任命适合的官职，立即走马上任。

我依旧清楚记得载初二年（690年）的那场殿试，可谓是盛况空前，当时全国的举人都应召前来，由我亲自出题面试，整整十天的时间，我从外貌、学识、人品、德行，甚至走路的姿态，对这些举人一一进行考察，从中选出来一些才学品行俱佳的举人，当场授予了官职。

我不知道千百年后人们会怎样评价这次殿试，但无论怎样，"开创先河"

这个标签一定会被贴上，而且从实际效果来看，我预感在我的时代结束后，殿试制度可能会延续下去。

当那些习惯在书斋中舞文弄墨的举人们面对我这个神圣的女皇时，可以想象心里是何等紧张，而我恰恰就是要考察这些人的心理素质。不可否认，有的人学识渊博、品行端正，但心理素质有待加强，这样的人算是应试人才，是不是录用他们就必须依据实际情况仔细权衡。

而且这种考试打破了沉闷、呆板的只作文章的考试形式，举人们在我面前必须要即兴回答我提出的问题，这些问题大多是关于如何治国、如何处理实际政务等，当然也有文化水平的考试，例如即兴作诗等。

我认为殿试虽然是我发明的一项考试制度，但对科举制度应该是一个很好的完善，因为它可以让朝廷最高掌权者直观了解应试者的水平，不至于因为观念偏差使得人才埋没，我十分理解那些十年寒苦在书房的学子们，所以我要充分给予他们机会，只要你是人才，我就绝不埋没。

抛开地位的尊卑而言，为了实现心中的理想而不断艰苦努力，这一点我和这些应试的举人们是一样的。

所以，我感同身受！

殿试完善了科举制，但想要给更多人才充分施展的机会，仅仅只有科举是不够的，因此选官制度必须要有着多种多样的形式，科举制是其中的一个组成部分，但绝不是全部。这其中就牵涉到了武官的选拔。

如果说科举制是选拔文官的制度，那么武官也可以参照文官的科举制进行选拔，因此我发明了武举制度。

大唐是一个不缺少名将的时代，很多武官都是先从军，然后在战场上刀光剑影中打出来的，我需要打造一支有文化、有思想、高素质、高水平的武官队伍，因此在我看来，选拔武将人才与选拔文官人才同样重要，所以武举考试必须要丰富。

我审阅了大量的史书，征询了一些老将的意见，将武举考试分为七项，也就是说如果你想成为朝廷的一名武官，至少要通过七关考核，分别是射长垛、骑射、马枪、步射、才貌、言语、举重，除了武功高强之外，外部形象和自身素质也是考核的重点。

当然，我对行军打仗和武功之类的东西并不在行，因此武举考试虽然也有殿试，但我大多会让那些具有十足战场经验的老将们担任考官，他们的意见很大程度上会左右应试者的命运，而我只负责总体把关。

科举和武举两项考试制度应该可以让天下的人才不至于终老于林泉之间，但总有一些人不那么幸运，不仅科举没考上，武举也没通过，往往就此断定其人就不是人才。以我的经验来看，毕竟考试总会有它的局限性，因此为了给这些人机会，我决定这些人可以采取自荐的方式，向朝廷申请做官。

我为这种方式也起了个名字，名曰自举。

其实自举这种方式不是我的发明独创，当年太宗皇帝在位时，曾经有意推广毛遂自荐，但被魏征谏阻。他的理由是认识别人为智，认识自己为明，知人难，知己更难，如果大开自荐这扇大门，容易使那些浮夸虚伪的人有机可乘，因于是太宗皇帝打消了这个念头。

如今时代不同了，我不能因为有浮夸之人觉得有机可乘，便彻底掐断自举这条路，关键就在于如何把关。当年我设立延恩匦，其中就有接受各地人才自荐的功能，只是那个时候这种方式并没有形成规模，因此作用没有突显出来。

试官制度和自举方式是紧密相连的，目的就是给那些不擅长应试的人才以机会，给他们以实际施展的空间，在实践中去考察、去衡量他们的才能。

总之，在我的统治下，如果你是人才，做官的机会有很多，一个人究竟是不是人才，不再仅仅依靠试卷的答案去衡量，更多的是注重实际处理政务的能力。为了能够大量搜罗各地的人才，我在改元赦文中强调求访贤才是治世之要务，目的就是让各级官吏明白搜罗人才的重要性，而且我下了死命令，凡是九品以上的官员以及州县各地的官员每年都要亲自举荐一名贤才，如果完不成任务，将受到罚薪或者降职处理。

我坚信在这种求贤若渴的状态下,这个国家的绝大部分人才都会为我所用,除了那些淡泊名利、心甘情愿终老于林泉之间的贤士们,基本上没有人会对这一政策无动于衷,因为只要获得我的认可,他便会一步登天、光宗耀祖,这是一个人终生的奋斗目标,没有人会轻言放弃。

　　招揽更多的人才是我所愿,我不仅放眼全国,也更注意身边的才能之士,甚至不避仇怨,例如那个一直在掖庭宫里当奴婢的小姑娘,当我发现她是个难得的人才时,我立即赦免她的奴婢身份,将她召到自己身边,协助我处理政务。

　　这个小姑娘就是上官婉儿。

言路畅达

　　至今我依旧记得还没当皇帝时,有一年到掖庭宫探访,还没进门便听到低浅的吟诵声,我好奇地驻足聆听,越来越被其中的内容所深深吸引:

　　　　叶下洞庭出,思君万里余。

　　　　露浓香被冷,月落锦屏虚。

　　　　欲奏江南曲,贪封蓟北书。

　　　　书中无别意,惟怅久离居。

　　"好个'书中无别意,惟怅久离居'!"我听完禁不住拍手称赞,进去后便一眼看到跪在我面前的是个十四五岁的俊俏姑娘。

　　"你写的?"

　　"回禀太后,奴婢不才,不知太后驾到,还请恕罪!"小姑娘不敢抬头看我,低着头怯声说道。

　　"你叫什么名字?多大了?"

　　"奴婢叫上官婉儿,今年十四岁了。"

"上官婉儿……"我喃喃自语，似乎想起了什么，于是便问身边的宦官她什么来历。

"太后，她是上官仪的孙女。"

宦官的回答一下子让我回到了当年上官仪被处死后，全家没入掖庭宫时，上官婉儿被母亲抱在怀里啼哭的情景。那个时候我对上官婉儿不仅没有憎恨，反而有种好感，总认为这个孩子好像与我有着某种联系，没想到这么多年后，我还会在这里与她相见，的确是冥冥之中自有天意。

"书中无别意，惟怅久离居……呵呵！"我一边说着一边俯身将嘴贴近她的耳旁，用略带取笑般的口气对她轻声说道："是不是有心上人啦？"

"没……没有，奴婢不敢！"婉儿听我说完，一下子脸红到脖子根。

"哈哈！有心上人也很正常啊！你这个年龄的女孩子哪个不怀春啊？"

"不，奴婢确实没有，奴婢的年龄还小，而且身份也不允许啊！"婉儿若有所思地说道。

"年龄已经不小了，本后当年就是在你这个年龄进的宫，至于身份嘛……还确实是个问题！"

跪在我面前的婉儿此时激发了我的母性柔情，虽然她是我曾经仇敌的后代，但这个孩子实在是无辜的，如果不是因为她祖父，或许现在依旧过着锦衣玉食的生活。

通过她念诵的这首诗，我初步判定她是个有才学的孩子，但究竟是不是真有才学，我还需要进一步考察，于是我令身边的宦官明天将婉儿带到我的寝宫，我要当堂对她进行考核，如果通过考核，我会让她留在我的身边。

次日，婉儿被带进我的寝宫，面对我的考核，她不仅对答如流，而且还很有创意，文章更是须臾而成。尤其让我称奇的是，她居然对国家大事有着独特的看法，让我暗暗对这个只有十四岁的女孩心生怜爱之情，看着婉儿那端庄秀丽的容貌，加上那不凡的言语举止，我当场决定赦免她的奴隶身份，委她掌管宫中诏命。

从那个时候起，婉儿一直没有离开过我，无数人来来去去，就连狄仁杰那样我很信任的人也曾经被迫离开过我，但婉儿始终在我身边，并逐渐成为我的得力助手。如今当我回忆起往事时，不禁感慨万千，有时看着认真做事的婉儿，我的内心会对上官仪产生一丝愧疚之情，我发誓要将婉儿曾经承受过的罪责与苦难努力弥补回来，至少可以让我的心灵稍稍有一些慰藉。

随着时间的推移，婉儿越来越显示出她那过人的文章天赋，而且我也渐渐发现，婉儿对我的影响也在加深，具体表现就是广开言路与虚心纳谏。

婉儿到了我身边后，我发现她的性格和她爷爷上官仪实在很像，有时我处理事务的欠妥之处，她会直言不讳地指出来，最初我很不高兴，对她的表达方式也感到不悦，很多次如果不是因为我爱惜她的才华，恐怕会冲动地将她重新没入掖庭宫，幸好我坚持了下来，而正是这种坚持，让我与婉儿逐渐磨合，终于让我切身感受到广开言路、虚心纳谏是一件多么重要的事情。

通过我包容婉儿的这件事情，我觉得知人与纳谏是相互关联的两个方面，称得上知人善任的皇帝大都能够兼听博采，进而充分发挥贤才的作用。关于这一点，太宗皇帝无疑为后人树立了榜样，当年他采取了诸如让谏官与宰相成员一起入朝议事、重赏进谏官员、鼓励官员直谏等许多措施，使朝廷内部十分开明，言论也相对自由。

现在我能包容婉儿的直言，可能是意识深处受太宗皇帝影响的因素。当年我做才人的时候，也经常能够听到太宗皇帝接纳直言进谏的实例，日久潜移默化影响，以至于这么多年过去了我依然记忆犹新。

从性格上说，我不如太宗皇帝那般宽容、豁达，而是有些固执，甚至是独断专行，但通过我包容婉儿这件事，我觉得我变了，这也说明我的骨子里并不是个完全不能接受谏言的人。

我虚心纳谏并不是做一种表演与标榜，而是将它当成一种治国方略去不断修炼和完善，不仅仅是对待婉儿，对待其他人我也努力保持虚心纳谏的作风，例如宰相刘仁轨向我上过一道奏疏，其中引用了汉朝吕后的所作所为引来后世的耻笑以及诛吕为汉朝带来祸患的事，想借此劝我引以为戒，奏疏的措辞很尖锐，提出的问题也切中要害，我虽然知道他说的都很对，但我看完就是感觉有一股无名之火从心头升起。

我明白刘仁轨奏疏中所要表达的意思，无非是说现在的朝廷和当年吕后的时候差不多，呵呵！我知道他没有不臣之心，但也能够看出其中言语暗含讥讽。经历过战争洗礼的人，总是一副天不怕地不怕的样子，除了性格因素外，刘仁轨这道言辞激烈的奏书也暗含我将他边缘化的不满，所以有意辞官想要回家养老。

如果是在从前，面对刘仁轨的这道奏疏，我早已怒不可遏，说不定已经将他投在新开狱里，但现在我变了，虽然心中不爽，却并没有发怒，因为我知道这是一个忠诚老臣一片披肝沥胆之言。

人人都知道忠言逆耳利于行，但真正能接受忠言逆耳的人其实并不多，而我则决心打破这个桎梏，效仿太宗皇帝，做一个能够直面逆耳忠言的不凡之人。因此在看完奏疏后，我压制住了那股无名之火，下令嘉奖刘仁轨，并让承嗣带着玺书亲自到长安慰劳刘老将军。

从那个时候起，我对刘仁轨关爱有加。垂拱元年（685年）他病逝的时候，我下令废朝三日，让留守长安的官员全部前往吊唁，并追封他为开府仪同三司、并州大都督，陪葬乾陵。

现在回想起来，那段日子可能是我彻底改变的起点，只是我还没有意识到，但不能否认我的行为已经开始渐渐转向！

这几年我继续加大广开言路的力度，起到了很好的效果，越来越多的大臣敢直言进谏，他们提出的意见也越来越完善，对国家今后几十年内的发展都有着积极的意义。

WU MEI ZHUAN

武媚传

第八章 我们需要这些男人

他们的名字叫面首

我夜以继日、呕心沥血地工作，努力使这个国家强盛，当万众瞩目、万邦敬仰汇聚在我身上时，我虽然充分感受到了荣耀的万丈光芒，但又感觉内心深处似乎缺少什么。那些膜拜在我脚下的臣子们虽然毕恭毕敬，但我明显地感觉到，这些人离我的心很遥远。

我不得不承认，拥有绝对权威的我不再因为生存或安全的理由需要男人，但我还是需要男人给予我情感上的慰藉与滋润。女人越是不再因为传统的理由而需要男人时，就越需要男人给予关怀和爱护。

作为女人，我也不例外，尽管我已经不再年轻。无数个无眠的夜晚，我渴望有个宽阔的肩膀让我依靠，渴望威猛的健体满足我的爱欲。

事实上，从我掌权以来，我的身边从不缺少男人。他们虽然没有显赫的官位，但我重视他们的程度丝毫不亚于那些膜拜在我脚下的大臣们。

那些男皇身边的女人们被唤作宠妃，而我这个女皇身边的男人们也有个特殊的称谓，名曰面首。

"面首"这个词不是我的独创发明，我至今也没弄明白这个词的本意究竟是褒还是贬。

在大众心中，面首是一群没有出息、没有前途的男人，被人们嗤之以鼻，但从古到今，每个朝代似乎都不缺少面首，甚至有的人还以身为面首为荣，这实在是个有趣的现象。对此我只能说，当名利与私欲皆可满足时，人们谁还在乎通往成功的道路是平坦还是曲折，就像历朝历代的谋反事件一样，通往最高宝座的道路是血腥的，一旦成功便是无上的荣耀。

我深知传统观念对于人们的影响力，女人依靠漂亮的脸蛋取悦男人无可厚非，因为在男权社会中，女人总是处于弱势地位，而男人依靠漂亮的脸蛋取悦女人则会被人们指责，而面首恰恰就是这样一类男人。

我知道很长时间以来，人们对于我身边的面首和当初看待那些酷吏一样非议颇多，但他们怎么能明白，抛开性别这个天生无法改变的事实外，从人性的角度而言，女人和男人一样，身边簇拥着赏心悦目的异性是一种虚荣的表现。

我承认我和面首们的关系也是建立在欲望满足基础之上，我可以把它美化为爱情，但我知道异性相吸的激情早晚会褪去，建立在心与心交融之上的情感才是真的，因此我宠爱的面首绝不仅仅是依靠脸蛋来俘虏我的心，而是因为他们能够真正走进我的内心，这一点远不是那些大臣所能给予的。

当然我也看重他们的才能，不能否认凡是入我法眼的面首都是很有才能的人，甚至有些人影响了朝廷政局的进程。

华丽蜕变

至今我依然记得冯小宝第一次站在我面前时，我一下子便被他那健壮的体魄和英俊的容貌所吸引，我的心开始悸动。

听令月说冯小宝早年闯荡过江湖，以贩卖药材为生，俗话说得好：把式，把式，全凭架势！干这一行的人需要练就一个好身体，我想冯小宝之所以拥有健壮的体魄，与早年贩卖药材的经历有着很大的关系。

令月担心将出身低微的冯小宝引荐给我会引起我的不满。一个高高在上的女皇，找男人不仅要看容貌，还要看出身和才能，但我却不这样认为，美貌体健当然是前提，但出身和才能却要加以辨析，出身虽然不能改变，但只要我看上的人，地位可以随时改变，至于才能，则有着更宽泛的界定。

"多大了？"

"回禀太后，今年整整二十五了。"

"嗯，听太平公主说你曾经贩卖过药材，不知道你对养生有没有研究啊？"

"不能说有研究，但做这一行接触的人多，知道一些保养身体的方子。小人愿意为太后献上一方，以保太后青春永驻。"

冯小宝的嘴巴实在很甜，说得我心花怒放。

那一晚冯小宝留在了我这里……

就这样，原本街头卖药的冯小宝摇身一变成了我身边的红人，但如何安置小宝是个至关重要的问题！

该让小宝以什么样的身份理所当然地进宫，并且不受人们的非议，我迫切需要找到良方。经过冥思苦想之后，我决定将小宝打扮成和尚模样，毕竟谁都知道我是虔诚的佛教徒，利用讲经的机会让小宝进宫，相信这个办法没有人会发现破绽。

为了抬高小宝的身份，我还将他列进了驸马薛绍的家谱中，并赐名薛怀义。

一个江湖郎中由此完成了华丽转身，从冯小宝到薛怀义，这个让我醉心的男人，在我的导演下成就了一段丑小鸭惊变白天鹅的故事，可是我从怀义的眼神中能够体会到这瞬间的华丽蜕变让他有些不知所措，这金碧辉煌的宫殿和女皇龙床上的扑鼻香气似乎又让他神魂颠倒。

怀义是自阿奴驾崩后第一个和我同床的人，今天回想起和他的一切，我觉得最大的失误在于我顷刻间被他那英俊的外貌和健壮的身躯所俘虏，没有一丝理智可言。人们都说女人一旦陷入情感的漩涡犹如走上一条不归之路，即使身陷囹圄也绝不回头。那个时候我虽然意识到他的行为方式产生了变化，但我依然掩耳盗铃，告诉自己这个满足我情感需求的男人一定是完美的。

尤其是怀义为我设计完明堂后，我对他的欣赏达到了极致！

即使怀义和我说过他会设计殿堂，我依然没有想到他能为我设计出如此富丽堂皇的宫殿，在我看来那简直就是神仙居住的地方。如果这个男人没有深刻的内涵，没有对美的至高领悟力，是绝对设计不出这么一座震撼人心的宫殿。

很多个夜里，我捧着他那棱角分明的脸庞，含情脉脉地仔细端详着，他那带想要征服的眼神让我完全不能控制自己。在得到我的宠信后，他的处事方式全都变了，当他站在人生制高点上的时候，全然不把朝廷的任何官员放在眼里，甚至有些官员反过来不断地巴结怀义。他们哪里是在巴结怀义，这些投机分子十分明白怀义背后的我才是他们关注的重点对象。

今天当我站在空旷的明堂里回想着曾经的一切，我有些后悔了，如果那时候我能及时纠正怀义的行为，或许就不会导致他最终悲惨的结局。

……

"太后！苏良嗣在朝堂之上居然动手打我，请太后为我做主啊！"

当怀义捂着半边脸跪在我面前哽咽地哀求我为他做主时，我便知道他吃苦头的日子到了。

苏良嗣时任尚书左仆射，是个宁折不屈的人，每次为我上的奏疏言辞都很犀利，但确实忠心耿耿，所以对于他的表现我大多表示理解。我十分清楚怀义不把大臣们放在眼中，苏良嗣一定是有怨言的，但两个人日常也没什么交集，不知道今天为什么产生了冲突。

"哦？他为什么要打你啊？"我问道。

"刚才在朝堂上，所有人都和我打招呼，只有苏良嗣不理我，退朝的时候我白了他一眼，谁知他卷起袖子，走上来就打了我两巴掌。请太后一定为我做主啊！"

"他打完你说什么了吗？"

"他打完我转身就走，我一把拉住他问为什么要打我，他说打的就是我这个狗奴才，然后没等我反应过来，他就又想打我，幸好被其他大臣们拦住,他说以后在朝堂上只要见到我就打!"

听完怀义的话,我不禁长叹一声。平常文质彬彬的苏良嗣虽然这次表现得过于粗鲁,然而他的话还是有道理的,因为朝堂本是大臣们的地方,作为一个面首,怀义是没有资格出入朝堂的,完全是因为我的纵容。

但不是所有的人都能够习惯我的纵容,苏良嗣就是其中的一个。看来今天他和怀义爆发冲突,愤懑之情已经在心中积攒了很久,如果是从情感角度出发,我应该狠狠地惩罚苏良嗣,但我并不是个只徘徊在感情漩涡中的人,我的理智告诉我,怀义虽然受宠,但终究只是个满足我情感需要的人。作为皇帝,作为国家的掌舵者,我必须要为国家负责,国之栋梁绝不可以因为一己之情感私利而轻动。

可是怀义的可怜模样实在让我心疼,虽然今天爆发的冲突主要责任在他,但我实在不忍心说他什么。我权衡再三,最终告诉了他一句话:"以后还是别去朝堂了。"

"太后!为什么啊?"

"别问了,听本后的没错,以后到本后这儿的时候走北门吧,避开那些南宫的官员们,不要去招惹他们!"

怀义呆呆地站在原地,懵懂地点点头,似乎明白了我说的话。看着他若有所思的样子,我开心地笑了,那一刻我感到无比欣慰。

然而后来的事实证明,怀义并没有真正明白我所说的含义!

从天堂到地狱

朝堂不能去,并不意味着在皇城内只有我的寝宫才能去,尤其是他在帮我设计建造完明堂后,我们大多在那里相会,因此明堂对于我而言意义非凡。

由于明堂的出现，怀义在我的眼中俨然成了一个完美的人，每次看到他那威猛的身躯和俊朗的面庞，我的内心都会生出一股惋惜之情，这样的男人应该是顶天立地的，应该是有众多担当的，而不应该只是一个取悦女人的面首。

其实我很想让他摆脱这让人诟病的面首身份，让他通过一个真正的平台去展现出他的能力与才华，为此我任命他为白马寺主持，总管当地的一切佛教活动，而后又任命他为左武卫大将军，两次带领军队征讨突厥，虽然这件事情遭到了多数大臣的反对，但我还是力排众议地将他派上了前线。

我很清楚，怀义虽然练过几天把式，但行军打仗不是儿戏，怀义不具备这样的才能，然而我还是希望他能够碰碰运气，如果打了胜仗，回来就能让那些大臣对怀义另眼相看，堵住漫天的流言蜚语。

虽然两次出征突厥，怀义全都完好地班师回朝，他给我的回复是"打了几个胜仗，只是为了彰显我们大国的风范，没有继续追击"，但据我听到的传言是他之所以能完好回来，是因为第一次根本没有遇到突厥军队，第二次突厥内讧，没等交战就撤军了。

为了让我心爱的男人树立至高的形象，我即使知道了事情的真相，也犹如头埋进沙子的鸵鸟，装作毫不知情，继续在朝廷上标榜他的战功，给予他丰厚的赏赐，目的就是为了栽培他，让他成为一个顶天立地的男人。

然而随着时间的推移，怀义的表现让我渐渐感受到他在一点点地膨胀，以至于他浑然忘记了苏良嗣那狠狠的几记耳光带给他的屈辱。

或许我有意栽培他的做法让他误以为自己是个不可或缺的人物，所以他在我面前开始敷衍了，进而就是以各种理由婉拒和我相会。我知道他也厌倦了面首的身份，这倒不是因为从前的激情已经退却，而是他也明白面首终究难登大雅之堂，换句话说，"面首"只是他实现价值的途径，但绝不是终极追求。

我虽然有意栽培他，希望他有一天能够成功摆脱面首的身份，但并不意味着我对他的情感要瞬间斩断，他对我的敷衍充分证明了男人只是下半身思考的动物，而女人无论多么决绝，终究摆脱不掉为情所困。

我对他终究还是宽容对待，并没有为难他，可是我内心对他的做法实在失望得很。为了报复他的冷漠与自私，我用另一个男人去打消因他敷衍而造成的寂寞，就这样，御医沈南璆走进了我的世界。

其实沈南璆只是我报复怀义的一个工具，我的内心很矛盾，一方面我想通过宠信沈南璆来重新唤回怀义的心，另一方面也想变相告诉他，想要永久保持现在的荣华富贵，除了我谁也不能给予他。

事实证明，我的做法起到了效果，但是今天我回头去看，如果站在怀义的角度去看，能够认清形势，安分守己地过着自己的日子，不再想入非非，或许他会有一个崭新的开始，但很多事情就怕无法真正地放下，尤其是想要割舍却又无法割舍的时候。

天册万岁元年（695年）十一月，我在明堂举办无遮大会，所谓无遮大会其实就是佛教徒的祈祷大会。所有事无巨细的事情都由怀义一手操办。

我能感觉出他是在向我示好，这是一种在经历五味杂陈的感受后无法明示却又祈求谅解的示意。此时我作为女人，反而有一种成就感，我要让他暂时有一种挫败感，让他彻底明白离开我是极不明智的选择。

那段时间里，我故意冷落怀义，就是要让他感受一下被人拒绝、被人冷落的滋味，但我知道我很快就会重新对他张开我的双臂，让他重新回到我的身边。

然而我错了，尤其是当我今天反思一切的时候，我更是觉得那是一种永远无法弥补的遗憾，因为我无论如何也没有想到，后来的发展居然与我的初衷完全背道而驰。

"太后是全天下最美的女人。"他的话依旧在我的脑海里回响，可如今再也回不到从前了！

……

"陛下！陛下！明堂着火了！"

当心腹宦官惊慌失措地跑到我这里，扑通一声跪在地上，几乎是以一种近乎疯狂的语调告诉我这个消息时,我顿时犹如五雷轰顶,立即站起身来走到宦官身旁将他一把揪起来,厉声问道:"你说的可是真的?"

"老奴不敢撒谎啊!陛下,看来明堂是保不住了啊!"心腹宦官哽咽着说道。

我顾不得再说话,立即拖着年迈的躯体,晃晃悠悠地赶到明堂,到了那里我才体会什么叫火焰冲天!

很多人都在忙着救火,可是那熊熊的火焰依旧肆意吞噬着富丽堂皇的明堂,仿佛那耀眼的光芒惹得火神嫉妒,要将这人间胜境转眼间变成地狱般的恐怖。

"怎么回事?为什么会变成这样?"我厉声质问身边的人。

可是我问完后,没有人回答我,所有人全都低头不语,我瞬间明白明堂起火绝不是偶然。

"怎么都不说话?难道想让我将你们一个个送到新开狱吗?"

我的这句话起到了震慑作用,很快一个宫女站出来,怯生生地说道:"是……是怀义师傅放的火!"

刹那间,我惊呆了,我实在没有想到明堂居然最终会毁在它的设计者手中。是什么力量能让一个耗费巨大心血的人做出如此疯狂的事情?我明白了,是嫉妒的力量,是贪婪的力量!

看来我之前的想法完全错误,我故意冷落怀义的做法并没有让他按照我的意愿向我靠近,相反却把他逼向了绝路,他一定是不安到了极点。人在不安的情况下会有两种反应,有的人更加小心翼翼,有的人则会破罐子破摔,更加狂妄,怀义恰恰是属于后者。

"怀义啊!怀义,看来我并不是真的了解你啊……"我口中喃喃自语,看着眼前被付之一炬的明堂,有种说不出的苦涩。明堂是我登上皇位的地方,是我得到天命的标志,是我号令天下的场所,更是武周的象征,明堂顶上那一凤压九龙的造型,是我特意加上去的,可以说明堂代表了我一生追求的东西,在那富丽堂皇的背后,隐含着我拥有绝对权力的象征意义。

如今明堂全都化为灰烬，我虽然愤怒，但却发泄不出，我知道我对怀义还有真挚的爱，使得我无法断然地了结一切。

怀义从垂拱元年（685年）进宫一直到他烧毁明堂为止，整整十年的时间，他陪伴在我身边一起经历了改朝换代的种种风浪，而人生又有多少个十年呢？即使那缠绵悱恻的浪漫激情已经随着时间的推移而烟消云散，但十年的时间足以孕育出亲情，从某种意义上说，怀义放火烧毁明堂也是因为多情所致，说明他依然是在乎我的。

"哎……"我长叹一声，眼睛开始湿润，"告诉怀义师傅再重新修建一座明堂吧，这可凝聚着他的心血啊！"我呆呆地对身边人说道。

那一天我不知道自己是如何回到寝宫的，只觉得心像被掏空了一样，我自认为经历过诸多风浪，早已经练就了一颗坚毅刚强的心，然而这一刻我却被情所扰。

我没有再见怀义，虽然我很想当面问他为什么要发疯地烧毁明堂，虽然也很想告诉他，我依旧深爱着他，冷落他不过是一种让他自省的手段，但我还是忍住了，也许目前最好的做法就是冷落，暂时没有结果的结果或许就是最好的结果。

当然，我终究还是会给他个明确交代的，而且重新修建明堂是个浩大工程，只是现在让两个人都冷静下吧。

不可否认，我的设想是好的，但事情并非总按照我意志和指定的方向转化，直到今天我回想起那天听到那个让我痛彻心扉的消息时，我的心依然会隐隐作痛！

……

"陛下！怀义师傅圆寂了！兵丁在大街上发现了他！"

那一天早朝之后，心腹宦官为我带回了这个消息，我听完后第一反应便是震惊，但是却又有些不解。

"圆寂？这怎么可能？为什么还能在大街上发现他？"

"嗯……兵丁在大街上发现怀义师傅的时候，他已经圆寂了，而且……"

"而且什么？快说啊！"我感到情况有些不妙，"圆寂"不过是一种体面说法，于是站起身来厉声问道。

"陛下息怒，兵丁们发现怀义师傅的时候，他的身上有刀伤，一共是……七刀！"宦官小声告诉我。

宦官的话终于印证了我此前不祥的预感，我震惊、愤怒，随之而来的便是一阵头晕目眩，如果不是身旁的婉儿眼疾手快一把将我扶住，恐怕我已经一头栽倒在地。

众人扶着我重新坐回龙椅之上，婉儿不断抒着我的胸口，半天之后我终于恢复了神智，但是整个身子还是不停地打颤，我忍住不让自己的泪水留下来，因为我不想让众人看到平常坚毅如刀的女皇居然那么不堪一击，但是我知道其实所有人都已经感受到了我的脆弱。

"知道是谁干的吗？"我哽咽着问道。

"目前还不知道，秋官（刑部）已经展开了调查，相信很快就会有结果，请陛下保重龙体！"

我点点头，闭上了眼睛，看来终究是老了，再经不起任何风浪……

怀义的死大大出乎我的意料，而随着时间的推移，秋官虽然几经辗转调查，试图用最短的时间给我个交代，但找到凶手的希望却十分渺茫，看来这是场预谋已久的凶杀案。现在回想起来，也许从怀义放火烧掉明堂的那天开始，就已经有双仇恨的眼睛在暗中盯着他。

对于我而言，怀义与我有着十年的感情，我虽然努力让他摆脱面首的身份，然而造化弄人，他最终被永远定格在靠女人上位的面首身份上。

虽然我无法改变人们对他的定论，但为了给我们之间的情感画上一个圆满的句点，即便找不到凶手，但我还是想通过自己的努力从一些蛛丝马迹中挖出杀死怀义的幕后黑手，哪怕是怀疑与猜测！

兄弟面首

　　自从怀义死后，令月经常来我这里向我嘘寒问暖。我很清楚她来的目的，毕竟怀义是她当年推荐给我的，而怀义死之前和我的矛盾一定让她感到些许不安，所以她想近距离地观察我是什么态度。其实这个孩子多虑了，这么多年过去了，当初她只是一个介绍者，之后我们经历了诸多事情，这事怎么可能会怪她呢？

　　我曾含蓄地告诉她，不必为怀义的事情而担心我，我会重新调整自己的情绪努力找到凶手。从我向她吐露这个心声之后，我发现令月的态度开始产生某种微妙的变化，最初她对怀义是抱有同情的，这一点我能理解，毕竟怀义在我之前和令月是有过经历的。通过她最近一段时间的表现，我觉得令月的内心似乎隐藏着巨大的秘密。

　　在与令月的对话中，我观察到她对怀义的同情逐渐转变为憎恨，这是极不正常的，因为她没有任何憎恨怀义的理由。而且在我还没有完全走出怀义的这段情殇时，令月便积极为我物色人选，这让我觉得极不适应，由此我开始怀疑令月是不是杀死怀义的幕后黑手。

　　我试图用无数个理由去说服自己，怀疑令月是因为我的神经质，但我无法走出令月表现失常的阴影，而且我联系前后的因果关系，我越来越相信自己的判断。

　　事实上当令月将怀义成功引荐给我后，我们母女二人便游走在了情感的钢丝线上，这是一把双刃剑，但最终我们却陷入了死局，因此在令月看来，不能排除怀义会将他侍奉过女皇和公主母女二人的事情宣扬出去，毕竟这不是一件光彩的事情。

　　从怀义火烧明堂的疯狂举动来看，他是个什么事情都能做出来的主儿，这一点精明的令月当然心知肚明，于是在明堂被毁之后，令月终于下定决心要除掉怀义，进而消除他泄露侍奉过我们母女消息的隐患。

　　如果事情真是按照我猜测的这样，那我只能说令月也真是用心良苦！

用一种极端的方式去否定先前自己的所作所为，在我看来令月的内心一定很矛盾，可是为了消除隐患，她不惜以牺牲爱过的人作为代价，谁又能明白她内心的苦痛？

虽然我没有任何证据证明令月杀死了怀义，但她态度的微妙变化让我不得不怀疑她，我虽然很想当着她的面将整个事情挑明，然而我终究还是忍住了。

也许谜一样的结局，就是最好的结局！

就将这段情殇埋藏在心底吧，无论是你所追求的、你所探寻的，时间终究会给你答案！

我选择接受令月为我物色的新人选。什么能洗刷心灵的阴霾？唯有遥望前方的路，开始一段新的旅程，无论是情感抑或是其他！

……

昌宗走进我的世界是在怀义死去的两年后，当令月带着他站在我面前时，我一下子被这个面如冠玉的小伙子吸引住了。和怀义比起来，昌宗虽然并不显得高大威猛，但挺直的身躯配上精致的面容，让人从心底生出一种爱怜。

这一次令月并没有告诉我她和昌宗是什么关系，只说是府上的一个奴仆，但我知道昌宗和怀义一样，一定和令月有着私密的关系。

直到昌宗到我这里一段时间后我才知道，原来他是阿奴在位时的尚书右仆射张行成的族孙，得知这个情况后，我的内心着实生出一番感慨，张行成一生可谓是高风亮节，教育后代十分严格，不成想孙子辈中居然出了面首，不知道张行成在天有灵会作何感想。

昌宗的到来让我渐渐摆脱了因怀义所落下的情殇之痛，虽然关于他的记忆我永远无法从心中彻底抹去，但至少在每个黑暗的夜里，清冷与寂寞之感不会再袭上我的心头。昌宗十分在意我，进而将他的兄长张易之也引荐给我。

我对易之倒是有些印象，他最初凭借张行成的门荫进入官场，没过多久便被提拔为上乘奉御，那个时候他只有二十岁。

和昌宗比起来，易之不是那种让人看一眼便着迷的男人，而是那种越端详越有味道的男人，这一点倒是很像当年我对太宗皇帝的感觉，由于身材伟岸、才高八斗再加上歌唱得好，所以一进入官场，便赢得了众人的赞赏。

从官场资历来说，易之显然比昌宗要高，但做官和发家有时是两回事，如果以兄弟二人谁先发家来衡量，昌宗要在哥哥之上。虽然最初昌宗官位不如易之，但因为率先进入了我的视野，因此便成为老张家一颗耀眼的红星，不过昌宗还是很有良心的，在自己富贵之后，并没有忘记依旧平淡的哥哥，从这一点来看，昌宗显得很有胸怀，要知道天底下只能共患难不能同富贵的人多如牛毛，昌宗或许没有过度的欲望，也没有那么多心机，这一点也正是我欣赏他的地方，但后来的很多事实证明，他的内心并非我想象的那么简单。

我十分清楚昌宗和易之的地位是依靠我才能坐稳的，然而他们还十分年轻，而我却距离另一个世界越来越近，因此我必须尽快提高他们的地位，如果我有一天突然离开了这个世界，也算是对得起兄弟二人很长时间以来对我的付出。

基于这种想法，我将兄弟二人委以重任，昌宗被任命为云麾将军，代理左千牛中郎将；不久又将他提升为青光禄大夫（从三品），而易之则被任命为司卫少卿（从四品），同时趁着提拔他们的机会，赏赐他们大量的金银财宝，即使未来他们遇到什么风浪，这些钱也足够兄弟二人吃上一辈子。

表面上看他们的官职不是特别显眼，但事实上却极为重要，因为他们掌握着一部分皇家禁军。以前怀义也曾掌握过军权，但只是出征突厥的临时受命而已，因为按照府兵制的规定，战事结束后军权也就消失。

但易之和昌宗则不同，因为皇家禁军只负责保卫皇帝和京城的安全，出于稳定因素的考虑，掌管禁军的官员是不会轻易更换的，更何况易之和昌宗目前的特殊身份。

不过在此之前，没有任何征兆显示我要将部分禁军交到他们手中，我不知道自己为什么会想到这一点，这完全是我的突发奇想，以至于宦官宣读完任命诏书后我居然有一点在梦境中的感觉，似乎冥冥之中有一股力量迫使我做出这样的决定，而我自己则完全不能左右自己的意志。

就在易之和昌宗兄弟二人叩头谢恩的时候，我仿佛在他们的身上发现一股乖戾之气，这让我隐隐产生一种不安！

WU MEI ZHUAN

武媚传

第九章 儿子？侄子？

彷徨

经历了诸多惊心动魄的政治斗争后，我早已经是万人敬仰的、拥有至高权威的、前无古人的女皇，可是接近耄耋之年的我或许在今后的很长时间里，将不得不面对一个所有帝王最终都要面对的问题，那就是自己在离开这个世界后，由谁来继承皇位。对于我而言这是个更加复杂的命题，因为女皇退位选继承人的问题在过去的历史中完全找不到任何可以借鉴和效仿的案例，但又必须要在有限的时间内做出正确的选择，毕竟这关系到整个国家的命运。

之所以说是复杂的命题，是因为对于我来讲，这是一场血缘与宗族力量之间的较量，它们之间即对立又共融的特性无时无刻不在纠结着我的心。

虽然我在当皇帝之前也曾有过要将这个权力还给哲儿的想法，但当了皇帝后我的想法还是改变了。作为武家的代表人物，在刚刚登基的那段日子里我就想未来要将皇位传给武氏族人，因为我始终认为，我开创的武周政权姓武，宗庙里供奉的也是武氏祖先，天下最尊贵的姓氏也被定为武氏，因此武家的天下决不允许外姓人掌管和接替。

我的儿子都是李家的人，这一点我是改变不了的，但武家的人有我的侄子承嗣、三思等人，接续武家帝业的只能是侄子，因此在我即位之初，我就提拔侄子们进入宰相班子，给予他们特殊的恩宠。

我除了对侄子们在待遇和地位上给予提高之外，在某些公众场合也向众人传递着我的想法。例如永昌元年（689年）四月的一次祭拜活动中，我是初献，旦儿是亚献，皇孙李成器是终献，可是到了长寿二年（693年）的一次祭拜活动中，我特意将亚献变成了承嗣，终献则变成了三思。

如果事情照此发展下去，我坚信自己的想法最终会顺利实现，我进而会再一次成为历史记录的刷新者，那就是由娘家人的侄子继承皇位，这也是一件亘古未有的事情，但这一切都在万岁天通元年（696年）五月时发生了改变。

这一年五月，营州境内契丹松漠都督李尽忠、归诚州刺史孙万荣起兵造反，原因是两个人不满营州都督文翙不去救援营州境内契丹人发生的饥荒，结果心生怨恨共同扯旗造反。

李尽忠和孙万荣两个人造反之后，声势颇为浩大，聚集了十万人围攻幽州，但在朝廷的不断征讨下，加上北部突厥的突然袭击，结果没过多久便被镇压下去。应该说李尽忠和孙万荣的造反在当时并不是件什么大事，但是之所以说我立武氏族人为继承人的想法有所改变，是因为在孙万荣围攻幽州时曾经发布过一篇征讨檄文，其中有一句话是"为何不召回庐陵王（李哲）"。

当宦官为我念完这篇檄文后，我反复思考着檄文中这句"为何不召回庐陵王"，在此之前朝廷内虽然也有人针对我立武氏族人为继承人提出过反对意见，但还没有人用如此极端的方式去表达内心的抗议，在我看来他们对文翙的不满或许只是一个借口，对我不将大权还给李唐才是他们造反的真正原因。

在此之前，我传递出立武氏族人为继承人的所有信号，一切都向着我的意料方向发展，虽然我也有过彷徨和犹疑，但也只是一瞬间的事情，并没有动摇过自己的想法，但这一次我的确开始重新思考，回想起我即位之后针对继承人问题所经历的事情，我第一次开始怀疑自己的决定。

如果我坚持自己的想法，承嗣将是最大的受益者，毕竟他是我最年长的侄子，而且我看得出承嗣是十分兴奋的，他为了尽快实现当太子的愿望，不断地讨好我，但也在背地里攻击旦儿。不过在看到那篇檄文之前，我并没有太当回事，承嗣的做法也算是人之本能，只要不过分，一切我都可以掌控。

然而那篇檄文却让我开始担心起来,从亲情角度而言,我担心的是如果李尽忠和孙万荣的这种舆论不断蔓延开来,会不会导致承嗣加大对旦儿甚至是哲儿的攻击,我在世时能掌控一切,可是身后的事情我就无法左右了。

当年太宗皇帝面对李承乾和李泰的明争暗斗,最终选择了阿奴作为继承人,就是看出无论是李承乾还是李泰即位,最终只能是水火不容互相伤害,甚至会波及其他子嗣。

都说历史是轮回的,没有人能够逃脱宿命的安排,看来我也不能例外。虽然形式不同,但本质都是一样,我同样也担心儿子的命运,我可以不让他们坐上那个宝座,但作为母亲如果连他们的安全都不能保证,那我将是个失败的母亲,一个会被后人戳着脊梁指责的人。

我忽然想起了李昭德曾经对我说过的话。虽然那个时候我没有完全重视他的话,但自从看完那篇檄文后,他的话再次在我的脑海中重现,以至于我开始重新反思。

李昭德时任夏官侍郎,是个典型的直肠子,从二十多岁进入官场以来,就以性格耿直闻名,即使来俊臣、周兴那样的酷吏他也全然不在乎。现在李昭德已经死了,因为涉嫌擅权弄人被酷吏们告发,最终被我处斩,而且他和他的死对头来俊臣是同一天被处斩的。

对于李昭德我实在没有什么好印象,性格问题还不是最主要的,关键是他有心对我的权力实施掣肘,因此我必须要将他清除,但他当年直面反对我立侄子为继承人,现在回想起来不能说完全没有道理。

李昭德在世时,和我说过很多次他对继承人问题的想法,现在回想起来,长寿元年(692年)六月我和他的那次对话最能直观地反映他的想法。

那次对话只有我和他两个人在场,或许是对话的场合比较隐秘,让他敢于直率地表达想法,所指也更深刻一些。而且现在回想起来,他的话却是点中了问题的要害。

"陛下!魏王(承嗣)的权力很大啊!"

李昭德一向这样，他的话虽然很对，但听起来却让人感觉很别扭。

"他是朕的侄子，当然要委以重任！"我没好气地回应道。

"侄子跟姑母的关系能比儿子和父亲的关系近吗？"我的话音刚落，他便脱口而出，让我感觉甚是尴尬。

我一时语塞，找不到合适的话回答他，没想到他继续说道："儿子都有杀父篡位的，何况是侄子呢？魏王既然是陛下的侄子，又贵为亲王，还是宰相班子成员，他掌握的权力已经和陛下基本相同，臣担心陛下不能长久地安坐帝位了。"

李昭德说完一躬到底，身子一动不动。

面对李昭德这种近乎挑衅的话和动作，我感觉十分不悦，但他说的又不是完全没有道理，为了将他尽快打发走，我决定采取妥协，于是没好气地回了句："朕没想到这一点，李侍郎还真是深谋远虑啊！"

我终于将倔强的李昭德打发走了，本以为这样可以堵住他的嘴，没想到几天后心腹宦官向我汇报，大臣们都在谈论我罢免承嗣宰相职务的事情，说皇上真是伟大，用人不避亲疏，将自己的侄子排除出宰相班子，的确是公平公正。

听完宦官的话，我顿时火冒三丈，我知道肯定是李昭德利用我那天和他最后说的那句话在群臣中大做文章，这分明已经不仅仅是搬弄是非，而是有些擅权弄人，不过当时我还是耐住性子，顺水推舟地暂时罢免了承嗣的宰相职务，算是给大臣们一个交代，但是对李昭德我已经厌恶到极点。现在回想起来，我那么决绝地处斩李昭德，或许从那一刻起就已经起了杀意。

李昭德离开这个世界已经八年了，在这期间他从没有在我的脑海中再次闪现过，可是当我看完那篇檄文后，那年我和他的那次对话再次在我的脑海中呈现出来，我顿时陷入了深深的苦恼之中。

我自认为不是个性情中人，但李昭德那番剖析皇权路上赤裸裸利益关系的话，现在直捅我的心窝，再联系李、孙二人那篇檄文中所亮明的态度，我还真产生了一种严重的危机感。

李昭德虽然人品不佳，但并不是一无是处，这么多年后我才切身领悟出他的话是有价值的，这个人是极具头脑的，因此这也为我提了个醒，在继承人问题上，那些大臣们表明的观点，既不能全信，也不能不信。

　　当然并不是所有人都像李昭德那样，说话不讲究方式方法。真正能够面对面地让我欣然接受他的观点、帮助我逐渐看清形势的人，是狄仁杰！

狄仁杰的策略

　　长寿二年（692年）狄仁杰为了完成我扳倒来俊臣的计划，被我贬到彭泽当县令，在那里一待便是五年。万岁天通元年（696年）十月，北部的契丹人攻陷冀州（今河北临漳），为了稳定局势,我起用狄仁杰为魏州（今河北大名）刺史。狄仁杰到任后，改变了前任刺史让百姓放弃一切入城坚守的策略，让百姓重新返田耕作。

　　契丹人听到这个消息后，认为不宜与我朝打持久战，于是率众北归。狄仁杰的做法使魏州避免了一场战乱，于是当地百姓为了感谢狄仁杰，都争相为他立碑以记恩德。

　　很长时间以来我对狄仁杰都怀有愧疚之情，在扳倒来俊臣的过程中，他充当了我的棋子，但他却浑然不知，依旧对我忠心耿耿，这次他在魏州立下的功劳，终于让我找到机会将他召回来。我先是升任狄仁杰为幽州都督，不久后让他重新回到洛阳。

　　神功元年（697年）十月，阔别皇城将近五年的狄仁杰带着一脸的风尘仆仆再次回到了我的身边。我立即任命他为鸾台侍郎，同凤阁鸾台平章事，加银青光禄大夫，兼纳言，重新恢复了他宰相的职务。

　　看着跪在我面前已经五年没有见面的狄仁杰，我的内心不禁感慨万千，他的面庞已然显得苍老，身躯也比五年前略显发福，但不变的依旧是他那双充满睿智的双眼，五年的时间足以改变一个人的心智，但透过他的眼神我可以感受到时间的侵染并没有磨掉狄仁杰的意志，他的心中依旧存有理想，依旧坚忍不拔。

我并没有对狄仁杰说太多的话，只是简单的寒暄，因为我知道我们之间虽然已经五年没有见面，但心意却始终相通。

当时间进入圣历元年（698年）的时候，朝廷虽然表面上依旧维持着一团和气，但由于我年事已高，所有人都知道立嗣问题在某一个时刻会成为朝廷议事的主题，何况那段时间我总感觉承嗣和三思在暗中搞些小动作，希望我能尽早确定由武氏家族的人继承皇位。

我的心中越来越忐忑不安，距离李昭德向我进言已经过去了八年的时间，但我并没有因为时间的久远而淡忘他的话，相反随着时间的推移，随着年龄的逐渐增长，我越来越感受到朝廷对于立嗣问题有一种倾向性，尽管没有人再和我提这件事，但我还是能够嗅到一丝气味。

关于继承人的问题，狄仁杰回来后一直没有亮明态度，当然我也没有征询过他的意见。对于狄仁杰而言，他十分清楚皇家事务如果皇帝不主动和大臣说起，大臣是不能主动过问的，不过我最信任狄仁杰，这个问题绝不能不听他的想法，我决定找机会摸摸他到底是什么态度。

那是一个阳光明媚的午后，狄仁杰向我汇报完鸾台近期的工作后，我将他留了下来，询问他近期的身体状况。

和李昭德八年前的那场谈话相比，我和狄仁杰的这次谈话氛围相对轻松一些，因为双方的切入点并不是从立嗣问题开始的。我们彼此都明白，越是商谈重大的事情，开头越是偏离主题。

狄仁杰最近的身体状况并不是太好，除了肺病反复发作之外，湿寒之气侵遍他的全身，赶上阴冷潮湿的天气，有时会疼得起不来床。我仔细了解了他的身体状况，并告诉他会令太医写个祛除湿寒的方子送给他，毕竟我们都已经是老年人，没有什么比身体健康更为关切。

我们就这样聊着天，由身体健康问题开始逐渐切入继承人问题，最终我挑明了话题，告诉他我想立侄子为继承人。

狄仁杰的回答很尖锐，看来这么多年他虽然磨平了不少棱角，但脾气秉性终究改不掉，遇到原则问题的时候，他还是绝不会后退半步。

"陛下应该明白，当年太宗皇帝辛苦打下江山，将帝位传给子孙，高宗皇帝把两个儿子托付给陛下，陛下如果有意传给外姓，恐怕有些不合天意。"

狄仁杰说完后，我沉默了。他的话听起来很尖锐，但仔细揣摩他说的含义，先打出太宗皇帝和阿奴两杆大旗，然后借用"天意"这个词，无非就是想让我明白，虽然我现在贵为皇帝，但也不能想做什么就做什么，即使谁都管不了我，也还有老天爷看着。

狄仁杰的开场词很强势，但我找不出反驳的理由，一时间不知道该如何回答他，就在我俩陷入沉默的时候，狄仁杰接下来对我说的话又让我瞬间感觉充满了人情味儿。

"陛下认为姑侄和母子这两种关系哪个更亲近呢？如果陛下立儿子为继承人，那么您将来的牌位会被安置在太庙里，和先帝们一同受到祭祀，而且代代不息；如果立侄子为继承人，臣还从来没听说过侄子做天子后会把姑母的牌位供在庙里祭祀。"

我很明白狄仁杰所说的已经超出了继承人问题的范畴，是从亲情角度告诉我一个人之常情的道理，所有人都知道母子关系和姑侄关系比起来哪个更亲近。我想狄仁杰之所以要这样说，是因为他深切地明白，我虽然贵为皇帝，内心所想的绝不仅仅是生前的事，任何一个皇帝都希望永远享受后代的膜拜祭祀，更何况在我的背后还有高祖、太宗皇帝这样开创基业的伟大帝王。

狄仁杰的确是个洞悉人心的高手，他的话已经说得再透彻不过，就差说出：不要想着让侄子祭祀您，人家也是有父母的。

从我挑明要立侄子为继承人的态度后，我还没有说一句话，始终低着头默然不语，自从立继承人的问题逐渐占据我的心头后，我还从来没有认真倾听过一个大臣关于这个问题的看法，狄仁杰绝对是个例外。虽然他的话也有些刺耳，但事实上他这是忠诚于我，和李昭德比起来，狄仁杰所说的话更能打动我，因为他的话是我对女人当皇帝的身份局限性的怅然。

但我作为一个强势者，不想让狄仁杰看出我内心脆弱的一面，于是我极力掩饰住内心的落寞，片刻后抬起头缓缓地说道："立嗣问题是朕的家事，爱卿不应该干涉啊！"

我知道这句话十分苍白无力，但我还是希望狄仁杰能够知难而退，毕竟继承人的问题还没有最终决定，我希望他能给予我充分的空间去认真考虑，但是狄仁杰似乎并不想就此结束这个话题，反而更加逼近一步。

"陛下以天下为家，四海之内谁不是您的奴仆？而又有哪一件事不是陛下的家事呢？如果用人的身体作比喻的话，君王就是头脑，臣子就是手足，没听说过头脑和手足分离还能存活的道理，何况臣现在承蒙陛下的信任，身处宰相之位，怎么能不尽自己的职责参与立嗣之事呢？"

狄仁杰说完后，我禁不住笑出声来，这就是狄仁杰的能力，相比那个炮筒子李昭德，狄仁杰永远会考虑对方的感受。李昭德给我以擅权的感觉，而狄仁杰则让我感受到了他那份强烈的责任感。

"朕会仔细考虑的，爱卿今天所说的话朕当铭记在心！"

"陛下圣明！"

这次谈话，让我彻底知晓了他对于继承人问题的态度，他的话让我先前的想法有所改变，只是我还没有彻底下定决心，我并不是个轻易否定自己的人，但狄仁杰的话却打动着我那敏感的神经，除了他的话有些说服力，让我没有障碍地接受之外，我还感觉狄仁杰似乎有一个我看不透的内心世界！

不可否认，狄仁杰是我信任的大臣，但是作为一个饱读圣贤诗书，传统观念根深蒂固，而且是从李唐王朝经历过来的大臣，狄仁杰还是心系李唐的。通过我和他的对话，我可以感觉出狄仁杰对于继承人的问题可能早已经有了答案，而且对于我征询他的意见也已经做了充分的准备。

大千世界，滚滚洪流，顺之者昌，逆之者亡，此刻我仿佛置身其中感受到了自己的渺小。是的！这个世界终究是有规律的，即使你身居高位，即使你拥有权力，也终究会有突不破的局限性，即使我看透狄仁杰的策略又有什么用呢？我总有一天会离开这个世界，身后掀起滔天巨浪，刮起腥风血雨并非我所愿。

那一夜，莫名的悲哀和苍凉之感重重压着我的心头，让我久久不能释怀……

和狄仁杰的对话，让我看清了对于继承人问题的人心向背。其实这次对话基本上只有狄仁杰一个人在说，而我大部分时间只是个倾听者，或许在狄仁杰看来已经达到了他预期的目的，但本次谈话中并没有涉及具体问题——究竟谁才是太子的合适人选？

这个问题我想不仅是狄仁杰关心的事，更是我需三思而行的事，因此我有必要再次召见狄仁杰，对于这个问题试探一下他究竟是何想法。

"朕梦见一只大鹦鹉的两只翅膀都折断了，爱卿知道这意味着什么吗？"

在此之前我设想了无数种征求狄仁杰意见的方式，目的是要让他表达出内心的真实所想，最终我还是决定采取暗喻的方式。我相信以狄仁杰的聪明才智，他一定会立即明白我这句话的含义。

我说完后，狄仁杰沉默了片刻，然后清了清嗓子缓缓说道："鹦鹉的'鹉'字和陛下的姓氏同音，两只翅膀象征着陛下的两个儿子李哲和李旦，在臣看来，只要重新将二皇子恢复原位，那么两只翅膀就不会再折断了。"

事实证明，狄仁杰充分领会了我所说的话，而且回答得很得体。

"嗯……"我缓缓地点点了头，然后说道："朕心中自有分寸！"

虽然我的回答对于狄仁杰而言很不明确，但我的心中已经有了明确的答案，因此我说这句话的时候眼神异常坚定。狄仁杰似乎读懂了我，立即叩头连声说着"陛下圣明"，随后他的脸上露出了欣慰的笑容。

那一天我们又谈了很多，从身体保养到国家大事，再到最近他负责的鸾台的工作情况，等等。由于解开了我纠结多年的问题，因此这次谈话我显得轻松了很多，主要内容已谈完，我起身欲结束谈话，却没有想到狄仁杰继续说道："陛下！臣还有一事要说。"

"哦？什么事？爱卿请讲。"

"臣听说陛下身边有不少侍臣，臣希望陛下多多爱惜身体，不要过度宠信那些侍臣，因为国家不能没有陛下啊！"

我实在没有想到狄仁杰在这时居然会抛出这样的话题，"侍臣"不过是种隐晦的说法，其实他说的就是易之和昌宗那样整天服侍我的面首。

如果换作其他人，我恐怕早已经火冒三丈，参与立储问题也就罢了，居然还敢管我的私生活，作为一个强势者，我是不可能容忍的。但此刻面对狄仁杰的拳拳之心，我不仅没有愤怒，反而觉得很欣慰，我权当这是他做好"手足"的职责所在吧。

"嗯！朕明白爱卿的好意。"

"那臣先行告退了！"

他退下后，我终于长舒一口气。坦白讲，我还从来没有在大臣面前如此难为情过。

通过狄仁杰劝谏我不要过度宠信面首来看，他依旧是那个无畏之人，只要认准的事情，会丝毫没有杂念地坚持下去，这一点不得不让我钦佩，而且这些年的历练更让他多了一份从容和自信。通过狄仁杰的表现，我认定他是在我离开这个世界后，无论哲儿还是旦儿，都是可以托付于他的人，就像当年太宗皇帝为阿奴搭建了以长孙无忌为核心的辅政班底一样，不过我坚信相比于长孙无忌，狄仁杰没有过分的权欲，也没有擅权弄人的心思。

狄仁杰，你用自己的真诚与无畏，让我明白了在这个混浊的朝廷里还有崇高，还有可以值得我用真心去托付的人。如果此刻你也能明白我的心意，希望你在未来的日子里，努力与我一同搭建我身后的班底格局。

决定性的人物

其实在那段日子里，朝廷内不仅狄仁杰等大臣劝谏我要立儿子为继承人，包括婉儿、心腹宦官等人也都这样劝谏我，不过出乎我预料的是，易之和昌宗居然也是这个态度。

作为我的面首，易之和昌宗是绝对唯我马首是瞻的，我始终认为他们在继承问题上是随着我的意志的，直到那天他们兄弟二人陪我饮酒时，话题引到继承人的话题时，他们居然也劝我尽快让哲儿回来，我才知道原来他们内心也是倾向李唐的。

在我看来，他们这种倾向并不正常，一定是受到了某种意志的左右，或者是在某种压力之下才有这样的态度，显然他们是不大可能受那些大臣的意志所左右，更不会因为大臣们的意见而人云亦云，毕竟只有我才能左右他们兄弟二人的命运，因此我断定他们倾向李唐一定是另有缘由。

不过在席间我并没有追问他们兄弟二人，即使追问，他们也未必说实话，我需要用自己的方式去探寻究竟是什么样的力量能够让易之和昌宗不惜违背我的意志，不得不屈服那股无形的压力，我更想知道那到底是什么样的压力。

直到有一天我和吉顼对话之后，我似乎找到了答案。

和狄仁杰比起来，吉顼算是个小人物，虽然我也很信任他，但由于他官职不高，无法像狄仁杰那样和我促膝长谈，只能是他为我牵马时才能说上话。

那一年我清除来俊臣时，吉顼的话虽然说得颇为隐晦，但是我终究还是明白了他的意图，从中也可以看出他是个颇有心计的人，我对吉顼曾经的评价是——如果他去当个酷吏，恐怕不会输给索元礼和来俊臣。

现在我对他依然是这个评价，他是那种可以将自己意图表达得很隐晦的人，但是效果往往很好。

我之所以说和吉顼对话让我找到了对张氏兄弟疑惑的答案，是因为我知道很长时间以来吉顼和他们兄弟二人关系走得十分近。

我始终认为吉顼虽然很有心计，但对我却是忠心可嘉，为了了解更多人对于立嗣问题的看法，解开我心中的困惑，我特意召见了吉顼。

"最近很多人跟朕说要恢复庐陵王太子身份的事情，包括和你关系很近的易之和昌宗也是这个态度，你听说了吗？"我开门见山地和吉顼说道。

"臣听说了，而且臣也有这样的想法，易之和昌宗的想法正是臣告诉他们的。"吉顼回答得如此直接倒是很出乎我的预料，不过这更充分说明吉顼是个工于心计的人，在我基本上已经清楚一切时，坦白地说出来实为上策。

"能说说你的理由吗？"

"为了陛下的万世名声。"

"哦？名声？"

"人心思唐已经很久了，陛下如果将帝位传给庐陵王，您就成了李唐王朝的再造者，千百年后人们依然会传颂陛下的功德，如果另立他人，恐怕会让世人诟病啊！"

吉顼几乎是毫无停顿地说完这段话，完全是一种真诚的进言。

我听完后，闭上眼睛，此刻我脑海中又浮现出了八年前李昭德和最近狄仁杰对我说过的话，综合刚才吉顼的话，此刻我终于下定了决心。

然而我还是没得到自己最想要的答案，吉顼究竟是如何让易之和昌宗不得不屈服那股无形的压力之下想要我尽快召回哲儿呢？为了弄清楚这个问题，我继续问："朕还有一事不明，你究竟对易之和昌宗说了什么，让他们不惜违背我的意志，居然敢劝谏我将大权交还给李唐呢？"

吉顼并没有马上回答我的问题，却独自笑了起来，那是一种得意的笑，一种爽朗的笑，一种似乎轻松掌控一切的悠然之笑，而后他为我讲述了整个事情的来龙去脉。

吉顼告诉我，很长时间以来易之和昌宗是我所有意志的坚定支持者和忠实执行者，直到那天他们兄弟二人到吉顼那里喝酒，随着他们三人之间对话的不断深入，兄弟二人对于继承人问题的想法开始改变。

……

"两位大人现在可是尊贵之身啊！虽然咱们官职差不多，但在皇上那里，我的地位实在不如您二位啊！哈哈哈！"当酒过三巡菜过五味之后，吉顼开始实施自己的计划。

"这是哪儿的话啊？我们兄弟二人能有今天的地位，完全是依靠皇上啊！哈哈！"易之跟着说道。

"那皇上归天之后呢？"吉顼告诉我他当时说这句话的时候觉得有些大逆不道，但为了争取改变易之和昌宗两个人的想法，他实在找不出更合适的话去触动易之和昌宗。

我并没有抓住这句话不放。随着年龄的增长，我看开了很多事情，那些所谓的"吾皇万岁"不过是句空话，生老病死是自然规律，谁也无法抗拒，这一点我倒是比太宗皇帝更开明。

我告诉吉顼不必因为这句话而惶恐不安，希望他能知无不言言无不尽，争取将那天的场面尽量真实还原。

吉顼恭敬地向我叩头之后，继续讲述那天的经过。

他说完那句话后并没有抬眼看易之和昌宗，依旧夹着菜往自己嘴里送，仿佛这句话不是他说的一样，但是我却知道这是吉顼的风格，他越是这样越代表他的话能触动人心。

吉顼说完后，易之和昌宗不由得愣在了那里。

"两位兄台说得的确很对，你们能有今天的地位完全是依靠皇上，并不是依靠你们自己的功劳得来的。可是你们想过没有，女皇年事已高，早晚都会离开这个世界。她走了之后，你们依靠谁呢？"

我能想象得出当时易之和昌宗听完后会是什么表情，可以说吉顼的话是句句扎进人的心窝！

"更何况……"吉顼告诉我他当时停止了夹菜，抬起眼皮扫了一眼易之和昌宗，然后继续说道："朝廷里恨你们的人很多，你们没有什么功劳能便得到如此高的地位，未来用什么保全自己呢？真的能依靠你们掌管的那点禁军吗？还是皇上赏赐给你们的那些金银财宝呢？"

说完后，吉顼笑了，但在易之和昌宗看来，他的笑容很是恐怖！

"还请兄台多多指点啊！"易之和昌宗瞬间起身拜倒在地，再抬起头时早已经是泪流满面，显然他们已经意识到了问题的严重性，吉顼所说的话关乎他们未来的前途，甚至是身家性命。

"好说！好说！两位兄台不必如此！"吉顼将易之和昌宗搀扶起来，重新落座之后，终于说出了他最想说的话："现在看来，天下人都没有忘记李唐的恩德，都在思念庐陵王。陛下年事已高，帝位必须有所传承，我看目前陛下对继承人问题犹豫不决，两位兄台为何不选择合适时机劝说女皇恢复庐陵王的太子身份呢？这样不仅可以维系人心，还可以免去灾祸，更可以永保富贵啊！"

"于是他们就改变了先前的想法？"我插言道。

吉顼点点头，没有再继续说下去，事实上他无论说不说都已经无所谓，因为一切谜底全都已经揭晓。

"哎……如果朕没有猜错的话，你是想通过易之和昌宗向朕表达你的想法吧，你知道自己是个小人物，即使你和朕说得再透彻，朕也未必当回事，所以你只能通过和朕亲近的人来传递你的想法，对不对？"我终于明白了吉顼这种做法的深刻含义，于是长叹一口气说道。

吉顼点点头，眼神里透露出一股坦然，当一切都被我猜中时，他仿佛如释重负。

"原来你们都人心思唐啊！不仅仅是那些当朝大臣，就连你这样的小人物也是这种想法，看来有些事情我是真的无法左右了啊！"我呆呆地坐在那里，空洞的眼神尽显疲惫。

"陛下！易之和……"

"不用说了，我知道你要说什么，你对他们说的没有错，未来我离开这个世界后，谁也不能再保护他们，所以他们现在必须要为自己谋后路。吉顼啊！你是个聪明人！"我打断吉顼的话说道。

"臣实不敢当，望陛下恕臣逆言之罪！"吉顼言罢叩头在地。

"起来吧！朕是不会因为两句不好听的话而记仇的，不过你既然已经看到了易之和昌宗未来前途未卜，希望你平常能多多帮帮他们，说实话他们两个加起来也没有你智慧啊！"

"陛下放心，臣定效犬马之劳！"

这一夜我又失眠了，太医已经和我说过很多次，如果我经常失眠，会进一步导致本就逐渐衰朽的身体加速恶化。

通过吉顼所说的话,我终于明白了让易之和昌宗屈服的压力到底是什么,那是一种想远离灾祸坚持要活下去的本能,没有什么比生命更重要,金钱、名利、荣华富贵,生命消逝的瞬间一切也都随之烟消云散,因此我也理解了易之和昌宗。

事实上,吉顼不仅仅是要向我表达归政李唐的想法,更有为自己寻求一个好前途的目的,对于他的这种想法我也能理解,因为我不能凡事都用狄仁杰那种崇高的责任感去衡量,毕竟性格、经历不同,身份也不同。

无论每个人是什么想法,通过和吉顼对话,我再一次感受到了那股"势"的强大气场,和当年处理来俊臣一样,如果说狄仁杰的话代表了朝堂之上高层人员小众的想法,那么吉顼的话绝对能代表朝野上下的大众。

哎……我奋斗了几十年的时间,实在没有想到最终还得还政于李唐,也许这就是天意吧……

圣历元年(698年)三月九日,我以哲儿生病为由,派职方员外郎徐彦伯将他召回洛阳。

当我们母子重新见面的那一刹那,我的眼泪禁不住滚落下来。看着哲儿那饱经沧桑的面庞,我能想象出已经离开我十四年的哲儿一定经历了很多不为人知的辛酸!

落差

从登上帝位、被废黜外贬,到最终回到我身边,哲儿在外边已经漂泊了十四年,漫长的时间已经使哲儿由一个意气风发的青年人变成了一个饱经沧桑的中年人。坦白讲,哲儿是个没有野心的人,他不像贤儿那样具有强烈的权欲,从性格上看他更像弘儿。

哲儿那沧桑的面庞显得十分憔悴，迷离般的眼神仿佛在告诉我，曾经的锐气已经被消磨殆尽，在房州那狭小的天地里，他犹如一只被困住的小鸟，纵有一双翅膀，也无法飞出我为他画下的牢笼。

那一天我们母子畅谈了很久，可以说将这十四年彼此没有交流的话一下子全都倾吐出来，通过和他的对话，我逐渐了解到在这十四年中，哲儿是一个得过且过、胸无大志、品质不坏的老实人，在房州的日日夜夜里，他最盼望的就是有朝一日能够重新回来。

对于这个愿望，哲儿曾经无限期盼着，可是随着时间的推移，他渐渐绝望了，因为远在千里之外的皇城已经成为刀光剑影的战场，生性就胆小的哲儿只能将最终的愿望寄托在房州得到善终上。

我最初听他说出这个想法后颇为不屑。一个当今皇帝的儿子难道就这么点志向吗？即使深陷困境也不应该放弃希望，但是后来我静下心来仔细思考后，我觉得他的这个想法是正常的，因为在那个李唐皇室成员几乎被清除殆尽的腥风血雨的岁月里，哲儿的生命也如同蝼蚁般脆弱，他并不知道我对他究竟是个什么打算，在他看来能够保住性命已经很不错了。

"自从陛下称帝以来，儿臣生怕有一天会从洛阳传来赐儿臣死罪的消息，所以儿臣内心努力逃避着，甚至每天出门都不敢向洛阳的方向张望。"

哲儿的话像尖刀一样深深扎进我的心窝，我一时间无法应对他的话，内心生出一股愧疚之情。为了掩饰我内心的不安，缓和尴尬的氛围，我只得应付地说了句"你受苦了"。

但就是这样一句简单的话，我明显感觉到哲儿犹如受宠若惊，仿佛我的话重新燃起了他对生活的希望，他不住地向我点头，眼里含着泪花，连声说着"不苦"，可是他哪里知道他这次回来绝不仅仅是被赦免罪过，今后在很长的一段时间里，他将逐渐成为这个国家的掌舵者。

不过我很好奇，这十四年来难道哲儿都是在压抑和痛苦中度过的吗？难道就没有一点欢乐吗？要知道人在极端痛苦和压抑中是会疯掉的，而且对身体也是极大的伤害，我想哲儿一定有他的精神寄托。

哲儿告诉我，如果没有韦妃的相濡以沫和孩子们的欢声笑语，他恐怕活不到今天。

这么多年来，我对韦妃这个儿媳妇一直没有什么好印象，总觉得她的眼神中带有一种不安分，事实上她也没有做什么出格的事情，但我就是感觉这个女人是个潜在的危险，总感觉未来在某个时段她会生出什么乱子，但是今天当我听到哲儿说韦妃对他关爱有加，让我瞬间对这个女人的印象有了改观，甚至是有些刮目相看。

哲儿告诉我，在房州的日子里，每当自己深陷苦痛无法自拔时，都是韦妃陪伴在他身旁，不断耐心地开导他，告诉他要振作起来，要以积极的态度去面对一切，要时刻记住自己是李唐皇室的子孙，只要活着就有希望，绝不轻言放弃，即使某一天死亡真的来临了，也要昂起高傲的头颅赴死，绝不做胆小的怕死鬼。

今天当他回想那个时候韦妃所说的话，他明白了韦妃的话绝不仅仅是安慰自己的空话，那是一种在身陷绝境中依旧彰显内心强大的信念，一种笑对困境不屈服命运压迫的自信。

这么多年哲儿就是在韦妃这种强大感召力的影响下坚强地挺了过来，孩子们的欢声笑语也让哲儿感受到了浓浓的亲情。哲儿告诉我，当年在他前往房州的路上，最小的女儿出生了，当时哲儿用自己的衣服裹住她，因此小名就叫"裹儿"。这些年在房州，一看到孩子们对自己充满期待的眼神，尤其是看到裹儿那清澈透明的眼睛，似乎这个世界对她来讲都是纯洁无瑕的，哲儿便暗暗发誓无论前途多么艰难困苦，他都一定要坚持挺住，决不让这个温暖的家庭受到他负面情绪的影响。

正是这种浓浓的亲情，时刻温暖着哲儿那颗饱受苦痛折磨的心，同时也成为他生活的精神支柱。听完哲儿的叙述，我被感动了，如果从权力意志角度而言，哲儿是失败者，但从人性角度而言，哲儿是十足的胜利者，虽然他失去了在外人看来具有至高无上权威的皇位，但他在人生最困苦的时候得到了亲情的慰藉以及爱人精神上的呵护陪伴。这难道不是人生的胜利吗？

然而我呢？我也曾经拥有高贵的爱情，也曾经拥有满满的亲情，但这一切都被我嗜血的权欲扼杀殆尽，可是当我真正拥有了可以掌控无数人命运的权力时，我才明白我走上了一条孤家寡人的道路，而且是一条永远无法回头的路！

哲儿！母亲希望你陪着我走完我所剩不多的人生岁月！

……

这次哲儿从房州回来，我并没有为他举行盛大的迎接仪式，毕竟他曾经是被我外贬的，现在又被我召了回来，我不想让人感觉到我是在否定自己曾经所做的事。虽然这颇有些自欺欺人，但身处至高无上地位的我还是希望能够为自己保留足够的尊严。

可以说哲儿回来得悄无声息，回到皇宫中就被我藏在了深宫之内，除了宰相班子成员知道之外，很多大臣完全不知。通过我和哲儿那天的对话，我感觉我亏欠哲儿实在太多太多，然而他对我似乎并没有恨，相反他眼神中更多流露出的是一种对母子亲情的极力渴望。

对于哲儿这种悄无声息的归来方式，狄仁杰向我提出了异议，他认为未来的太子就这样无声无息地进宫实在有些寒酸，不利于未来哲儿对朝政的掌控，他奏请我为哲儿举办一个隆重的迎接仪式，并昭告天下，将哲儿风风光光地接进皇宫。

经过多次考虑，我决定采纳狄仁杰的建议。

圣历元年（698年）三月三十日，我让哲儿重新带到洛阳南门，用隆重的仪式将他重新迎回宫中，半年后便立他为太子，为了能让他未来有个显贵的前途，我将他的名字改为李显。

无论怎样，显儿总算是风风光光地回来了，他被立为太子也算是开启了我还政李唐的计划。事实证明我如此快速地做出这个决策十分正确，因为在显儿回来三个月后，我便遇到了外交危机事件。

当时我派承嗣的儿子淮阳王武延秀前往突厥，迎娶默啜可汗的女儿，陪延秀一同前往的还有豹韬卫大将军阎知微和右武卫郎将杨齐庄。

一行人欢欢喜喜到达突厥，延秀本以为能够顺利抱得美人归，没想到他们刚见到默啜，就吃了闭门羹，因为默啜当场突然悔婚。

据后来从突厥那里侥幸逃回来的阎知微告诉我，当时他问默啜为什么突然悔婚，默啜说了一段话，让在场的所有人全都不禁倒吸一口凉气。

"我是要把女儿嫁给李唐的子孙，哪里轮得到武氏子！他难道是李唐天子的儿子吗？我突厥世受李唐的恩典，听说李唐皇室的人都已经被清除殆尽，只剩下两个孩子（李显和李旦），我现在要领兵辅佐他们重登大典。"

随后，默啜拘禁了延秀等人，发兵侵扰妫州、檀州等地，并发布檄文说自己贵为可汗，女儿应嫁给李唐天子的儿子，而"武"只是小姓，门不当户不对，这是典型的骗婚。

原来如此！人家根本没有把武周当成正统，只是我妄自尊大沾沾自喜而已！

此时的突厥虽然早已经不像隋朝末年那样强大，而且自大唐建朝以来的一百多年时间里，突厥不断被我国打败，但却始终是我国无法征服的对象，双方一直处于一种时而友好时而对立的状态。

现在突厥已经亮明了态度，我不能不重视，因为当年太宗皇帝创下的天可汗威名此时依旧声名远扬，贞观之治的荣耀依然在周边国家不断散播，我十分清楚突厥的态度事实上也代表了周边很多国家对武周政权的态度。

而这一切绝不仅仅是依靠武力就可以征服的！

突厥的悔婚事件再一次验证了我召回哲儿准备还政李唐的正确性，虽然几十年来我玩弄各种权术，费尽心机巩固自己的地位，但我绝不是一个仅局限于玩弄权术的政客。作为掌握最高权力的政治家，我的目光必须要放远，我知道什么叫顺势而为，我决不能做一个使国家陷入孤立的领导者。

只是从来都是只有新人笑哪闻旧人哭，朝野上下一片庆幸的同时，是承嗣的落寞与委屈！

很长时间以来，承嗣都处在一种兴奋之中，曾经没有任何野心的他跟随着我开创了一个新时代，也随着我有意立武氏宗族子弟为继承人而终于做起了当皇帝的美梦，为了这个梦想，他足足等了八年，这八年中他尽心尽力地侍奉我，不敢有丝毫的差错，只盼望有一天我能立他为太子。可是随着显儿的回归，他这种美好的愿望终于化成了南柯一梦。

　　我知道我很对不起承嗣，虽然侄子不如儿子亲近，但毕竟也是我的至亲，我很想从其他方面对他进行弥补，但让我没有想到的是，在承嗣知道延秀被突厥人扣留的消息后，一下子病倒在床，没过多久便积郁离世了。

　　当宦官将承嗣病逝的消息告诉我时，我一下子呆坐在了龙床上，想起他曾经对我特有的殷切笑容和长时间的精心侍奉，我的心如刀绞一样，眼泪夺眶而出。虽然我知道他曾经对我所做的一切带有功利性，但人非草木，孰能无情，当很多事情习惯于一种状态时，如果有一天突然发生改变，你的心中一定会怅然若失。

　　虽然延秀被突厥人扣留是导致承嗣死亡的直接原因，但我很清楚，这么多年他为当太子所做的努力顷刻间化为乌有，一时间难以接受，进而积怨于心，才是他突然死亡的根本原因。而这一切都是我的责任，如果不是我给他当继承人的希望，或许现在他依旧在过着锦衣玉食的生活。

　　一想到这些，我更加觉得对承嗣心中有愧，因此我决定提高他葬礼的规格，用最体面的方式送这个心比天高、命比纸薄的侄子最后一程。

　　承嗣出殡的那一天，我在城楼上目送送葬的队伍渐渐远去，那阴霾的天空和哀怨的氛围给我一种不祥的暗示，我忽然意识到我切断了李唐的国运终于得到了报应，上天以承嗣的死亡来惩罚我，让我本就已经衰弱不堪的心继续承受失去至亲的悲痛，白发人送黑发人……上天让我在接近耄耋之年的时候再一次承受这种至死困扰的伤痛。

　　这会是结束吗？但愿吧！但愿……

　　我努力安慰着自己，但内心的不安却没有丝毫化解，我隐隐地意识到，承嗣的死或许具有某种象征意义，它意味着我亲手开创的武周政权开始进入了倒计时。

WU MEI ZHUAN

武媚传

第十章 让这一切都随风而逝

担心

　　立嗣之议尘埃落定，我最终选择还政李唐，对我来讲这实在是个艰难的抉择，也是一种无奈的选择。从我称帝到今天为止，这么多年我一直在为维护武周政权而不断努力，但我终究明白了自己是有局限性的，所以我选择摒弃私心，在自己的身后留下一个稳定的国家，这是我的责任和义务。

　　对于继承人问题我经历了漫长的八年彷徨和犹疑，现在终于感受到了什么叫如释重负，但此时接近耄耋之年的我，由于很长时间以来的操劳和无节制的纵欲生活，使得身体不再像从前那样精神百倍，但即便如此，我还是希望利用自己在世的有限时间里，为显儿搭建一个辅政班底，在我心中这个班底的核心无疑是我最信任的老臣狄仁杰。

　　然而就在我准备实施一切时，久视元年（700年）九月，狄仁杰病逝了。

　　我清楚地记得那天早朝时没有看到狄仁杰，在此之前的几天里，狄仁杰浑身痛得起不来床，我本想早朝之后到寝宫换件衣服就到他府上去探望，可是我刚回到寝宫，宦官便急匆匆地跑来告诉了我狄仁杰病逝的消息。

　　当我听到"病逝"这两个字后，顿时一头栽在龙床上，婉儿一把拉住我，宦官再说什么我已经听不清楚，只觉得天旋地转全身颤抖，片刻后便不省人事。

　　婉儿急忙扶我平躺在龙床上，太医火速赶来为我诊脉救治，过了很长时间我才渐渐恢复知觉。当我意识清醒之后，想起从此再也见不到狄仁杰时，禁不住老泪纵横。

我对狄仁杰的信任超过了所有大臣,为了表达我对他充分的尊重,常常亲切地称呼他为阁老。狄仁杰身体本就不好,我曾下令如果不是紧急的事就不要去打扰狄阁老,还免去了他在殿中值夜班的差事。

我自认为我和狄仁杰的关系很像当年太宗皇帝和魏征那样,真正做到了君臣同心,也正因为此我才会将狄仁杰视为未来辅佐显儿的核心重臣。可是如今狄仁杰却先我一步离开了这个世界,使我的精神受到了巨大的打击!

"朝廷上无人了啊!上天为什么要这么早夺走了我的狄阁老呢?"我痛哭流涕道。

我还没有从两年前承嗣病逝的悲痛中彻底走出来,现在又得继续承受失去狄仁杰的精神打击,看来上天对我惩罚并没有结束啊!

失去了狄仁杰之后,我整天失魂落魄、浑浑噩噩地处理政务,尤其每次看到那些大臣们针对朝廷之事七嘴八舌地争论而迟迟拿不出处理意见时,我总会想起狄仁杰,仿佛他依然站在朝堂之上,那坚定的眼神,那胸有成竹的微笑,时刻能够带给我信心与安全感。很多次我差一点脱口要叫"狄阁老",然而又瞬间意识到我们之间已经是阴阳相隔。

没有狄仁杰的朝廷好似一盘散沙,我知道朝廷的政务片刻不能耽误,必须要尽快找出能够接替狄仁杰的人,放眼望去,能够接替狄仁杰而且德高望重的似乎只有魏元忠。

虽然魏元忠的能力和狄仁杰相比差一大截,但毕竟和狄仁杰共同对抗过来俊臣,一起坐过牢、吃过苦,又一起被外贬,甚至很长时间以来被众人视为狄仁杰的亲密战友。

圣历二年(699年),在狄仁杰的举荐下我重新启用了魏元忠,任命他为凤阁侍郎、同平章事,等于进入了宰相班子,算是狄仁杰的助手。

现在狄仁杰已经故去,魏元忠虽然是目前接替狄仁杰的最合适人选,但我始终认为他并不是未来辅佐显儿的核心重臣的合适人选,因为魏元忠和易之、昌宗兄弟素来不睦。

易之和昌宗是我心中不能割舍的人。在顺利解决了立嗣问题后，我接下来要解决的就是如何在有生之年通过自己的努力，确保易之和昌宗在未来能够保住目前的荣华富贵。在这个问题上，我并不担心显儿未来会对他们下手，毕竟他们都是显儿的拥护者。

但魏元忠呢？

坦白讲，我心里没底！

而且魏元忠接替狄仁杰成为朝廷内的新核心代表后，我似乎已经嗅到了朝廷内暗含着一股激流，或许时间一到，这股激流就会喷射四溅。

为了慎重起见，在选择魏元忠接替狄仁杰的同时，我也决定进一步逐渐提升易之和昌宗的官职，给予他们充分的权力，来保障兄弟俩未来在朝廷的一席之地。

不可否认，我的计划还是不错的，但很多事情有时并不是按照自己的意愿去发展，就在我逐步将自己的想法付诸行动时，一个突如其来的事件让我人性中残暴嗜杀的阴暗面再次表露出来，当然这其中也有易之和昌宗得意忘形的责任！

那天易之和昌宗陪我侍寝的时候，他们告诉我皇太孙重润和永泰公主仙蕙在背后议论我，说女人当皇帝是历史上从来没有的事情，现在李唐被我这个奶奶斩断国脉，虽然父皇李显被重新立为太子，但未来究竟能不能恢复李唐还不好说，而且张氏兄弟以容貌俊美得到女皇的宠幸，可见朝廷已经是乌烟瘴气。

我瞬间对重润和仙蕙生出一股怨气，于是便许诺易之和昌宗等天亮后早朝时对这个事情进行调查，如果调查属实将对重润和仙蕙处以极刑。

今天回想起当时的一切，是因为我的嗜杀残暴心理侵占了我的灵魂，我的内心深处其实是自卑的、警惕的，当有人揭穿我是李唐国脉斩断者这个埋藏在我心底的敏感话题时，我灵魂的阴暗面便犹如脱缰的野马肆意奔驰起来，让我瞬间成为嗜杀的恶魔，而将亲情的力量无情抑制乃至淹没。

调查案件的大臣十分明白，既然女皇下令调查，就说明这件事情的严重性已经到了一定级别,而且以易之和昌宗的智商来看,他们绝不会说谎,虽然可能会有所夸大,但在调查案件的大臣们看来,重润和仙蕙妄议女皇一定是事实。

因此调查也就成了走过场,当大臣将调查结果呈报给我时,我居然没有丝毫犹豫地就下令赐重润和仙蕙自缢,并将仙蕙的丈夫、魏王武延基也下进大狱,不久后他们便死在狱中。

那种久违的杀戮快感再一次重新回来了,可是随着时间的推移,我逐渐冷静下来后,发现我可能要用余下不多的岁月来为这次冲动付出代价。

当时朝廷有很多人在背后议论易之和昌宗,尤其是我又提高了他们的官职和地位后,这种议论已经成为舆论声音,它代表了朝野上下对通过捷径之法而取得荣华富贵的一种愤懑不平之心,无论是出于嫉妒还是公理,只要易之和昌宗在朝廷立足一天,这种舆论就不可能消失。

重润和仙蕙或许是因为年轻而人云亦云,然而和那些官场老油条相比,他们实在不懂得保护自己,最终被易之和昌宗抓到把柄。不过从立场上来看,易之和昌宗是显儿的支持者,他们完全可以去找显儿沟通,为什么就这么轻易地向我检举他们呢?

当我冷静下来仔细分析其中的利害关系时,我认为易之和昌宗可能是有所误会,进而产生了报复心理,而支撑他们产生报复心理的动力则是他们地位的提高,使得他们浑然忘记了即使狗熊穿上再华丽的衣服也终究只是狗熊的道理。

在易之和昌宗看来,自己既然是显儿的支持者,那么作为未来皇帝家族的人,就不应该非议自己,虽然他们兄弟二人发家并不是通过正途,但在兄弟俩看来政治立场远比发家背景重要得多,这也是他们为什么要听从吉顼的建议并成为显儿支持者的原因所在。可是重润和仙蕙却毫无顾忌地在背后不断非议,这让易之和昌宗显然误会了一点,那就是重润和仙蕙的态度很可能代表着显儿的态度。

我想如果换作其他人,这个事情或许会有转机,至少不会带有盲目的冲动性，但正因为易之和昌宗的发家途径属于剑走偏锋，进而导致他们认为即使自己多么努力捧未来皇上的臭脚，显儿从内心也会鄙视他们。其实这是他们自卑的体现，况且人自卑到一定程度就会生出怨气，怨气多了可能就会走极端。

所以易之和昌宗的报复行为就在情理之中了！

易之和昌宗终究还是底蕴浅薄，他们仰仗我对他们的宠幸而真的相信了那句"顺我者昌，逆我者亡"的话，对于拥有绝对权力的我尚有不可逾越的"势"，更何况他们仅是依靠相貌俊美而发家的面首。

看来人到了一定位置上，如果没有十足的定力，或许真的会成为一个弱智！

然而我就真的能定力十足吗？在那个暧昧的夜晚，我犯了一个愚蠢的错误，可以说重润和仙蕙的死没有引起我、易之和昌宗的足够重视，但显儿却因为一下子失去了长子和女儿而倍受打击。

"在房州的日子里，孩子们的欢声笑语给予了我很大的安慰……"我突然想起了显儿刚回来时对我说过的话，然而当我意识到问题的严重性时却已经为时已晚，显儿已经意识到了一个残酷的现实，那就是易之和昌宗对他本人甚至家庭已经构成了巨大威胁。

这件事的根源在于重润和仙蕙的非议，但真正的幕后人却是易之和昌宗，而我则起到了火上浇油的作用。

显儿是个性格懦弱的人，在我这个强势的母亲面前，即使内心对失去一双儿女有着撕心裂肺的痛，也丝毫不敢发作，然而我发现，支持显儿的那些宰相成员们却是个顶个的具有骨鲠之气，他们将重润和仙蕙的死完全归结到易之和昌宗的头上。随着易之和昌宗的地位进一步提升，便逐渐不把宰臣们放在眼里，这完全超出了我所预料的范围。当我发现问题的严重性，以及预判到未来可能会导致一些动荡的时候，却是为时已晚。

那些宰臣们的想法远比我对他们想法的判断要复杂得多！

硬骨头魏元忠

"陛下！臣认为没有人比薛季昶更合适担任洛州长史！"

当魏元忠说出这样的话时，我便知道他这是明显针对易之和昌宗。

自从易之和昌宗的地位不断提升以来，他们越来越不把宰臣们放在眼里，这其中固然有因为重润和仙蕙之死而造成的误会，但更多的则是易之和昌宗越发骄横与傲慢。

我曾经很多次郑重其事地告诉易之和昌宗一定要注意自己的言行，尤其在面对宰臣们的时候，无论内心多么厌烦，表面上也要恭恭敬敬，毕竟他们是国家的顶梁柱。易之和昌宗倒是能听进我的话，可是终究因为两方的出身、思想境界以及文化学识差距太大，这条裂缝越来越大。

重润和仙蕙死后的两年多来，随着易之和昌宗地位的提升，兄弟俩总是仰仗我的宠幸和宰臣们之间明争暗斗。从结果来看，易之和昌宗明显不是那些老油条们的对手。

这次在易之的央求下，我准备提拔他的弟弟时任岐州刺史的张昌期为洛州长史，不过因为易之和昌宗的身份关系，如果直接任命而不经过朝议，恐怕会引起大臣们的非议，所以我觉得哪怕是走个形式也要征求一下大臣们的意见。

很长时间以来，大臣们对于这种我提名任命的人选总是能很快地通过各种途径了解到我的心思，所以所谓的征求意见也仅仅是走个过场，双方一拍即合就此决定。

我虽然已经做好了可能会因为张昌期身份问题而出现一些阻力的准备，但还是没有想到魏元忠会公开发难，直到他说出薛永昶是洛州长史的合适人选时，我才忽然想到他这个半路杀出的程咬金。他不仅与易之和昌宗矛盾深刻，和易之的另一个弟弟张昌仪之间也有过节。

曾经有人向我汇报过，说当初魏元忠出任洛州长史的时候，昌仪正好担任洛阳令的职务，之前昌仪每次都仗着哥哥易之的权势地位随便出入长史的办公地区，魏元忠到任后，昌仪依然我行我素，魏元忠每次都将昌仪斥退出去，还经常将昌仪家里那些横行不法的家奴或打或杀，搞得双方剑拔弩张。

魏元忠决不接受张家的任何一个人再得到官职和地位上的提升，在他的意识里，以易之和昌宗为首的张家人都是朝廷和国家的祸害。

看来今天魏元忠果断地站出来反对，实在是有备而来，然而既然昌期是我亲自提名的，如果就此妥协，等于是我轻易否定了自己，那样的话我将在今天的朝堂之上损失权威，于是魏元忠话音刚落，我便开口说道："薛季昶固然是合适的人选，但朕想另有任用，张昌期可以吗？"

"张昌期绝对不可以！"

魏元忠提高了嗓门，镇住了在场的所有人，同时也让我一时间愣在那里，朝堂上的气氛开始紧张起来。

面对魏元忠的步步紧逼，我开始反感起来，发现朝堂上的其他大臣面目表情也开始凝重了，为了缓和这种紧张的气氛，我还是耐着性子问魏元忠："哦？爱卿认为张昌期不可，能不能说说理由呢？"

"臣认为张昌期不适合做长史一职是有着充分理由的。一是他年轻，根本不熟悉民情政务，以前就将岐州治理得很不好，致使大批百姓逃亡，洛州是东都所在之地，事务繁重，张昌期绝对不如薛季昶能干，而且也不够老练！"

面对我的发问，魏元忠也将嗓门降了下来，其实他的意思只有一个，那就是告诉我用人要看政绩和才干。

魏元忠说完后，我沉默了，因为我实在找不到他的话有什么漏洞，他的话句句在理，让我丝毫无法反驳。

"看来张昌期还有待锻炼啊，这件事暂且就到这里吧！"既然找不出反驳的理由，因此我决定妥协。

我说完后有意瞄了一眼易之和昌宗，兄弟俩倒是没有什么表情，看来魏元忠的话也是让兄弟俩无话可说，只能选择接受，于是在看到他们没有什么反应后，我准备开始下一个话题，可是就在我刚要开口说话时，魏元忠抢在我前边继续说道："陛下！臣自从先帝在时就蒙受厚恩，到今天为止已经几次出任宰相之职，臣自认为没能尽到自己的职责，所以才使得陛下身边出现小人，这都是臣的罪过啊！"

魏元忠言罢，跪在地上叩头不起。

他的这句话在所有人看来实在过于生猛，包括我在内的所有人都明白他嘴里所说的"小人"就是指易之和昌宗！

我明显看到易之和昌宗的脸色已经变成铁青。

"这……爱卿的话严重了吧！"我连忙打圆场说道。

"希望陛下不要掩饰臣的失职，臣愿意接受陛下的处置！"

"朕的身边没有小人，爱卿也没有什么失职的地方，这个话题就到这里吧！"

在随后的朝会中，我虽然依旧按部就班地处理各项事务，听取其他大臣们的汇报，但我却始终因为魏元忠说的那些话而显得有些心不在焉，尤其是当我看到易之和昌宗用一种近乎恶毒的眼神盯着魏元忠时，我的心便是骤然一紧，我隐约感觉魏元忠今天在朝堂上的表现彻底惹怒了易之和昌宗，本就和宰臣们矛盾重重的兄弟俩绝不会就此轻易地忍气吞声，绝不会咽下被魏元忠羞辱的这口恶气！

易之和昌宗很明白魏元忠所说的小人就是指他们兄弟俩。俗话说得好，打人不打脸，揭人不揭短，魏元忠反对任命昌期也就罢了，为什么还要在朝堂上步步紧逼？或许在兄弟俩看来，这是魏元忠与他们兄弟俩彻底决裂的标志。通过那天兄弟俩的眼神，我便可以猜出他们一定会找机会报复的。

事实证明，我的猜测完全正确。

"哼！陛下对魏元忠那么重用，可是他根本就不感恩戴德，私下总是做些见不得人的事情。"一天夜里，昌宗搂着我，脸上浮现出不屑的表情，好似有意无意地说着。

这一次，我倒是理智了很多，没有上一次对待重润和仙蕙的事件时那么冲动,而是转过身来开口问昌宗:"哦?他做什么了?"

没等昌宗回答,易之将他的身体向我靠了靠,然后把住我的肩头抢着说道:"魏元忠和司礼监丞高戬私下议论,说陛下年事已高,拥护太子才是长久之计!"

我听了心里觉得十分好笑,看来我预料兄弟俩会报复魏元忠实在是太准确了,不过为了照顾兄弟俩的情绪,我假装惊讶地问道:"魏元忠真是这么说的?"

"哎呀!我们兄弟俩长了几个脑袋胆敢欺骗陛下?"言罢易之和昌宗立即起身下床跪拜在地。

"好一个堂堂宰相,竟然心怀二心,你们两个去和他当堂对质!"

"啊?当堂对质?"

"对啊!魏元忠这样的朝廷重臣,治其罪必须要有理由的,不然的话人心不服啊!"我微笑着轻声对兄弟俩说道。

当我看到兄弟俩像斗败的公鸡耷拉下脑袋不再说话时,我便确定兄弟俩其实是在诋毁魏元忠,是一种典型的报复行为。

我在明知道兄弟俩是在报复魏元忠,却依旧让他们和魏元忠当堂对质,原因在于我不想让兄弟俩内心承受太多的压抑,我当然知道当堂对质的结果只能是兄弟俩失败,但至少从我的角度而言,我可以让兄弟俩看到我依然是重视他们的。

就算魏元忠真的没有发表过不当言论,但在还政李唐已经成为事实的情况下,那些大臣们一定少不了在背后议论我这个老太婆为什么这么长寿,我正好可以利用这个当堂对质的机会对他们予以变向的警告和打压,让他们知道我虽然确实已经是个快要入土的老太婆,但眼睛依旧有神,耳朵也并不聋。

虽然我的设想很不错,可是几天后当堂对质的过程却是完全出乎我的意料,因为随着话题的深入,以及一个我事先没有想到的人参与进来,可以说事情的走向和后果完全向着我设想的相反方向演变!

朝堂对峙

或许大臣们事先得到了今天早朝易之和昌宗要与魏元忠进行当堂对质的消息，所以今天早朝的气氛显得格外压抑，我注意到大臣们今天汇报的事情格外少，仿佛他们在等待一场大戏上演，因此他们这些配角似乎有意识地全都退到幕后，为今天的主角易之和昌宗以及魏元忠提供充分表演的空间。

早朝议事就像走过场一样，很快便完成了程序，接下来便是针对易之和昌宗对魏元忠的控告进行当堂对质，大臣们全都不敢仰视端坐在宝座上的我，个个眉头紧锁，嘴唇紧闭，有的人额头甚至已经开始冒汗，他们生怕接下来的对质牵连到自己。

不过我发现易之和昌宗的表情今天似乎格外得意，这与那一晚他们在我面前耷拉着脑袋不说话的样子形成了鲜明的对比，难道他们已经胜券在握？

"关于魏元忠是否说过不当言论，你们兄弟俩如何得知的！"我知道说那么多开场白也没有意义，因此直接开门见山。

"陛下！魏元忠私下里确实说过拥立太子的话，我们兄弟绝不是栽赃陷害，凤阁舍人张说张大人可以证明！"

"张说？"这个也算是朝廷重臣的人，怎么会和他们兄弟俩牵涉到一起要知道从身份角度而言，张说应该是倾向魏元忠的。

我终于明白为什么易之和昌宗的表情那么得意了，原来他们是有张说做证人，在兄弟俩看来，魏元忠必败无疑。

兄弟俩既然已经说出张说可以作证，说明张说已经答应了兄弟俩，让我百思不得其解的是，张说是个和魏元忠同样的骨鲠之臣，内心同样鄙视易之和昌宗这样的面首。他脑子到底是搭错了哪根筋，居然答应为易之和昌宗作证？

"张说！你是不是要联合这两个小人一起陷害我？"没等我反应过来，也没等张说开口说话，魏元忠反而率先发飙，他那歇斯底里的喊叫声仿佛要将在场的所有人耳朵震聋。

此时包括我在内的所有人全都屏住呼吸，看来今天这出戏有些不好收场啊！

面对魏元忠的喊叫，张说倒是显得气定神闲，他不以为然地看了看魏元忠，缓缓地说道："魏大人！你身为宰相成员，怎么说起话来跟个市井小人一样啊？"

张说的话一出口，我观察到很多大臣脸上的表情已经开始产生变化，或许在这些人看来，魏元忠今天是退无可退，因为张说的话很明显地表明他和张氏兄弟俩站到了同一阵营。

然而我却隐约觉得事情绝非如此简单，张说那气定神闲的表情让我觉得他有些深不可测，因此张说说完后，我没有插话，而是继续静观其变。

"张舍人！赶紧把你知道的实情全都说出来吧！"张说虽然不着急，但此时昌宗已经有些按捺不住，毕竟兄弟俩都明白这件事情还是尽早收场为妙，所以他立即催促张说。

事实上，张说只要按照昌宗所引导的去说出一切，即使我想保护魏元忠恐怕也已经很难，然而接下来所发生的一切却是让兄弟俩始料未及。

张说依旧是副不慌不忙的样子，他将眼神从魏元忠移向了易之和昌宗那里，然后打量了一下兄弟二人，我观察到张说的眼神中流露出一丝轻蔑，随后深吸一口气，面向我一躬到底，然后说道："请陛下明察，在这朝堂之上大庭广众之下，张昌宗都步步紧逼于我，相信所有人此刻都能够想象出他们兄弟俩平常是多么嚣张跋扈，其实我根本没有听到过魏大人说过什么拥立太子的话，是他们兄弟俩逼我作伪证陷害魏大人！"

张说说完后，依旧没有抬头。

顿时朝堂之上一片哗然，很多大臣开始窃窃私语，而我当时坐在高高的宝座上，犹如被人抽了记响亮的耳光，事实已经证明了我先前所有的猜测，原来张说是关键时刻反戈一击。

"张说……你……你怎么可以出尔反尔？"易之顿时怒不可遏，显然易之和昌宗对张说这突如其来的态度变化没有任何思想准备，以至于两个人情急之下全都跪倒在地，昌宗抢着说道："陛下！张说和魏元忠一起谋反！"

刹那间，所有人的目光全都聚集在了我这里。

目前情况下我必须要保持高度的冷静，易之说张说出尔反尔，其中隐含的信息一定是在今天的朝堂对质之前，兄弟俩曾经找到过张说，双方达成了某种一致，在我看来或许是兄弟俩承诺张说只要出面作证，扳倒魏元忠之后，一定会在我面前举荐张说，保准他升官发财。

没想到张说今天在朝堂之上着实拿易之和昌宗开涮了一把，这也使得兄弟俩情急之下只能说魏元忠和张说谋反来为自己遮羞。

面对兄弟俩所说的话，我并没有急于开口，我环顾在场的所有大臣们，这些人全都瞪大了双眼，看我到底是什么态度，我十分清楚这些老油条们的心思，在他们看来，今天的朝会实在没白来，事情越复杂越难办，越能满足他们的觊觎心态，不过肯定也有人为魏元忠和张说捏了把汗，毕竟易之和昌宗是我最宠幸的人，他们始终认为兄弟俩的话我基本上是深信不疑。

因此在这样的一种态势下，我的态度将至关重要，搞不好会落个昏君的骂名，在谨慎思考过后，我决定采取息事宁人的方法，尽快结束这场纷争。

"可有证据？"我开口问道。

我的本意是想让易之和昌宗知难而退，我明知道他们不可能拿出证据，只要他们妥协了，我就可以找个台阶结束这个话题，然而让我没有想到的是，昌宗接下来所说的话让我恨不得立刻制止并把他们赶出朝堂，因为我实在受不了那些大臣对他们兄弟俩的嘲笑和鄙视！

"有！张说曾经形容魏元忠是伊尹、姬旦。陛下！这简直是大逆不道的言论啊！"昌宗急不可耐地说道。

昌宗说完后，我已经听见有人憋不住笑出声来，我知道这些人如果不是顾及到我的威严，此刻恐怕早已经笑得前仰后合。事实证明，在这些饱读诗书的大臣们面前，拥有深厚的学识是多么的重要。昌宗显然并不真正了解伊尹、姬旦那段历史，这也让我感觉无地自容，然而张说恰恰是个学识渊博的人。

"哈哈哈哈！真是不学无术啊！你知道伊尹和姬旦两个人的名字，可对他们的做法根本就不了解，伊尹和姬旦是古往今来贤相的典范，从古至今立志为官的人，试问哪个不以他们为榜样？现在陛下用人，不正希望所有人都向这两个人学习吗？"一番嘲笑过后，张说义正词严地说道。

坦白讲，到现在为止我对张说的十分欣赏，一番话说得掷地有声，让我心中暗暗为其叫好，于是我有意终止这个话题，一来不想让魏元忠和张说承受太多的委屈，二来也不希望易之和昌宗受到大臣们过多的嘲笑，毕竟误读历史上的贤相不是什么光彩的事情。

可是就在我刚想开口说话时，张说再次面向我一躬到底，说出了一番让我的心情顿时沉入谷底的话。

"陛下！其实臣心里明白，今天如果我答应为张易之和张昌宗作伪证，或许将来我可以升官发财，我也十分清楚如果不答应他，或许我会被安上谋反的罪名，甚至被诛九族，但即便如此，我也不能昧着良心诬陷魏大人，我怕魏大人死后其冤魂会找我来索命，而我又不知道张易之和张昌宗兄弟俩住在哪里，无法将魏大人的冤魂引到他们那里，因此不敢作伪证。"

张说说完直起身子，眼睛依旧没有直视我，但我明显感觉出他浑身散发出的那股骨鲠之气，正在深刻地影响着在场的大臣们。

我已经察觉出在这些大臣嘲笑、鄙视的心态背后，所有人全都用敬佩的眼光看着朝堂中央的张说，显然他们被张说的一身正气所折服，更被他不畏权贵、不畏利诱的精神而震惊！

然而这一切对于我来讲都并不重要，我在意的是张说刚才说的最后一句话，在我看来他说的"不知道易之和昌宗住在哪里"明显是在羞辱我，而且从大臣们隐约显露的表情，可以看出他不无嘲讽之意。

那一刻我的脸颊犹如火烧一样，火辣辣的感觉直捅心窝，张说这是暗含讽刺。易之和昌宗他们能住在哪里？当然是住在我这里！

在场的那些大臣们是何等的精明，他们嗅出了这种讽刺，表情上已经本能地显现出一种不自然，这让我顿时感觉无地自容。我虽然是高高在上的皇上，但终究是个女人，这种有损我权威的话语，无论如何我既不可放任，更不能接受！

"够了！张说反复无常，押下去和魏元忠一起审问！"我终于忍耐不住下令说道。

在此之前，我虽然内心活动十分频繁，但表面上平静如水，没有人知道我端坐在宝座上时内心究竟在想些什么，直到我突然变脸下令押下魏元忠和张说，所有人全都倒吸一口冷气，他们或许不明白精明的皇上为什么此刻犹如失去理智，张说的诚实没有换来我的理解，反而被牵连进了魏元忠的这桩疑似谋反案。

所有人都没有想到，这场朝堂对质居然会以这样的方式收场，张说惊讶得目瞪口呆，魏元忠因为事先有所准备所以没有过分惊讶，易之和昌宗昂起高傲的头颅，那鄙视的目光似乎想要将魏元忠和张说杀死。我除了有被张说羞辱的恼怒之外，也为易之和昌宗的无知感到羞愧，更为自己最宠爱的面首在朝堂之上被人如此戏耍而感到尴尬。综合多种因素，我不能再任由事态畸形地发展下去，如果不以拘押魏元忠和张说来结束这场闹剧，最终我将威信扫地。

不过这场朝堂对质，在我看来胜利者的笑容是那么的苍白无力，失败者并没有丢失尊严，而我这个最终裁决者或许会被贴上老迈昏庸的标签，殊不知这并非我的本意，而是事态形势逼迫的无奈之举。

最终，我还是冷静下来，没有继续深究魏元忠和张说的罪过，以谋反证据不足但形迹可疑为由，将魏元忠贬为高要（今广东肇庆）县尉，张说因为在朝堂上口无遮拦，被流放岭南。

直到魏元忠临走的那一天，我还犹如在梦里一样，完全不理解为何事情最终变成了这个样子，要知道我的初衷本来是想通过这场朝堂对质，让易之和昌宗彻底断了陷害魏元忠的念头，可是现在虽然兄弟俩没有完全达到目的，但能够挤走魏元忠相信也是出了胸中一口恶气，更何况还捎上个张说。

魏元忠临走的时候，特意请求见我一面，这个倔强的老头儿依然表现出不屈服的脾性，从他的表情可以看出，他或许已经认命，但对易之和昌宗还能继续受到我的宠爱而心有不甘。

"臣已经老了，这次前往岭南，恐怕是九死一生，不过陛下将来肯定会有想起我的时候。呵呵！"

"为何？"

"因为这两个小子迟早会惹出祸来！"魏元忠指着我身后的易之和昌宗，冷笑着说道。

"你……"昌宗顿时火冒三丈。

"算了！"我摆摆手，打断了刚想发难的昌宗。"好自为之吧！"我面无表情地对魏元忠说道。

魏元忠在向我跪拜行礼过后，起身之际用眼睛死死地盯住我身旁的易之和昌宗，片刻之后仰天长笑，然后头也不回地走了，就此踏上了一路向南的漫漫行程。

魏元忠走了，然而他的笑声却深深地印在我的心里，我明白那绝不是一种洒脱的笑，而是一种仿佛预言实现自鸣得意的笑。

"这两个小子迟早会惹出祸来……"

很多个夜里，魏元忠的这句话在我脑海中不断闪现，难道这是个真能兑现的预言吗？

斗争依然继续

长安四年（704年），我已经整整八十一岁了。

自从狄仁杰去世后，我的精神总是恍惚，心中似乎被一个巨大的阴影所困扰，往日夺目的光彩随着岁月的流逝而逐渐暗淡，尽管易之和昌宗对我的照顾从来没少过，但我的身体却越来越感觉虚弱，总是喜欢赖在龙床上，闭目养神，远离世间的纷扰。

虽然很多人为我进献了不少所谓的长生不老仙丹，我碍于情面也吃了不少，但我知道长生根本就是个神话故事，密密麻麻的皱纹依然布满整个面庞，两颊和额头上长满了老人斑，牙齿已经掉得几乎不剩，白发稀疏可数，眼神中没有一丝光亮，说话的声音也是微微颤抖。

虽然我的身体正在一天天衰弱下去，但是我十分明白只要我坐在那个宝座上，就必须要尽全力展现出自己的威严，必须要让那些朝臣们像往常一样匍匐在我的脚下，洗耳恭听我这时而含糊不清的训教。

易之和昌宗依然每天守候在我身旁，说实话我内心对他们兄弟二人着实偏爱，我知道没有人会喜欢和一个丑陋的老太婆在床上翻云覆雨，这是人的本性，但他们兄弟俩却没有选择权，自从他们上了我龙床后，他们的命运就已经不再受自己掌控，如果他们是平民百姓，在他们这样的花季年龄，一定会有美好的爱情，会拥有美满的家庭，进而享受着后代带给他们的亲情乐趣，可是现在兄弟俩不仅要承受着我这衰老的身躯带给他们的拖累，未来还会随着我离开这个世界，更是看不到前途，这实在是莫大的悲哀。

是的！当命运为你打开一扇窗时，必定会为你紧闭上大门，荣华富贵或许唾手可得，然而失去的也许是人生最珍贵的那份情！

想起这些，我内心便会生出一种复杂的感情，其实不必去想未来如何，现在兄弟俩的处境便极为不利，我本以为把魏元忠驱离，兄弟俩与宰臣们的矛盾或许能够缓和一些，然而现在看起来，这种由来已久的矛盾不仅没有缓和，反而大有愈演愈烈之势！

自从魏元忠走后，我一直寻求合适的人选接替魏元忠，选来选去最终还是选中了狄仁杰曾经向我推荐过的人—张柬之。在此之前张柬之的官职是秋官侍郎，狄仁杰活着的时候，我让他推荐几个人才，以备朝廷之用，结果狄仁杰说如果要推荐具有宰相才能的人，非张柬之莫属。

就是因为狄仁杰的推荐，我从那时起开始启用张柬之，不过后来因为他性格过于耿直，向我上过几个言辞甚为激烈的奏疏，结果被我贬出了京城。

　　不过狄仁杰倒是很执着,在去世的前一年,再一次向我举荐张柬之,我认为能让狄仁杰这么执着举荐的人,必定有其非凡之处,于是便将张柬之重新召了回来,而且利用这个机会,也将狄仁杰曾向我推荐过的宋璟、崔玄炜、敬晖、桓彦范和袁恕己五个人一并启用。

　　从年龄角度而言,张柬之并不适合接替魏元忠成为宰相班子的核心,因为魏元忠被贬的时候,张柬之已经接近八十岁,按说这个年龄应该早已经回家抱孙子甚至是重孙子了,但我实在找不到更合适的人选,所以只能是朱砂没有红土为贵,让这个和我一样黄土已经埋到脖颈的倔强老头儿辅佐支撑起朝廷的运转。

　　张柬之的能力是毋庸置疑的,他的作为也验证了狄仁杰为何那么执着向我举荐他。可是自我重新启用张柬之以来,朝廷虽然依旧像往常一样运转,但宰臣们与易之和昌宗的关系却愈加恶化,这是我始料未及的,而且从很多迹象上来看,张柬之比魏元忠更加懂得隐藏自己,或许是先前有着因言辞激烈被贬的经历,让他明白了韬光养晦是何等的重要,如果魏元忠是只身而出英勇善战的斗士,那么张柬之则是布局操控,在幕后指挥一切的谋士。

　　我尚未抓到充足的证据能够证明张柬之是宰臣们和易之、昌宗斗争的幕后操控者,但通过一系列事情,我还是不难察觉出这个倔强的老头儿有着鲜为人知的另一面。

　　最近一段时间,朝廷上不断有人上疏弹劾易之和昌宗,虽然这种情况在以前也出现过,然而张柬之被重新启用以来,弹劾的奏疏是一封接着一封,似乎形成了规模,以至于如果我隔两天没有收到弹劾的奏疏便感觉极不正常,在我看来这实在是个奇怪的现象,仿佛这是一起有预谋的举动,我虽然努力将弹劾兄弟俩的奏疏压下来,但我知道这根本不是解决问题的方法,因此我再一次提醒兄弟俩要放下身段,尽一切可能与宰臣们和解,即使自身吃些亏也必须要去做。

可是易之和昌宗听完我的话却表现出一副委屈的样子，他们告诉我为了朝廷大局他们已经努力在做，可是现实却完全不是他们一厢情愿想的那么简单，原因在于有些人面对兄弟俩的主动和解根本不买账。

宋璟就是其中的典型代表！

易之和昌宗告诉我，在不久前的一次宴会上，易之坐在了宋璟的上首，可是按照官职排座次的话，时任奉宸令（皇帝的内侍总管）的易之应该坐在时任御史中丞宋璟的下首，不过谁都知道易之是我面前的红人，所以所有人极力将易之推到了上首位置，事实上易之对宋璟还是很敬重的，出于礼节易之对宋璟说了一番话："先生是当代第一人，怎么能坐在我的下首位置呢？先生还是请坐在我这个位置吧！"言罢，易之便想起身将自己的位置让出来。

如果抛却其他因素不谈，单说易之的这个举动，还是很有君子风度的，而且易之也认为他的这种谦让一定会换来宋璟同样友好的谦让，可出乎他意料的是，宋璟却避开了这个话题，一把按住正要起身让座的易之说道："我的才学和能力其实很一般，张卿却认为我天下第一，呵呵！这是什么原因啊？"

易之向我描述当时的场景以及宋璟说的这句话，我便能感觉出宋璟这是明显在挑衅，表面看起来宋璟的话似乎只是普通的疑问，但事实上，从称呼角度而言，宋璟是在贬低易之。

"卿"这个词在我朝有着特殊的使用背景，一般官职高的人称呼官职低的人为"卿"，地位低下的人称呼地位显赫的人为"郎"，宋璟虽然比易之的官职要高，但易之是我的宠臣，又是内侍总管，宋璟如此称呼易之显然带有贬意。

易之告诉我他当时听出了宋璟的弦外之音，但出于大局考虑，并没有表现出不悦之情，表面上依旧十分平静，他本想打个圆场将这个话题岔过去，可是没等他开口，在场的时任天官侍郎的郑杲站起身来，径直走到宋璟的身边，然后冷笑着问宋璟说道："宋大人怎么能称呼五郎为张卿呢？"

（张易之被人尊称为五郎。）

其实包括易之在内的所有人都明白，郑杲此刻挺身而出，明显是带有一种小人的心态，本和易之关系很一般的他无非是想借这个机会拍一下易之的马屁，他的这个想法倒是也能让人理解，毕竟拍皇上面前红人的马屁是古往今来很多投机分子惯用的伎俩。

只可惜郑杲遇到的是宋璟！

面对郑杲的挑衅，宋璟微微一笑，然后面向众人高声说道："御史中丞是正四品，而奉宸令是正六品，难道我称呼张卿有错误吗？反倒是郑大人……"宋璟一边说着，一边用手点指郑杲，继续正色说道："我记得你并不是张易之和张昌宗的家奴，为什么要称呼他为五郎呢？"

宋璟说完重新坐回自己的位置上，头也不抬地喝起酒来。

"你……"易之告诉我当时郑杲脸色被气得煞白，觉得颜面扫地的他正想和宋璟理论时，结果被易之拦了下来。

"好了！郑大人不必发怒，今天这个场合谁也不许扫兴，这件事到此为止吧！"

听完易之和昌宗的叙述，我便知道宋璟之所以胆敢公开和易之叫板，就说明他并非是一个人在战斗，可以说从魏元忠到宋璟，宰臣们与易之、昌宗的斗争已经逐渐呈现明朗化，而且从那场宴会上郑杲的表现来看，现在朝廷上下，怀揣不同目的人选择了不同的阵营，有的人为了私利情愿卑躬屈膝，而有的人为了理想则耿直不屈。

从身份背景角度来讲，魏元忠、宋璟、张柬之都是狄仁杰推荐的人，包括崔玄炜、敬晖、桓彦范和袁恕己在内，这些人自然而然地就会形成一个小团体，我暂且称之为"狄系联盟"，虽然狄仁杰已经去世，但他们还都在按照狄仁杰生前的思维方式行事，狄仁杰生前内心十分不喜欢易之和昌宗，只不过因为其讲究方式方法，因此矛盾没有公开化。

狄仁杰去世后，魏元忠将这种矛盾公开放大化，因此"狄系联盟"的成员们也开始跃跃欲试，直到魏元忠被贬，张柬之成为这个联盟的首领后，我才发觉宰臣们与易之、昌宗已经是形同水火不可调和，弹劾奏疏犹如雪花般不断地飞到我这里。

看来在这个问题上，我还是天真了一些，这种矛盾已经不再是任何一方主动示好便能冰释前嫌而解决一切问题，事实上这是一场不同政治派别、想要获取不同利益、甚至是不同理想之间的搏斗，"狄系联盟"的成员们永远不会忘记古之圣贤的教导，而易之和昌宗也绝不会轻易放弃已经得到的荣华富贵。

我忽然意识到，这可能会是一场你死我活的斗争，犹如我先前经历的诸多斗争一样，或许会充斥着嗜血的杀戮！

我的心中始终忐忑不安，尤其是自那场朝堂对质后，宰臣们和易之、昌宗的斗争越来越激烈，从不断上疏弹劾到宋璟在宴会上公开挑衅，我觉得形势对兄弟俩越来越不利。我很想在他们之间寻求一种平衡，然而无论我怎样努力，双方不同的政治目的和不同的追求注定了这场斗争会持续下去，甚至我担心在我离开这个世界后会走向极端。

虽然我努力将弹劾易之和昌宗的奏章努力压下，但越是这样反而越激起大臣们的斗志，最近我发觉这些倔强的大臣们开始变换招数，以另一种强硬的姿态对抗易之和昌宗。

当宦官告诉我有人举报易之和昌宗曾经找术士看过相，术士说他们有天子之相，兄弟俩赏赐术士很多金银财宝时，我便知道这是那些大臣看到他们弹劾的奏章石沉大海之后开始变化策略使出的阴招。

世事难料，文化人有时使出阴招来更加可怕，因为他们抓住了我的命脉，对于这种疑似谋反的揭发检举，我是无法不闻不问的，要知道上次易之和昌宗揭发魏元忠有不当言论，我便让双方进行当堂对质，这次他们揭发检举兄弟俩，如果我心存偏袒，一定会授他们以口实进而大做文章。

我觉得那些大臣们早已经算计好了每一步棋，他们知道我至少会令相关部门调查这个事情，而这种弹劾案件属于御史中丞宋璟的管辖范围之内，这样一来宋璟就有机会整治兄弟俩。

呵呵！这些大臣们真是猴精啊！不过他们既然有算计，我也有自己的对策，在诏令宋璟调查此事的同时，我让中书侍郎韦承庆、司刑卿崔神庆参与其中，与宋璟一起详细调查这件事情的来龙去脉。

我之所以安排韦承庆和崔神庆参与这个案子，原因在于这两个人是易之和昌宗的亲近者，当然他们这种倾向更源于我是兄弟俩背后的靠山。

经过调查，的确如我所料出现了两种不同声音，韦承庆和崔神庆虽然认为易之和昌宗确实找术士看过相，但无法证明究竟说了什么，所以大臣们的检举揭发那些内容无法查证，因此也就不能定罪，而宋璟则坚持认为看相这件事本身就说明兄弟俩有不臣之心。

我知道最终皮球还是会踢回到我这里，但很多事情看似回到了原点，往往却是质的飞跃，这种态度不一的局面让我找到了一种伸缩性极强的处理方法，面对大臣们先前对易之和昌宗的步步紧逼，我决定采取变向的打压方式提醒一下那些大臣们，我这个老太婆依旧有着至高无上的权威。

"既然找不到证据，在朕看来这件事情就到此为止吧，现在各地盗贼猖獗，让宋璟去各地办一下这种案子吧！"

其实谁都明白，我的这个处理方式是将宋璟变相地排挤出了京城！

据说宋璟临走时仰天长叹说道："未能先将逆贼脑袋击碎，悔之莫及啊！"

这究竟是怎样的一种仇恨啊？也许只有"不共戴天"这个词才是诠释他们之间矛盾斗争的最恰当词汇。

魏元忠走了，张说走了，宋璟也走了。每天依旧上朝的我，感觉朝堂之下似乎冷清了些，张柬之依旧是一副平静如水的面容，仿佛先前发生的一切与他无关，但是以我的经验来看越是这种看似风平浪静的局面下，往往越是暗流涌动。

只是，我没有想到一切来的是那样的突然！

迎仙宫政变

　　神龙元年（705年）的春节对于我来讲没有一丝一毫喜庆的氛围，虽然皇城内依旧像每年一样张灯结彩、不断放着烟花爆竹，但我的心却始终冰冷，易之和昌宗在我的身旁喜笑颜开，可是看着他们眉宇间隐含的忧愁之色，我知道兄弟俩面对我完全是强颜欢笑，虽然我排挤走了与他们矛盾深刻的魏元忠、张说和宋璟，但舆论形势完全没有向着他们好转的方向发展。

　　这个冬天是我这么多年来感觉最难熬的一个冬天，我的健康状况日益恶化，全身浮肿，浑身酸痛，最冷的那几天甚至无法下床，我最大的享受就是躺在床上闭上眼睛，静静地回想过去的点点滴滴，回想小时候母亲将我揽在怀里不断亲吻着我的额头，回想我第一次进入皇宫那纯情懵懂的眼神，回想我与太宗皇帝的第一个夜晚，回想第一次看到阿奴时心跳加速的感觉……

　　可是每次当我沉浸在美好的回忆中时，便会被现实的俗事打断，为了给自己营造一个清静的环境，我特意搬到了较为偏僻的迎仙宫居住，在那里我只想让易之和昌宗陪伴在我身边。

　　现在我对易之和昌宗更像是亲人间的关爱，我虽然历经人世间的诸多沧桑，但直到现在才终于明白激情终究消退，亲情才是永恒的真谛。也许人只有到了生命的最后时刻，才能真正看清人生的许多真相。

　　我在清静的迎仙宫中享受着回忆过去的美妙，朝廷的很多政务我已经不再参与，显儿虽然是太子，但我更习惯将很多事情交给易之和昌宗处理，不知道为什么，只有让兄弟俩处理我才觉得安心。

　　可是在那些大臣看来，我这是明显纵容面首，很多大臣不断上书，劝谏我应该让显儿处理政务，而不应该让两个靠脸蛋吃饭的面首去左右朝廷政局，其中很多上书不乏言辞激烈，然而我不想理会这些，也不想去追究那些言语间多有冒犯我的大臣们的过失，我只想一个人静静地躺在龙床上，让疲惫的心得到舒缓和放松，哪怕只是片刻。

我曾经击败过无数政敌，然而当我躺在床上，脑海中闪现出那些败在我手下的敌人们时，我的心却是在颤抖。很多个夜里，王皇后、萧淑妃、长孙无忌、李贞、李冲，甚至是来俊臣和周兴等人，从四面八方向我聚拢而来，那急匆匆的脚步震颤着我的心灵，他们面无表情，脸色苍白地拉着我，似乎要将我拖离这个世界，我拼命挣扎着、呼喊着，却得不到来自外界的拯救，当我想要冲破他们的包围，达到恐慌的极点时，瞬间被惊醒让我回到现实，而那一刻我的全身已经湿透。

我就是这样在迎仙宫中艰难地度过每一天，回忆时而美好温馨，时而血腥残酷，半梦半醒中我被人生的巨大苦恼所缠绕，直到那一天我再一次隐约感觉到一行众人匆匆的脚步声离我越来越近时，随着宫女的一声呼喊，我知道这不是梦境而是现实！

"不好了！陛下！有一大队士兵向着这边跑过来了！"宫女慌慌张张地跑进来大声喊道。

"放肆！难道没看到陛下正在闭目养神吗？"坐在我旁边的昌宗呵斥着宫女说道，"这些士兵到底要干什么？我出去看看！"昌宗言罢站起身往外走。

"我跟你一起去！"身旁的易之也站起身来紧随昌宗而去。

没等我反应过来，兄弟俩已经不见踪影，然而我的心中却掠过一丝不祥的预感，因为在这深宫之中，是万万不应该出现大批士兵的。

"只有士兵吗？"我有气无力地问宫女。

"回禀陛下！奴婢还看到有张大人！其他人没等看清，奴婢就急匆匆跑进来禀报了。"

"张大人？哪个张大人？"

"就是张柬之大人啊！"宫女解释着说道。

"啊！"当我听到"张柬之"时，便知道一场血腥屠戮已不可避免，我强撑着病体努力想要坐起来。

"赶紧跑出去,告诉五郎和六郎快回到朕身边来!快!"我用尽所有的力气向宫女传达命令,我知道兄弟俩此刻只有回到我身边方才有生机。

"是!奴婢这就去!"

宫女转身急匆匆地跑出去,然而还没等到门口,张柬之已经带着大队士兵闯了进来。

"张易之和张昌宗谋反久矣,臣等奉太子的命令,已经将他们诛杀!臣怕事先走漏消息,所以没有禀报陛下,臣等在宫中举兵,实在是罪该万死!"

张柬之进来后没有任何表示,一番开门见山地说完后便跪倒叩头。

刹那间,我只觉得天旋地转,顷刻间我最宠爱、最信任、最能给予我抚慰的易之和昌宗居然就这么离我而去了,我的心在滴血,那是一种撕心裂肺的痛,然而我此刻却无力发泄愤怒,心中只是充斥着命运对我无情鞭挞的怨气。

看着面前跪倒在地的张柬之以及众多士兵,我知道其实我才是屈服者,我已经无力改变一切,只能承认事实的存在。

"哎……朕其实早就预料可能会有今天,只怕不是他们兄弟俩造反,而是你们容不得他们兄弟俩吧!"我哽咽地做着最后的控诉。

张柬之没有答话,依旧跪在那里,显然他已经默认了我的说法。

"让太子到我面前来吧!"我稍稍整理了下情绪缓缓地说道,我知道这种局面张柬之是绝不会让显儿错过的。

随着我的话语声落定,士兵们分闪两旁,显儿从正中间走了出来。他的步伐是那么的沉重,目光显得游离不定,看得出来他被这场血腥的屠杀吓到了,他颤巍巍地走到我面前,缓缓跪倒在地,我知道虽然我已经重病缠身,但在显儿看来,我这个母亲依然是强势的,威严丝毫未曾减损。

"是你下的命令啊?"我问道。

显儿没有答话,也不敢抬头看我,我十分了解这个性格有些怯懦的孩子,如果不是被张柬之硬生生地将他拖进这场政变,凭显儿的胆量无论如何也不敢参与其中。

显儿的沉默让我感受到了他的无奈，同时也瞬间点燃了我心中的那股悲哀之情。命运总是无情的，当你极力想要改变一切时，你却发现因为你曾经得到的太多太多，命运已经不会再垂青于你。

唯一的选择只有认命！

片刻之后，我点点头，用一种悲怆的语调说道："回去吧！既然易之和昌宗已经死了，你就回东宫吧！"

显儿听到我的话后似乎有些不解，仿佛没想到这么重大的事情我居然会如此轻描淡写地予以收场，他抬起头来看着我，眼神中充满着疑惑。

这么多年来，在我的强大气场下，显儿已经习惯了唯命是从，尽管他心中充满诸多不解，但还是习惯性地听从我的命令，站起身来准备向外走去，在他的意识里，始终认为我这个母亲的命令是不能违抗的。

可是就在显儿转过身刚想迈步往外走的时候，一个人从人群中闪了出来，一把拉住了显儿，然后跪在我面前。

"陛下！太子不能回去啊！先帝曾经将太子托付给陛下，现在太子年龄已经大了，而且久居东宫，上天和百姓们思念李唐久矣，我们这些做大臣的也没有忘记太宗皇帝和先帝的恩德，所以今天才拥立太子诛杀二张佞臣，现在恳请陛下传位给太子，以顺应上天和百姓的愿望吧！"

我抬眼看去，说话的人原来是桓彦范！

面对桓彦范咄咄逼人的话，我终于彻底明白原来他们的目标不只是易之和昌宗，最终的目标是我，原来他们从没有放弃尽早复兴李唐的计划，诛杀易之和昌宗不过是个借口而已。

此刻我已经悲愤到了极点，我用眼睛慢慢扫视着周围的人，那些拿着刀剑的士兵现在距离我是如此之近，如果换作从前我是断然不会饶恕这些人的。

"你们很多人都是朕亲自提拔的啊！看来今天都参加了逼宫啊！"我这句话虽然是说给在场所有人听的，然而我的目光却注视着一直跪在地上一言不发的张柬之，因为我知道他才是这场政变的主谋。

"这才是臣等报答陛下大德唯一的出路！"张柬之虽然始终低着头，但似乎察觉到了我注视着他，于是忽然高声说道。

"呵呵呵！到头来朕还是没有把握住一切啊！"我仰天长叹，想要将这悲愤之情诉与天说，然而又有谁能明白我此刻心中的无限悲凉呢？

我忽然觉得疲惫至极，眼睛再一次不自主地想要闭上，经历过了这场政变之后，我第一次感觉个人的力量是那么的渺小，这是我自四十多年前重回皇宫以来第一次被迫听从别人的意志。

也许这就是天意吧！偿还的时间已经到了！

"朕累了！朕也认命了！都走吧！"我轻轻地挥了挥手，示意所有人全都退下。

迎仙宫又恢复了往日的平静，只是平静之中蕴含着萧瑟，没有了易之和昌宗的深宫，我的心只有感伤与寂寞。

张柬之等人退出这座平日难以进入的宫殿时，脸上一定露出了胜利的微笑。空旷的迎仙宫内只剩下几个宫女在不断忙碌着，而我——一个即将走到生命尽头的衰朽老人，在龙床上翻了个身，将脸朝向了里边，脸上已经淌满了泪水。

神龙元年（705年）正月二十三，我正式下诏将皇位传给显儿，而后便搬到了更加偏僻的上阳宫居住。

时间过得真快，距离迎仙宫的那场政变已经过去了将近十个月。在这段时间里，听说显儿在张柬之的建议下做了很多展现朝廷新风貌的事情，首先为那些被酷吏迫害致死的官员平反，解除了这些人子女的奴隶身份，提升了李唐皇室成员的威望，加封旦儿为安国相王、令月为镇国太平公主，皇族原先没身者一律恢复本来身份。

我很清楚新天子即位必须要开创一种新气象，当年我也是这么做的，因此我十分欣慰，可是让我不能接受的，触动我那颗本就敏感而且已经朽烂不堪神经的，是显儿居然恢复了王皇后、萧淑妃以及韩瑗、褚遂良等人的名誉，并赦免他们的全部亲属，将他们从流放之地召回。

我知道显儿聚积了这么多年的怨气后，今朝终于可以释放出全部的压抑。我还听宫女说显儿为重润和仙蕙补办了隆重的葬礼，亲手捧了一抔黄土洒在一双儿女的墓前，并在墓前号啕大哭了一场，久久不愿离去。

我知道他所做的这一切是对我的变相抗议。想到他恢复王皇后、萧淑妃等人的名誉，我内心十分不满，可是又想到他为了亲手捧土撒在儿女墓前足足忍耐了若干年之久时，我对他的愧疚之情便再次袭上心头。

我就是在这样一种不满与愧疚的矛盾状态下在上阳宫孤独地打发着光阴，虽然在不久前显儿特意为我上了"则天大圣皇帝"的尊号，但一想到我失去了权势，失去了那个心爱的宝座，失去了我生命中挥之不去的权力印记时，我便整日愁眉不展，心情抑郁，我的身体状况越来越糟，似乎对一切都失去了兴趣，唯一能让我精神稍稍振奋的，就是闭目回忆那些逝去的往事。

回忆将近五十年的政治生涯，那些逝去的往事在我的脑海中留下了一道道印痕，重大的事件我都历历在目，回忆往昔我时而欢欣，时而愤怒，不过过往中我实在想不到曾经拥有无上权威的我，如今只能偏居宫中一隅。

我恨张柬之，今天我落到如此境地都是因他而起，我同样也对显儿心怀莫名的愤怒，因为从他所做的一切来看，他不会继承我的事业，相反却有可能把我数十年处心积虑的经营全部破坏殆尽。

假如上天能让我回到十年前，不！哪怕是五年前，今日的一切绝不会出现！

可是我现在没有了权力，更没有了力量，昔日那些俯首听命于我的大臣们都远远地离开了我，这里只剩下我自己，一个孤零零的垂危老者。

为什么这个冬天格外寒冷？为什么我的身体颤抖不已？瑟瑟的北风吹打着上阳宫的枯枝衰草，本就寂静的宫殿显得更加冷清。

"都走吧，都……走……吧，或许我也该走了！"

我缓缓地闭上了眼睛，身体随之觉得轻飘飘的，感觉是向着另外一个世界飘去，那里或许是我向往的世界，没有阴谋、没有血腥、没有屠杀、没有怨恨……

尾声

神龙元年（705年）十二月二十六日，一代女皇武则天永远闭上了双眼，凝固在她脸上的表情是复杂的。哀怨？悔恨？无奈？缺憾？恐怕谁也说不清。武则天临终时没有留下任何话，人们只是在她的枕下发现了仅有两句话的遗诏。

"去帝号，称则天大圣皇后，只立碑，不刻字。"

武则天在她生命的最后时刻里选择了重新回到李家儿媳的位置上。

神龙元年（705年）五月二十八日，武则天的灵柩被安葬在她生前就已经动工修建的乾陵中，和唐高宗李治合葬在了一起。

与那些在自己墓碑上刻着很多歌功颂德话语的帝王相比，武则天叱咤风云五十年，建立了诸多功绩，却在身后留下了一片空白，任凭褒贬，仅此一点就足以证明这个不寻常女人的胸怀和度量。

当然，后人们并未使这片空白永远留存，千百年来，很多人或赋诗，或著文，或陈一己之见，或发一时之感，久而久之，空白的无字碑成了有字碑，空白被纷纭的议论所占满，正所谓无字碑头镌字满！

多少尘埃心事浩茫的长夜，那伟岸之姿，千年之后一切是否都被忘却？

虽然武则天已经入土为安，但她身后的大唐却并不平静。她去世后，大唐暂时进入了红颜主宰政治命运的时期，韦皇后私欲难遏，毒杀中宗李显，大有做第二武则天之势，太平公主擅权弄人，也想效仿母后开创女人主政的时代，可惜最终在一代英杰李隆基的整治下，她们的女皇之梦都化为南柯一梦。随着李隆基的登基，大唐开始走向最鼎盛时期，从此中国历史也步入了黄金时期。

后人给予这个时期一个很好听的称谓，名为"开元盛世"。

后 记

历时八个月，终于完成了这本著作。

当我在电脑前敲完正文的最后一个字时，终于可以长舒一口气，毕竟用第一人称写武则天是件费力的事情，原因在于我们距离那个年代实在太远，很多事情我们无法去真正掌握，更何况还要把自己真真正正地当成她，去还原她那本就被人误解很深的一生。

千百年来人们对于武则天的争论从未间断过，残忍、献媚、纵欲、豁达、争权夺势；面首、酷吏、忠臣、明君、励精图治，武则天的一生以及她所代表的武周政权可以用很多彼此矛盾的词汇组合来形容。

我曾经问过身边的很多朋友，他们到底对武则天是个什么评价，换句话说他们心中的武则天究竟是个什么形象。我得到的答案大多都是对她私生活的渲染与夸张，以及她有多么多么的残忍。

我知道这不怪大家，这完全是因为千百年来那些史书对她的评价所致，"毒虐淫丑""妖淫凶狠""违背忠礼""蛊君废主""鬼神所不容，臣民所共怨"……几乎所有恶毒的词语全都安在了她的身上。

然而，当我们真正走进那段历史，以还原人性的角度去看待她时，武则天真的就像史书上评价的那样不堪吗？

我们都知道一个历史人物通常有三种形象，分别是历史形象、文学形象和民间形象。文学形象是文学家塑造出来的，民间形象是百姓印象中的，这两种形象虽然可能很丰满、很有趣，也很可能满足大众的审美需求，然而却未必真实客观，因此只有历史形象才可能是真实和客观的。但因为年代久远，我们只能通过史料记载去了解历史人物，而历史记载往往又因为时代的局限以及记录人的主观倾向，使得历史人物的形象往往也不那么真实和客观，武则天就恰恰是其中的典型代表。

因为在男权社会中，女人当皇帝，简直是不折不扣的异类分子！

因此，写这本书就成了我很长时间以来的一个愿望。去除脸谱化的武则天，还原武则天的人性，是我写这本书的目标，现在写完回头去看，我不敢说我还原了武则天真实的历史形象，但我努力了，努力使她成为一个有血有肉、实实在在的人，而不是被脸谱化和妖魔化。

我只想让人们知道，武则天固然有残忍的一面，但也有温柔善良的一面，也曾经有高贵的爱情，也曾经有满满的亲情，也曾向往着和心爱的人共度一生，也曾有过小女人般的妩媚多姿。

我更想让人们知道，武则天之所以会成为中国历史上唯一的女皇，绝不是大开杀戒就可以成功。她成功登上帝位，是一个水到渠成的过程，她的时代是中国历史较为兴旺发达的时期，因为她的励精图治，社会安定，人口增长，上承唐太宗贞观之治，下启唐玄宗开元盛世。

当然，她也有人性丑陋的一面，贪婪，自私，将权力视为生命中神的印记，也正因为此而不惜残忍地对待政敌，甚至令人发指。

人本身就是善良与丑陋二元对立的矛盾体，这一点在武则天身上体现得尤为明显，当然，果断、决绝、犹疑、彷徨等矛盾的词汇也都聚集在她身上。这就构成了武则天一生的矛盾性，只要我们明白人身上是具有诸多特性，我们也就能理解为什么她在重用贤良之臣的同时还要重用残忍的酷吏，为什么她可以对王皇后、萧淑妃等人大开杀戒，却可以轻易原谅冒犯他的魏元忠和张说等人，以及她在立嗣问题上内心长时间的纠结与迷茫。

希望这本书能让大家从"我"这个第一人称的角度,看到一个全新丰满的武则天。当然,限于学识所限,本书一定有不完善之处,希望大家多多批评指正。

冬雪心境

2016年1月1日